13 À TABLE !
2016

Françoise BOURDIN • Michel BUSSI •
Maxime CHATTAM • Stéphane DE GROODT •
François d'EPENOUX • Karine GIEBEL •
Douglas KENNEDY • Alexandra LAPIERRE •
Agnès LEDIG • Nadine MONFILS •
Romain PUÉRTOLAS • Bernard WERBER

13 À TABLE !

2016

NOUVELLES

Pocket, une marque d'Univers Poche,
est un éditeur qui s'engage pour la préservation
de son environnement et qui utilise du papier fabriqué
à partir de bois provenant de forêts gérées
de manière responsable.

© 2015, Pocket, un département d'Univers Poche.
ISBN : 978-2-266-26373-3

Chers lecteurs,

Grâce à toute la chaîne du livre « 13 à table ! »,
de l'écriture jusqu'à la fabrication, l'édition, la
distribution... et vous-mêmes les acheteurs, ce sont
près de 1 400 000 de repas en plus que les Restos ont
pu distribuer en 2014 à ceux qu'ils accueillaient...
En leur nom, nous vous remercions bien
chaleureusement et vous invitons à découvrir avec
gourmandise ces nouveaux récits dont la fraternité
est le thème, cela va de soi !!!

Bravo et merci à tous,

Les Restos du Cœur

Sommaire

Françoise BOURDIN

Cent balles

« *T'as pas cent balles ?* » était la demande la plus fréquente de Florian. Il la formulait de diverses manières, mais ça revenait à emprunter un argent qu'il avait la flemme d'aller gagner. Cependant, quémander ne lui plaisait guère, alors, par pudeur et par gêne, il prenait un air mystérieux ou vaguement ennuyé, parfois hautain, voire cassant.

Son frère Charles s'agaçait de ces sollicitations, impossibles à refuser. Comme toujours en famille, il existait trop de non-dit, de souvenirs et de contentieux. Pire encore, une culpabilité latente – bien que sans objet – forçait Charles à accepter quelle que soit sa réprobation. Dans une fratrie, la solidarité n'était-elle pas de rigueur ? Et puis, Charles devait bien admettre qu'il avait tout pour lui, un superbe fils de vingt ans, un bel appartement, un métier lucratif grâce à la maison d'édition qu'il avait fondée et qui accumulait les succès. De son côté, Florian semblait avoir systématiquement raté ce qu'il s'était forcé à entreprendre, multipliant les expériences malheureuses. Il s'était marié tardivement et sa femme l'avait quitté au bout de quelques mois en le traitant de fainéant. Il n'avait donc pas eu d'enfant, ne s'était jamais accroché à un travail. Était-ce par malchance ou par paresse ? Florian était indolent de nature et peu enclin à l'effort. Son habitude de se reposer sur les autres membres de la famille avait quelque chose d'exaspérant. Face à lui, Charles était toujours partagé entre compassion et fureur. Il vivait la disparité de leurs situations respectives des deux côtés du miroir. Certes, il se sentait injuste, mais estimait aussi très injuste d'être si souvent mis à contribution ; il se reprochait de juger, sans pouvoir s'empêcher de trouver scandaleuse l'attitude de Florian qui consistait à se laisser porter par l'existence. Car, à vrai dire, Charles se donnait du mal, un mal de chien, les fées ne s'étant pas spécialement penchées sur son berceau, il avait dû lutter pour réussir sa vie. En se lançant dans l'édition, il s'était endetté, avait pris des risques. Aujourd'hui encore, malgré sa réussite, il lui arrivait de travailler sur des manuscrits ou sur sa comptabilité jusqu'au milieu de la nuit. Toutefois, dans un louable effort d'honnêteté, il reconnaissait que le sort lui avait été favorable en le dotant de courage et de volonté. Dès qu'il pensait cela, il se morigénait aussitôt : se croire paré de toutes les vertus ne rendait pas intelligent.

Florian s'épargnait apparemment ce genre de

questions. Ou alors, dans le tréfonds de sa tête et sans rien laisser paraître. Renfermé, complexé, passif et malheureux de l'être, il donnait le change de son mieux. Néanmoins, aux yeux de Charles, ses failles étaient visibles, trop mal dissimulées pour échapper à la perspicacité et à l'affection d'un frère. Car ils s'aimaient tous deux, se voyaient souvent, et se savaient liés à jamais par leurs souvenirs d'enfance. Après eux, qui se rappellerait cette galerie d'ancêtres, adorés ou détestés, et presque tous disparus à présent ? Ils avaient grandi au sein d'une famille d'artistes, totalement livrés à eux-mêmes par des parents grands voyageurs qui se produisaient un peu partout dans le monde. Contraints de créer leur propre univers, ils avaient partagé un trésor empoisonné : une folle liberté trop précoce et jamais plus retrouvée. Par la suite, Charles avait réussi à s'imposer des règles, mais Florian avait perdu tout repère.

Le fils de Charles, Julien, appréciait beaucoup Florian, cet oncle fantaisiste qui semblait toujours en rupture de ban. Il éprouvait pour lui de l'empathie et de la curiosité. Comparé à son père, dont le comportement quasi rigide prouvait la force de caractère, les faiblesses évidentes de son oncle le rendaient plus accessible, plus familier. Car Julien, pétri de doutes et sensible à tous les démons de son âge, n'avait aucune envie d'affronter son père sur certains sujets, en particulier celui de son avenir.

Régulièrement, Julien se rendait chez Florian, muni d'un pack de bières. Il grimpait les six étages

17

du vieil immeuble dépourvu d'ascenseur et frappait à la porte du petit logement vétuste qu'occupait son oncle. Loué comme un « charmant studio sous les toits », il s'agissait en réalité de deux minuscules chambres de service grossièrement réunies. Il y faisait froid l'hiver et chaud l'été, mais Florian prétendait s'y plaire malgré l'absence de confort. C'était son antre, meublé de bric et de broc, empestant la cigarette et les restes des pizzas dont il se nourrissait. Affalés sur le canapé aux ressorts défoncés, oncle et neveu passaient des heures à échanger des confidences, à refaire le monde dans un nuage de fumée et à entrechoquer leurs canettes, pris de fous rires. Le lieu et les instants partagés semblaient hors du temps, hors d'atteinte.

— Ne suis pas mon exemple, recommandait néanmoins Florian. Une vie de bohème n'est pas forcément agréable. Ça dépend des caractères...

Songeait-il à Charles, ce frère si différent qu'il admirait mais dont il n'aurait jamais pu supporter l'existence trop bien ordonnée ? En tout cas, hormis ce conseil un peu vague, il ne faisait pas la morale à son neveu, n'était pas donneur de leçons et savait écouter avant de poser les bonnes questions. Il parlait peu de lui, ou alors pour raconter des anecdotes abracadabrantes. Les avait-il réellement vécues ou les inventait-il ? Il prétendait avoir fait à moto le tour des grands lacs du Canada, compter parmi ses amis un marchand d'armes, être un grand joueur de poker. À l'entendre, il avait goûté à tant de

18

choses sans s'attarder sur aucune ! Dubitatif, Julien opinait en souriant, pas dupe mais sous le charme.

Pendant ce temps, Charles se démenait. Il voyait se profiler l'horizon de la retraite et voulait bâtir ce qui pouvait encore l'être avant de lâcher prise. Laisser un patrimoine à son fils était l'un de ses buts, et il tenait aussi à se maintenir au meilleur niveau. Son entreprise restant prospère, il n'avait aucune envie de l'abandonner. D'ailleurs, partir en croisière ou cultiver des rosiers à la campagne ne le tentait pas. Il aimait l'action, qui l'empêchait de se sentir vieillir.

Ce soir-là, comme beaucoup d'autres, Charles avait invité Florian à dîner. Il le conviait soit chez lui, dans son grand appartement près du parc Monceau, soit dans un bon restaurant. Une façon comme une autre de veiller à ce que son frère se nourrisse convenablement, car il le soupçonnait – à juste titre – d'avaler n'importe quoi à n'importe quelle heure, d'un bout à l'autre de l'année.

Installés face à face dans une brasserie, ils se parlaient au-dessus de l'énorme plateau de fruits de mer que Charles avait commandé d'autorité.

— Comment va Julien ? s'enquit Florian dont c'était toujours la première question.

— Bien, je suppose. Mais je ne peux pas t'en dire plus, on se voit en coup de vent. Tu sais comment sont les jeunes... Il fait la fiesta la nuit avec ses copains, et l'après-midi il est plus souvent au cinéma que sur les bancs de la fac.

— C'est de son âge.

— Sauf qu'il n'aura pas toujours vingt ans ! Je veux qu'il pense à son avenir.

— Il y pense sûrement, mais il n'est pas aussi pressé que toi.

— La vie est courte, Florian. Et c'est dur de se faire une place au soleil.

— Trop dur, peut-être ?

Charles leva les yeux au ciel, exaspéré comme toujours quand son frère prêchait l'oisiveté. Pour ce que ça lui avait réussi ! Sur le point de le lui faire remarquer, il se ravisa et se tut, là aussi comme toujours.

— Te crever à la tâche n'arrange pas ton caractère, ironisa Florian. Détends-toi un peu ou tu deviendras acariâtre.

« Et toi, à force d'être tout à fait détendu, tu finirais sous les ponts si je n'étais pas là ! » enragea Charles intérieurement. Il ne voulait pas agresser son frère en lançant des répliques acerbes, mais il avait de plus en plus de mal à s'en empêcher. Sachant que son fils appréciait la compagnie de Florian, il s'inquiétait de l'influence que celui-ci pouvait avoir avec ses théories contemplatives. S'émerveiller de l'envol des oisillons au printemps ne faisait pas avancer le monde.

Ils évoquèrent ensuite leur père, atteint de la

maladie d'Alzheimer et végétant dans sa maison de retraite sans plus reconnaître personne.

— Lui aussi n'a pensé qu'à gagner de l'argent en acceptant des contrats pour n'importe quel spectacle, et au bout du compte…, soupira Florian.

Charles ne releva pas la réflexion qui le visait sans doute, s'abstenant de rappeler à Florian que, s'il ne gagnait pas d'argent, il dépensait néanmoins celui des autres. Puis, tout naturellement, ils abordèrent des sujets plus légers, revinrent à leurs souvenirs de jeunesse, qu'ils habillaient du même humour noir, échangèrent des plaisanteries éculées qui les amusaient toujours et qu'ils n'auraient pu partager avec personne. Leur parfaite complicité était le ciment de leur affection mutuelle.

Un peu plus tard, en se quittant sur le trottoir, Florian lança :

— À plus !

Une formule rituelle pour dire qu'ils se reverraient sous peu. Pourtant, ce soir-là, Charles le retint par le coude.

— Que fais-tu de beau, en ce moment ?

Dans ce domaine précis, la discrétion de Florian était à la mesure de son indolence.

— Pas grand-chose… Comme d'hab' quoi !

Le sourire résigné accompagnant ce constat émut Charles qui demanda aussitôt :

— As-tu besoin d'argent ?

Il venait de s'apercevoir qu'au cours du dîner il n'avait pas subi la demande systématique des cent balles à prêter – donner, en fait –, et une brusque inquiétude l'avait saisi.

— Pas de refus, marmonna Florian.

Soulagé d'être utile, mais agacé que rien ne change, Charles glissa quelques billets dans la main de son frère puis répéta à son tour :

— À plus, vieux !

Ils se retrouveraient le lendemain ou le jour d'après, finalement incapables de se passer l'un de l'autre, unis comme les deux faces d'une médaille.

Divorcé depuis longtemps, Charles vivait seul avec son fils, chacun à un bout du grand appartement. Soucieux de lui accorder l'intimité et l'indépendance dues à ses vingt ans, Charles s'aventurait rarement jusqu'à la chambre de Julien. Il était loin le temps où il venait lui lire une histoire pour l'endormir ! Au fil des ans, les peluches avaient été remplacées par des figurines de footballeurs, elles-mêmes disparues au profit d'affiches de rappeurs. La console de jeux avait cédé la place à un PC performant, et une mini-enceinte reliée à l'iPod rendait caduques les piles de CD. Comme tous les garçons de son âge, Julien ne rangeait jamais rien et des vêtements traînaient partout. Ce soir-là, Charles était venu frapper à sa porte, exceptionnellement, décidé à avoir une conversation sérieuse avec son fils qu'il soupçonnait d'avoir lâché ses études. N'obtenant pas de réponse, il était entré, et à présent il contemplait le chaos en se demandant comment la femme de ménage parvenait à passer l'aspirateur. D'un geste machinal, il ramassa au hasard un sweat-shirt, un jean troué, des baskets, quelques bandes dessinées. Puis il observa avec curiosité le parquet constellé de petites taches brunes. Julien devait fumer du shit, bien sûr... Il lui arrivait de recevoir des copains, qu'il faisait passer par l'escalier de service pour ne pas croiser son père. Était-il accro ou se limitait-il à un pétard de temps en temps ? Charles s'aperçut qu'il ne connaissait presque rien de la vie de son fils. Quand s'étaient-ils éloignés à ce point ? Et que savait-il des aspirations de Julien, de ses rêves ? Il avait pourtant la certitude d'avoir été un bon père, attentif et affectueux. Sauf qu'il était toujours accaparé par son travail, et finalement peu disponible.

Son téléphone vibra dans sa poche, ce qui interrompit sa réflexion. Il jeta un coup d'œil à l'écran et, voyant qu'il s'agissait de Florian, il accepta l'appel.

— Salut, vieux ! annonça son frère. Peux-tu venir chez moi maintenant ?

— Maintenant... Tout de suite ? Chez *toi* ? Grands dieux, pourquoi ?

— Viens, et tu sauras.

— Florian, il est dix heures du soir.

— Et alors ? Je te dis de venir. Fais vite.

La demande était si inhabituelle que Charles eut une brusque bouffée d'angoisse.

— Mais... Tu vas bien ?

— Oui. Viens, c'est tout.

Le ton sans réplique que Florian n'utilisait jamais acheva d'inquiéter Charles. Il quitta son immeuble en hâte, héla le premier taxi en maraude et se fit conduire chez son frère, à l'autre bout de Paris. En arrivant, il le trouva debout sur le trottoir, à côté d'un autre taxi arrêté.

— Sois gentil de le payer, je n'ai pas d'argent, expliqua Florian.

La somme due était astronomique, mais le chauffeur se justifia en arguant qu'il avait beaucoup attendu, et qu'en plus il lui faudrait nettoyer sa banquette. Charles régla la course de mauvaise grâce avant de suivre son frère.

— Qu'est-ce que tu as encore trafiqué ? grogna-t-il en s'engageant dans l'escalier étroit.

— *Encore* ? Je ne te demande jamais rien !

— Tu plaisantes ?

— Pas du tout. Je te fiche la paix et je me contente de peu.

— Vraiment ? Tu oublies que depuis trente ans tu me poursuis en geignant : « T'as pas cent balles à me prêter ? » En plus, tu es passé des francs aux euros sans modifier le chiffre, laisse-moi rire ! Tu as fait trois fois le tour du périphérique pour te distraire, avec ce taxi ? Et si j'ai bien compris, tu as vomi dedans ?

Charles s'essoufflait à vitupérer en même temps qu'il grimpait les étages. Parvenu devant la porte de Florian, il s'appuya un instant au chambranle, attendant des explications.

— Viens, lui enjoignit sobrement son frère. Et ne t'inquiète pas, il va bien.

En pénétrant dans le studio, Charles eut la stupeur de découvrir son fils allongé sur le vieux canapé, un bandage maculé de sang sur le front et un gant de toilette, apparemment plein de glaçons, posé sur le nez.

— Mon Dieu…, murmura-t-il, saisi.

Florian débarrassa l'unique chaise, sur laquelle s'entassaient des journaux chiffonnés, et fit signe à son frère de s'asseoir.

— On va te raconter, ce n'est pas grave. Voilà, je…

— Vous avez appelé un médecin ? l'interrompit Charles.

— Pas la peine. Il n'a rien de cassé.

— Qu'en sais-tu ? Tu es inconscient, ma parole !

— Arrête, papa, intervint Julien.

Il se redressa un peu, eut une ombre de sourire.

— Je me suis fait prendre à partie par un… Un…

Il chercha le bon mot, lança un regard de détresse à son oncle.

— Dealer, acheva Florian sans s'émouvoir.

Abasourdi, Charles se laissa tomber sur la chaise branlante.

— J'aimerais comprendre, articula-t-il.

— À condition de ne pas t'énerver, exigea Florian. Bon, Julien avait une petite ardoise, rien d'extraordinaire, mais dans ce milieu on ne plaisante pas. Comme il n'avait pas le fric, ça a dégénéré.

Et puis il m'a appelé et je suis allé le récupérer. J'ai payé le mec. Enfin, presque, parce que je n'avais pas tout à fait assez, ce qui ne lui a pas plu. Le ton est monté et on a dû abandonner le portable de Julien pour être quittes. Après, un taxi a bien voulu nous emmener, vu qu'on n'allait pas prendre le métro dans cet état, et de toute façon, on n'avait plus de quoi acheter les tickets. Voilà, tu sais tout.

Il y eut un long silence, auquel Julien mit fin en chuchotant :

— Désolé, papa.

— Moi aussi ! explosa Charles. Pourquoi ne m'as-tu pas téléphoné à *moi* ? Pour ne pas te faire engueuler ?

— Non… Non, en fait, je n'y ai pas pensé.

Charles eut l'impression de recevoir un seau d'eau glacée en plein visage. Dans son affolement, Julien avait songé à Florian d'abord. Un constat difficile à admettre. Oncle et neveu avaient donc noué un rapport de confiance qui n'existait pas entre père et fils. Qui ne *pouvait pas* exister, tout simplement parce que Charles n'avait rien vu, rien su. Était-il moins attentif qu'il ne l'avait cru, et aussi bien moins subtil que son frère ? Son échelle de valeurs n'était-elle pas à revoir ? N'avait-il pas fini par se croire supérieur à force d'être le seul à décider, le seul à soutenir sa famille ? Ses certitudes ne le rendaient-elles pas aveugle, indifférent ? Il se sentait soudain démuni, impuissant, « à côté de la plaque », aurait dit Florian.

— Florian m'a répondu immédiatement, poursuivit Julien. Pas la peine d'ameuter tout le monde.

— Je ne suis pas *tout le monde*, soupira Charles, je suis ton père. Et je t'aime. Mais tu as bien fait de t'adresser à ton oncle. Il était sûrement l'homme de la situation.

— Ben, oui ! s'empressa d'acquiescer Julien. Toi, dans ce genre de circonstances... Pris au milieu d'une bagarre, tu aurais appelé les flics. Or mieux vaut ne pas les mêler à ces trucs, ça te fait une mauvaise réputation et ça te retombe dessus.

Une bagarre ? Charles se tourna vers son frère qu'il examina. Un bleu s'élargissait sur sa pommette et le col de sa chemise était déchiré. Il ne l'avait pas remarqué jusque-là, obnubilé par son fils.

— Dans quoi t'es-tu fourré..., soupira-t-il, accablé.

Un nouveau silence tomba. Charles réfléchissait, et brusquement il se redressa.

— Tu as entraîné ton oncle dans une sale histoire. Si tu tiens absolument à fumer un joint de temps en temps, ce que je réprouve, arrange-toi au moins pour avoir de quoi te l'offrir ! Florian n'a plus l'âge de faire le coup de poing pour toi. S'il avait été blessé, je t'en aurais beaucoup voulu.

Pour la première fois, il prenait la défense de son frère, pas de son fils. Il se leva, s'approcha de Julien. Avec des gestes doux, il souleva le bandage de son front, vit que la plaie n'était pas assez profonde

27

pour nécessiter des points de suture, puis il ôta le gant de toilette glacé et le remit aussitôt en place.

— Bon, décida-t-il, reste dormir ici. Si tu te lèves, tu vas sans doute recommencer à saigner du nez. Nous parlerons de tout ça une autre fois, à tête reposée.

Son regard erra sur le canapé usé, la caisse qui servait de table basse où il avisa un flacon de désinfectant et une boîte d'antalgiques. Florian avait décidément fait ce qu'il fallait. De nouveau, il se pencha vers son fils, déposa un baiser léger sur sa joue.

— J'espère que ça te servira de leçon, ne put-il s'empêcher de chuchoter.

— Je te raccompagne, dit Florian derrière lui.

Ils descendirent les six étages en silence et, une fois en bas, Charles demanda :

— Tu n'en as pas marre de tous ces escaliers ? Tu ne voudrais pas habiter ailleurs ?

— Ah, non ! J'adore cet immeuble, je connais tout le monde ici. Et là-haut, c'est mon repaire, mon nid d'aigle. Je suis bien chez moi. Je n'ai jamais eu tes besoins. Avoir beaucoup de place me ferait peur.

Ils sortirent ensemble, sous une pluie fine qui s'était mise à tomber.

— Ne t'inquiète pas pour Julien, ajouta gentiment Florian, je m'en occupe.

— Je sais... Tu fais ça très bien.

— Merci de le reconnaître.

Durant quelques instants, ils échangèrent un regard complice, presque amusé.

— Ne reste pas sans argent, suggéra Charles. Avec un neveu pareil, mieux vaut prévoir, n'est-ce pas ?

Il prit une liasse de billets dans sa poche, en ôta un seul pour son taxi du retour et mit tout le reste dans la main de Florian.

— À plus, vieux ! lança-t-il avant de s'éloigner.

Quoi qu'il arrive, ils se reverraient le lendemain, ou le jour d'après.

Michel Bussi

La Seconde Morte

— Lui, le type avec le tablier blanc, c'est mon père.

Je montrais à Raphaël toutes les photos de papa, passant mon doigt sur sa panoplie immaculée de pâtissier, sur sa barbe qui ne pique pas à travers le papier glacé, sur ses cheveux blancs, de la farine affirme toujours mon papa en riant, cette foutue farine...

— Elle, c'est maman.

J'ai tourné une page de l'album pour faire admirer à Raphaël la photo de ma mère que je préfère, celle où elle se tient debout devant la boulangerie tout sourire et toute décolletée ; c'est la braderie de Pâques, elle pose devant les immenses sculptures de chocolat exposées, un carrousel, une pyramide de Khéops, un piano à queue et une dizaine d'œufs géants.

Mon père est le roi des chocolatiers, Raphaël sera gâté.

Je me suis blottie dans le canapé contre sa large poitrine de judoka. D'après *Filles d'aujourd'hui*, j'étais en train de vivre la cinquième étape de la naissance d'un couple, celle de la soirée albums-photos avec son amoureux ; l'étape intermédiaire, selon le magazine, entre la première nuit où l'on oublie sa brosse à dents et celle de la vraie rencontre avec les beaux-parents.

Nous sortions ensemble depuis trois mois. J'étais dans les temps.

J'ai tourné une autre page de l'album.

À en croire *Filles d'aujourd'hui*, si votre amoureux vous écoute avec une attention polie, regarde chaque visage sans bâiller, c'est que c'est un gentil ! C'est que ça vaut le coup de lui mettre le grappin dessus. L'article conseillait, dans mes souvenirs, de ne pas lui faire ingurgiter plus de trois albums à la fois et d'éviter ensuite de lui faire réciter l'ensemble de l'arbre généalogique.

— Et elle, qui c'est ?

Forcément, Raphaël allait me le demander.

— Ma sœur. Alexandra. Ma grande sœur. Elle a cinq ans de plus que moi.

Immédiatement, j'ai senti le regard de Raphaël changer. Ses doigts mollir dans ma paume. Son souffle s'accélérer. Son corps se redresser.

Tout un langage gestuel, presque animal.

Alexandra fait toujours le même effet. Aux mâles…

J'ai soudain eu envie de refermer l'album, de

rattraper ces doigts qui échappaient aux miens, quitte à les tordre ; de poser mes deux mains sur les yeux envoûtés de Raphaël, comme lorsqu'on joue au loup.

Peine perdue ! Même dans le noir, l'image d'Alexandra resterait imprimée. Alors je n'ai rien fait, habituée, blasée, presque amusée. Je n'ai rien fait.

Rien que les présentations.

— Elle est jolie, tu ne trouves pas ?

L'hypocrite n'a rien répondu.

Pourtant, comment pourrait-il le nier ? Alexandra est plus que jolie. Attirante, comme un papillon d'Amazonie. Bonne, canon, bandante, dira Raphaël quand il en parlera à ses copains. Pas une photo où les traits d'Alexandra ne s'ordonnent avec harmonie ; pas une pose où son corps ne semble dessiné par un sculpteur de génie ; pas un angle où ses yeux ne défient les mateurs invisibles.

Alexandra l'idéale, alors que je ne suis que banale ; ni laide ni moche, je me débats dans la médiocrité. Je suis arrivée trop tard, Alexandra avait déjà tout raflé. La grâce. Le talent. La confiance.

L'hypocrite m'embrassa, comme s'il avait compris. C'est vrai que Raphaël est un gentil. Beau garçon. Bosseur. Galant. Indulgent. Exactement le genre de mec qui ne reste pas longtemps sur le marché.

Subtil, aussi ; une qualité plus rare encore. Tout

en caressant mon cou de la pointe de son index, il me glissa :

— Moi aussi, bébé, j'ai un grand frère. Moi aussi tu sais, j'ai eu l'impression de toujours passer en deuxième… Mes jouets, c'étaient ceux dont il ne voulait plus… Pas de vélo neuf, seulement celui trop petit pour lui… Je n'ai rien eu à moi, jamais. Même les habits, je portais ceux qu'il avait déjà mis…

J'ai baissé la tête. J'allais le tester mon Raphaël, et ça, dans *Filles d'aujourd'hui*, ce n'était pas écrit. Pas prescrit.

J'ai passé le doigt sur la photo d'Alexandra. Seize ans. Jean slim et top moulant. Une liane.

— Moi j'aurais bien aimé.

Puis j'ai posé ma main sur une photo de moi adolescente, été 96, Palavas-les-Flots, vêtue d'un paréo qui masquait mes quelques kilos en trop. Avant de continuer :

— Les vêtements de ma grande sœur… j'aurais bien aimé pouvoir les porter.

Il m'a embrassée, il m'a basculée sur le canapé, il m'a rassurée. Raphaël fait partie de ces hommes qui aiment jouer les chevaliers. Sa main a glissé sous le pull que je portais sans rien dessous. Peut-être même que ça l'excitait de savoir que ma grande sœur était une bombe. Peut-être que ça compte pour un mec, quand il choisit une fille, d'aimer aussi sa belle-famille.

Peut-être qu'à travers elle, il me trouvait un peu plus belle.

— Alexandra est aux États-Unis, ai-je murmuré à l'oreille de mon amoureux. Elle expose ses photos jusqu'à mars à la Lexington Gallery. Elle ne rentre que dans quelques semaines.

D'ici là, j'avais le temps de construire un château fort autour de mon chevalier !

Alexandra avait la même histoire que moi, la même famille, le même humour, le même goût pour la photographie, le goût pour les mêmes hommes, elle était moi... en mieux !

Quel autre choix avais-je, à part me barricader ? Maintenant que j'avais présenté ma grande sœur à Raphaël, je ne pouvais pas l'effacer d'un coup de baguette magique. Une grande sœur, ce n'est pas une rivale normale ; qu'on admire d'abord, qu'on élimine ensuite. Ça ne marche pas comme ça entre frangines. À la limite on tue le père, la mère, pour devenir un jour soi-même, mais on ne tue pas celui ou celle qui a votre âge, ou juste quelques années d'avance, même s'il vous a tout volé, même s'il vous rend jaloux à en crever.

Allez ouste, foutez-moi le camp les corbeaux avec vos idées noires, votre psychologie de bazar et vos oracles de désespoir.

Même si Raphaël pensait déjà à une autre, c'est MOI, c'est MOI qu'il embrassait.

J'ai fermé les yeux, je me laissais câliner.

Pour savourer chaque miette de bonheur, pour

oublier la peur. Celle qui remontait à des années, à mes premiers souvenirs, à ma première rentrée, à la première fois où j'ai compris qu'Alexandra passerait toujours devant moi.

*
* *

J'ai peur.

Je crois que c'est ma première grande peur. La première dont je me souviens, c'est certain.

Je suis la seule à ne pas avoir de cartable avec une princesse dessus ; le mien est vieux, il a déjà servi. Pourtant en CP, le premier jour d'école, presque tout le monde a un cartable neuf. On entre dans l'école deux par deux. Le garçon à qui je donne la main est plus petit que moi et porte des lunettes. Je cherche le portemanteau avec mon prénom mais je ne le trouve pas, alors je laisse ma doudoune verte par terre et personne ne la ramasse ; ce n'est qu'à la récré que je comprendrai qu'un grand de CE1, Thibaut, avait accroché son blouson sur mon nom.

Je cherche ma place dans la classe, elle est au fond.

Un grand me bouscule, quatre filles rient en s'installant aux tables voisines, un petit pleure, on est beaucoup d'enfants, trop pour que je puisse compter. Je me demande comment va faire la maîtresse pour retenir tous nos prénoms.

J'ai peur encore.

Forcément, elle va en oublier.

Surtout le prénom de celles qui ne se font pas remarquer.

Celles comme moi.

D'ailleurs elle nous appelle et chacun lève la main.

— Louise Rousseau…

— Lena Sanchez…

— Hugo Fleury…

— Aurélie Leroy…

Je lève la main.

La maîtresse me regarde. Plus longtemps que les autres. Avec un sourire plus grand que pour les autres. Comme si elle me connaissait déjà.

— Alexandra. Alexandra Leroy, c'est ta grande sœur ?

Je suis surprise, je baisse la tête, puis je dis oui.

Les premiers mois, grâce à Alexandra, la maîtresse a fait plus attention à moi. J'ai vite compris qu'elle l'aimait beaucoup, Alexandra ; qu'elle se souvenait d'elle, même si elle l'avait eue cinq ans avant. Qu'Alexandra était douée, en tout ; qu'elle était une de ces petites filles dont une maîtresse est fière, une de ces élèves qui lui donne envie de continuer son métier.

Les premiers mois, à cause d'Alexandra, et toute l'année qui a suivi, j'ai bien compris que la maîtresse était déçue.

J'étais nulle, bavarde, distraite.

Mais c'est tout de même sur MON cahier qu'elle se penchait.

La pauvre Madame Blanchon, elle espérait.

*
* *

Même si je n'étais pas la plus douée, je me suis accrochée, sans imagination ni originalité, suivant le chemin tracé par ma grande sœur. Je ne m'en suis pas si mal sortie, Madame Blanchon ne m'a pas couvée pour rien, au bout du compte. BAC Audiovisuel, BTS Photographie, Diplôme supérieur de l'école Louis Lumière. Un parcours sans gloire ni faute, comme des milliers d'autres, des milliers d'autres qui restent sur le carreau.

Fabio m'avait donné rendez-vous à *La Libellule*, un bar branché du Quartier latin ; il avait reçu mon CV, il voulait me parler, il recherchait du monde, surtout des filles, jeunes, bosseuses, dynamiques ; sa boîte, Studio75, fournissait en photos tous les hebdos les plus en vue de Paris.

J'ai longtemps hésité à y aller, mais Raphaël m'a poussée.

Qu'est-ce que tu risques ?

Qu'est-ce que je risque ?

La honte ! La honte mon chéri ! Que ce type souhaite me rencontrer uniquement parce que j'ai osé glisser une référence à ma sœur dans ma lettre de motivation.

Sinon, pourquoi aurait-il retenu justement MA candidature, parmi les centaines, les milliers de filles et de gars qui photographient mieux que moi ? Qui ont déjà vendu leurs portraits ou leurs panoramas, gagné des concours, approché des stars...

Raphaël avait beau m'affirmer que mes photos de squares d'enfants, de chatons blancs et de fleurs des champs étaient aussi admirables que celles, primées et exposées, qu'Alexandra postait sur sa page Facebook, qu'est-ce qu'il y connaissait ? Il s'extasiait surtout sur les photos de son propre dos, de ses abdos, de ses biscoteaux, que je prenais dans notre lit ou sous sa douche, et que je lui envoyais en mails discrets comme pour préparer un calendrier des Dieux du Stade où il aurait été le seul à poser.

J'y suis allée.

Quand j'arrivai, Fabio m'attendait. Sympa, drôle, vieux, il avait commandé un Mojito framboise.

Il sortit mon book et m'embaucha presque aussitôt. Il n'avait même pas eu la délicatesse de faire semblant. Dans mon dossier, il avait glissé des copies d'écran, des clichés d'Alexandra qu'on trouvait sur sa page, celle de son double périple Haïti-République dominicaine, avec la liste des prix qu'elle avait glanés, des commandes mirobolantes qu'on lui avait passées, quelques lignes d'articles élogieux qui lui étaient consacrés. Fabio avait joué franco.

— Vous avez moins de talent que votre sœur...

mais vous êtes plus jeune aussi... (Il avait croqué la framboise piquée au bout de sa paille.) Je vais faire le pari que l'art du déclic est génétique.

*
* *

Les mois filèrent. Une année, deux années.

J'avais un boulot, un appart, un petit ami. Je ne m'en sortais pas si mal. J'étais arrivée où je voulais.

J'en serais même venu à remercier Alexandra.

Sans elle...

Mais...

Mais paradoxalement, c'est à ce moment-là que mon envie de la tuer est née... Envie qu'elle disparaisse, qu'elle n'ait jamais existé.

Au boulot, même si je me bagarrais, si je décrochais des scoops, des ouvertures, des couvertures, je les obtenais davantage par mon énergie, ma rage, mon abattage, que par mon talent ; et Fabio continuait de baver sur les photos d'Alexandra venues des quatre coins de l'Amérique du Sud, de la Terre de Feu, de San Felix, des Malouines, attendant patiemment que le miracle de la génétique me touche.

La condescendance de Fabio n'avait pourtant aucune conséquence. Jamais il n'aurait osé contacter Alexandra.

Raphaël, lui, ne s'en était pas privé.

Je l'avais redouté, je ne vais pas vous le cacher.

Je l'avais même anticipé ; et pourtant, je suis incapable de donner une réponse précise à cette question toute simple :

Quand Raphaël était-il tombé amoureux d'Alexandra ?

En janvier 2003, sur le canapé, quand il l'avait vue pour la première fois, une simple photo dans un album ?

Un peu plus tard, dans notre lit, quand comme une conne, pendant une nuit, je lui avais vanté ses qualités, ses premières photos avec le Minolta 7000 de papa, la fierté des parents, des cousins, des voisins, sa sortie comme major de l'École Nationale Supérieure de Photographie, son admission à International Center of Photography de New York, sa première expo à vingt et un ans ?

Ou bien avait-il craqué dès les premiers mots échangés, quand il avait contacté Alexandra par mail pour mon anniversaire ? Ce chou préparait une surprise pour mes vingt-cinq ans, un baptême de l'air.

Visiblement, le courant était tout de suite passé ! Même humour électrique, même petite flamme au fond du cœur, même confidences timides dans mon dos...

Aurélie te ressemble si peu, ta petite sœur est si fragile, si inquiète, si peu sûre d'elle... Vous êtes si différentes... Même... même physiquement.

Ô mon chéri ! Tu n'étais pas le seul à t'être posé la question... Si différentes les deux sœurs.

Aux antipodes. À se demander si elles possèdent le même ADN ; ne serait-ce que la moitié du même ADN ?

Cette Aurélie pour qui tu avais pourtant tant de tendresse, c'est bien ce que tu écrivais, à qui tu ne voulais aucun mal, avec qui tu te sentais bien, même s'il te pesait, le quotidien, même si petit à petit la passion s'éteignait.

Comme j'ai rêvé alors, de pouvoir éliminer ma sœur d'un simple claquement de doigts, d'un index appuyant sur une touche, comme s'il suffisait de supprimer sa page Facebook pour qu'elle disparaisse définitivement.

J'ai découvert par hasard le texto où Raphaël allait plus loin !

Enfin, par hasard... D'après les magazines que je ne lis plus depuis des années, il paraît que ça ne se fait pas de deviner le mot de passe de son amoureux, de confisquer son portable de temps en temps et de pianoter.

En ce qui concerne celui de sa frangine, ils ne disent rien dans les magazines.

Alexandra était en France à ce moment-là. Raphaël voulait lui parler, en tête à tête. Elle avait accepté.

Cinq messages encore, Raphaël se sentait inspiré. Le lieu avait été fixé.

Place de l'Opéra. Dix-huit heures.

Jusqu'où Alexandra était-elle prête à aller ? Avait-elle besoin, en plus de tous mes autres rêves, de me voler aussi mon fiancé ? Il n'y en avait pas d'autres dans le monde, des hommes à aimer ? Des milliards d'autres ?

J'y suis allée. Malheureuse, honteuse, fiévreuse.

Place de l'Opéra. Dix-sept heures cinquante.

En avance. Moins que Raphaël.

Le pauvre chéri tournait en rond à l'angle de la rue de la Paix. J'hésitai à couper la file de taxis, le couloir de bus, à me jeter boulevard des Capucines pour que les voitures pilent devant moi, comme dans ces films où les couples ne se boudent jamais pour de vrai, où l'héroïne finit par rejoindre son homme et se jette dans ses bras.

Mais j'ai eu peur. Comme à chaque fois.

J'ai eu peur de lire la déception sur le visage de Raphaël. Celle qu'il attendait, ce n'était pas moi.

Alors j'ai décidé de patienter.

J'envisageai d'abord l'option ridicule du flagrant délit... Avant que ne surgisse l'idée de génie. Cela m'arrive parfois, des flashs, des intuitions, une sorte d'instinct de survie ; cette stratégie-ci, même Alexandra, si surdouée soit-elle, ne l'aurait pas osée.

Je me suis connectée sur Facebook avec l'adresse d'Alexandra. Puis aussi vite que je le pouvais, j'ai écrit en messagerie privée.

Je ne viendrai pas Raphaël.

Tu es un type charmant, intelligent, séduisant. Mais je ne peux pas trahir ma sœur.

45

Puis je suis restée le pouce en l'air, hésitant entre :

A – Supprimer
B – Envoyer
C – En rajouter…

Après tout, si je repensais à tout ce qu'Alexandra, depuis la maternelle, m'avait volé ; à toutes les places où j'aurais pu m'asseoir si elle ne les avait pas occupées, des genoux farinés de mon père aux sièges des avions qui partent pour l'étranger.

Sur ce coup-là, ma sœurette pouvait bien me filer un coup de main.

Si tu m'aimes, tu l'aimeras aussi,
Aurélie est une fille bien…

Pouce en l'air, une respiration, un ultime plongeon.

Mieux que moi, tu verras.

Je me suis persuadée qu'Alexandra aurait pu écrire ça.

Une seconde plus tard, Raphaël, sur les marches de l'Opéra, sortit son téléphone, trembla un peu, s'écarta de la foule, s'assit, fit danser ses doigts sur le clavier.

Je restais concentrée sur la page Facebook d'Alexandra, certaine que la réponse de mon chéri allait tomber.

Dès qu'elle s'est affichée sur l'écran, j'ai pris une demi-seconde pour la lire.

*Tu es une fille bien, Alexandra. Mieux que moi.
Celle que j'aurais préféré aimer. Si je t'avais rencontrée
en premier. Si nous avions osé. Si...*

J'ai pris une autre demi-seconde pour la supprimer.

Comme si ce message n'avait jamais existé.

Dix-sept heures cinquante-six.

Dans la minute suivante, Raphaël disparut, avalé
par la bouche de métro.

Je suis restée connectée tout le reste de la journée,
au cas où Raphaël aurait eu envie d'insister. J'avais
bien fait ! Le soir même, j'interceptais un message
plus long. J'étais dans la pièce d'à côté occupée
à trier le linge, téléphone à portée de main pour
être la première à dégainer, alors que mon chéri
s'épanchait sur son portable posé devant la télé, à
peaufiner un message d'excuses que ma sœur ne
lirait jamais... Car Alexandra lui avait écrit, elle
l'avait attendu à dix-huit heures place de l'Opéra,
visiblement, elle n'avait pas apprécié le lapin, le
pauvre Raphaël ne comprenait plus rien...

Un instant, j'ai eu envie de dire à Raphaël que
tout était fini. De lui balancer ses fringues à la
figure. De lui dire où il pouvait se la mettre, sa
tendresse et sa pitié.

Et puis non.

Pour une fois, Alexandra ne gagnerait pas.

Raphaël était à MOI.

En premier.

Il le resterait.

Si Alexandra revenait, si Raphaël cherchait à la revoir, je la tuais ! Mais ça ne s'est pas produit ; pas à ce moment-là du moins.

*
* *

J'avais raison, avec les mois et les années, les choses se sont tassées. Alexandra était retournée aux États-Unis et Raphaël l'avait oubliée. Peut-être d'ailleurs n'avait-elle été qu'un fantasme, peut-être que s'ils s'étaient rencontrés, rien ne se serait passé.

Raphaël s'était habitué.

Avec le temps, Raphaël avait appris à m'aimer.

Raphaël était un garçon qui appréciait que les choses soient à leur place, son assiette, sa serviette, ses chaussettes, ses baskets… Je savais faire cela, organiser les choses pour qu'elles soient ordonnées, pour qu'il n'ait plus à y penser, juste à rentrer, s'installer, se laisser aimer. J'avais pris un trois-quarts temps à Studio75 dès que Fabio avait signé mon CDI.

Depuis juillet, on essayait de faire un bébé.

Nous nous sommes fiancés, à l'ancienne ; les parents de Raphaël tenaient une ferme dans le Sud-Ouest, ils étaient montés pour l'occasion avec dix kilos de foie gras et de confits ; sur le buffet, papa avait planté une forêt-noire de trois hectares. Les fiançailles n'étaient qu'un hors-d'œuvre…

Mes parents étaient descendus chez mes beaux-parents, l'été d'après. Pour préparer la suite.

Le mariage était fixé au 2 octobre.

★
★ ★

Nous étions chez nous, quelques semaines avant le mariage. Raphaël s'appliquait. Il écrivait les noms des invités sur des cartons dorés, avec un stylo d'encre pailletée ; il ralentit, leva d'abord son crayon, puis les yeux au plafond. Il hésita long-temps, puis se jeta dans le vide.

— J'aimerais qu'Alexandra soit notre témoin.

Mes yeux lancèrent deux poignards qui se plantèrent dans le canapé, à quelques centimètres de ses bouclettes. Mais mon chéri n'avait pas l'air de comprendre qu'il jouait avec sa vie… Il insista.

— Adam, mon grand frère, est mon témoin. Ce serait logique qu'Alexandra soit la tienne. Une sorte de… de symétrie…

— Qu'est-ce que tu connais d'elle ? Elle vit aux États-Unis depuis toutes ces années. Elle ne donne aucune nouvelle. Elle se fiche de papa et maman, de notre famille, elle habite sur une autre planète, elle…

— Je lui ai écrit !

Enfin il l'avouait.

Et il déballa tout. Il était resté en contact avec Alexandra, toutes ces années. Il postait des *like*

49

sur sa page Facebook, à chaque nouvelle expo, à chaque nouvelle photo. Il lui envoyait des messages. Parfois, elle lui répondait.

J'ai joué la surprise, la colérique… Comment mon chéri aurait-il pu se douter que j'étais au courant de tout ? De chaque mot. De chaque texto.

Prévoyante, jalouse, plus manipulatrice encore que lui.

Sauf que c'était terminé aujourd'hui.

Je prenais mon autonomie !

J'avais trente ans, un enfant allait pousser dans mon ventre, un autre allait mourir ; celui que j'étais, Aurélie la timide, celle qui passait toujours en second…

Passer en second, puisque la vie se résume à une histoire de couples, c'est toujours passer en dernier.

Cette Aurélie-là, année après année, avait disparu. Je m'étais battue ! Pour chaque petit morceau de vie que j'avais obtenu. Mon appart, mon boulot, mon mari. J'avais tissé un filet de sécurité pour que rien de ce que j'avais gagné ne puisse m'être enlevé.

— J'y tiens, insista Raphaël. J'y tiens vraiment.

Toutes ces années, Alexandra avait été là, entre nous, comme un tabou. À trois jours de mon mariage, il était temps d'en terminer. Je criai. D'aussi loin que je me souvienne, c'est l'une des premières fois où j'ai crié sur Raphaël.

— Hors de question ! Hors de question que ma grande sœur soit mon témoin !

— Mais…

— Choisis, Raphaël. Choisis. C'est elle ou MOI.

Au fond de moi, je savais qu'il n'y avait plus de match. Alexandra m'avait servi à obtenir le bel et sage Raphaël ; à le retenir, toutes ces années, entre son remords non cicatrisé d'avoir failli l'avoir et son espoir inavoué de la revoir.

Désormais, même le fantôme de ma sœur ne faisait plus le poids. Je connaissais Raphaël. Il avait trop investi. Dans notre relation, dans nos relations, dans tout ce qu'on avait construit. Un capital… Pas en euros, un capital social fait de réseaux dont nous étions devenus responsables, qui nous étaient devenus indispensables. Mes amis et ses amis, ma famille et sa famille, mes collègues et ses collègues… C'est au fond ce qui nous tient, ce sont eux en réalité nos liens, nos copains communs, pas la capacité à supporter ou non le quotidien.

Oui, je connaissais mon Raphaël.

Quoi qu'il apprenne, quoi que je fasse, jamais il ne pourrait faire machine arrière.

Oui, j'avais patiemment tissé mon filet.

Alexandra pouvait se pointer.

J'étais assez forte pour l'affronter ; pour l'écraser sous mes pieds.

★
★ ★

La veille du mariage, Fabio me coinça au vernissage de l'exposition « Ombres et lumières » à la galerie Wolff.

Il m'embrassa, son éternel Mojito framboise à la main.

— Alors ma belle, c'est le grand jour demain ? On va se régaler, il paraît que tu as un père pâtissier ?

Je sentais bien que ce dont il voulait me parler, ce n'était pas des macarons aux trois chocolats de mon papa.

— Et des beaux-parents éleveurs à Sarlat !

Il porta le cocktail à ses lèvres.

— On va enfin pouvoir découvrir ta grande sœur ! Je suis de temps en temps son actualité… Sa cote a l'air de continuer à monter. Peut-être que ce sera l'occasion de négocier ? On pourrait lui confier quelques exclusivités. Ça ne manque pas d'événements croustillants à couvrir à Paris.

Ainsi, Fabio ne pensait qu'à ça depuis des années… Depuis notre rendez-vous à *La Libellule*… À la fameuse Alexandra, la surdouée.

— Elle n'est pas invitée !

— Quoi ?

Fabio manqua d'en avaler sa framboise.

— C'est compliqué, Fabio, les histoires de famille…

— Je comprends, bafouilla-t-il.

Le malheureux, on aurait dit qu'il allait pleurer.

J'ai insisté, histoire que les choses soient claires une bonne fois pour toutes.

— Il y a quelques années, ma grande sœur a essayé de me piquer mon mec, Raphaël, celui avec qui je me marie… Alors on a mis l'océan entre nous. Dans ces conditions, tu comprendras qu'il ne faut pas compter sur moi pour négocier un contrat préférentiel avec l'inaccessible Alexandra Leroy… Tu crois (je l'ai regardé droit dans les yeux), tu crois que tu pourrais me virer pour ça ?

Fabio a préféré jouer avec le glaçon rose de son Mojito plutôt que de me répondre.

Après avoir piétiné Alexandra devant mon chéri, je brûlais tous ses clichés devant mon boss.

J'étais la photographe la plus dégourdie de sa boîte. La plus organisée. La plus fiable.

Je savais qu'il ne pouvait plus se passer de MOI.

★
★ ★

C'est le grand jour !

J'ai peur, j'ai encore un peu peur. Peur des conséquences.

Peur encore quelques heures.

Pourtant, au début, tout s'est déroulé comme prévu.

Raphaël a dit oui.

Les alliances ont été échangées, les familles se sont congratulées, les toasts, petits-fours et pâtisseries de nos deux familles ont été avalés, les tonneaux de jurançon vidés.

Je n'ai pas bu, pas trop, on m'avait prévenue ; tremper les lèvres, trinquer, mais ne pas vider sa coupe à chaque fois que l'on échange trois mots et un sourire avec un nouvel invité.

Raphaël, lui, ne s'est pas privé.

Cling

De boire, de faire le tour des invités.

Cling

De tourner, de sourire, de papillonner, de cher-cher.

Cling

La reine de la soirée… pas moi… celle qui for-cément devait être là même si je n'avais pas voulu d'elle pour signer en bas de notre contrat. Celle sur laquelle il devait fantasmer depuis que les faire-part avaient été envoyés.

Alexandra, coiffée, maquillée, en robe de soirée, plus belle que jamais.

Cling

Raphaël a trop bu. Est-ce le champagne qui lui monte au cerveau ?

Moi je le regarde, souriante, consciente de tout ce qui va se jouer. Je repasse en accéléré le film de ma vie.

La question de Madame Blanchon le jour de l'entrée au CP et moi, surprise, qui n'ose pas dire non, qui ne comprends pas les conséquences de mon timide et stupide hochement de tête.

Tout est né, tout a commencé ce jour-là.

Par un malentendu. Un nom de famille un peu trop commun.

Je repense à tous ces gens au cours de ma vie qui s'intéressaient davantage à moi grâce à Alexandra, à ses clichés, à son destin, à cette sœur plus grande que moi, cette sœur plus douée, plus belle que moi. Cette sœur qui était tout ce que je ne serais jamais.

Raphaël s'avance vers mes parents.

Lorsque je parlais d'elle, on me regardait différemment, j'étais subitement moins insignifiante ; j'existais. Exactement comme le regard de ma maîtresse le premier jour du CP. Raphaël, Fabio, et tant d'autres qui ne m'ont fait confiance, ne m'ont donné une chance, que parce qu'Alexandra était là. Parce qu'ils avaient admiré un visage sur une photo, ses mots sur un texto, des photos dans un album ou sur un blog, comme il en existe des milliers sur le Net, mais celles-là couronnées par des prix, des louanges, des récompenses.

Raphaël va leur parler. Je le sens. Est-ce le ballet des effusions qui lui délie la langue ? Est-ce l'occasion qui lui fait prononcer ce prénom, celui que depuis que je le connais, je lui ai interdit de prononcer devant mes parents.

Celui de la fille prodige devenu fille prodigue. Pour ne pas leur faire de peine.

Cling
Il trinque avec maman.

Je suis certaine que, malgré ce que Raphaël va apprendre, il va rester. Je veux m'en persuader.

Je suis irrésistible dans ma robe blanche ; je lui ai tout offert, jusqu'au plus beau cadeau qu'un homme puisse espérer : deux filles dans la même corbeille de mariée.

Une épouse parfaite et son double de rêve.

Cling
Il trinque cette fois avec papa.

— Alexandra n'est pas là ?

Papa le regarde.

Je tremble et à la fois je suis soulagée.

Je ne vous demande pas de me plaindre. Encore moins de m'admirer.

De me comprendre peut-être.

— Qui ça ?

— Alexandra... Votre fille... la sœur de...

Devant les yeux ahuris de papa, c'est maman qui se charge de recadrer son gendre.

— Enfin Raphaël, qu'est-ce que vous nous racontez ? c'est le jurançon qui vous fait tourner la tête ?

Cling
Je me tiens un peu en retrait. Je vide cette fois mon verre d'un trait.

Je suis comme vous au fond, je me suis posé les mêmes questions.

Qui pourrait me trouver le moindre intérêt ?

Qui pourrait me trouver digne d'être désirée ?

Dans la cour d'école, un bouc émissaire se trouve un grand frère, une orpheline s'invente des parents…

Le mensonge est la seule défense, le seul refuge, la seule prison des mal-aimés.

Maman continue, tout sourire dans sa jolie robe, trempe ses lèvres dans son verre de vin millésimé. La fête est parfaite.

— Voyons, Raphaël, vous savez bien qu'Aurélie est fille unique !

Maxime CHATTAM

Ceci est mon corps,
ceci est mon péché

Il ne frappait que lorsque le climat se rafraîchissait enfin, généralement à la sortie de l'été, quand le vent portait en lui les prémices du froid à venir et que les journées étaient plus courtes. De préférence entre deux orages, comme s'ils étaient ses autoroutes, guidé par les rugissements et les trombes qui effaçaient le monde en quelques secondes. C'était sa routine temporelle. Il en fallait bien une, heureusement pour nous, parce que pour le reste, il était aussi imprévisible qu'un requin dans l'océan. Son rayon d'action semblait sans limites d'un bout à l'autre du pays, sinon même au-delà de nos frontières bien que nos supérieurs aient toujours tout fait pour que nous n'allions pas trop fouiner dans cette direction. Il faut dire que c'était un cas unique et pour le moins dramatique avant d'être embarrassant, personne d'un peu zélé avec un soupçon d'ambition n'avait intérêt à ce que l'affaire s'ébruite, il aurait sonné notre mise à mort professionnelle, nous couvrant de ridicule et entraînant une bonne panique auprès de la population. Et quand je parle de panique, c'est un doux euphémisme.

Non, pour autant que j'en sache, personne en dehors de notre service n'était au courant, en tout cas personne n'était en mesure de relier tous les points pour en tirer le dessin d'ensemble. Parce que c'était un peu ça dans le fond, un de ces jeux pour enfants où il faut relier tous les points pour découvrir le motif général. Sauf que pour chaque point, nous, nous avions un meurtre, parfois plusieurs, tous commis par le même individu, selon le même mode opératoire. Des dizaines. Et des dizaines. Et des dizaines. Ça fait beaucoup écrit ainsi, n'est-ce pas ?

Des dizaines.

Et des dizaines.

Et encore des dizaines.

La première fois que j'ai entendu parler de lui, je venais à peine d'arriver au Département des sciences du comportement. J'avais dix ans d'expérience sur le terrain, et beaucoup travaillé avec une autre agence fédérale, spécialisée dans les affaires de drogue, si vous voyez ce que je veux dire, des enquêtes complexes couvrant plusieurs États, allant parfois jusqu'au Mexique. Et j'avais vu des choses sordides. La drogue fait ressurgir les instincts les plus primitifs, elle inhibe la raison et donne au cortex reptilien les pleins pouvoirs avec les conséquences qu'on peut imaginer. Mais ça n'est rien à côté de ce que font ceux qui contrôlent les réseaux de la drogue. Eux sont encore plus monstrueux parce qu'ils ne sont pas rendus fous par les substances de synthèse, mais par la plus addictive et la plus sournoise des drogues : l'argent. Dix ans de ces fréquentations et je me prenais pour un vétéran de l'horreur. En arrivant donc au Département des sciences du comportement, j'ai découvert que j'en avais encore beaucoup à apprendre sur la nature humaine et sa capacité exceptionnelle à se surpasser dans la cruauté et l'abomination.

Je débarquais à peine, tout juste sorti de ma formation complémentaire de huit mois, la première d'une longue série, lorsque je suis entré dans un bureau sans y être invité, et que j'ai vu la carte avec tous ses points posée sur une grande table de réunion. Les deux agents penchés au-dessus tentaient de la replier sur elle-même, comme pour s'assurer qu'elle ne dissimulait pas un message occulte.

— Qu'est-ce que c'est ? Le dépliant central de *Mad magazine* version criminelle ?

À la façon qu'ils ont eue de sursauter, de se mettre devant l'objet du délit et de me dévisager avec agressivité, j'ai tout de suite saisi que c'était aussi important que problématique.

— Ça, c'est pour quand tu seras majeur dans le service, a répliqué Shawn DePorta, le sous-directeur du Département.

Pendant les cinq années suivantes, j'ai fait mes

preuves, j'ai travaillé dur pour mériter le respect de mes collègues, et plus encore pour sauvegarder un peu d'humanité à la surface du professionnel que j'étais. Petit à petit, des liens se sont tissés, la confiance s'est installée. Et, un soir, alors que je passais devant le bureau de Shawn, il m'invita à entrer. La porte était ouverte, il venait de raccrocher et semblait essoufflé.

— Bo, vous faites quoi ce soir ?

Mon vrai nom est Vincent Jackson, mais il a suffi que je sois noir, bon joueur de football américain au lycée, pas mauvais au base-ball pour qu'on me surnomme Bo, comme Bo Jackson, le sportif des années 90.

— Je dîne avec mon micro-ondes, je l'emmène devant la télé, pourquoi ?

— Parce que vous pouvez dire adieu à votre nuit de sommeil, entrez, le moment est venu de vous dépuceler.

Shawn DePorta est un type plutôt grand, du genre tout en nerfs, avec une moustache grise qui lui coule dans la bouche, trop longue à mon goût pour ne pas être le signe qu'il a quelque chose à cacher, ou un manque de virilité à compenser. Déduction à peine digne d'un élève de première année de psychologie à l'université mais qui m'a toujours paru plausible. DePorta était un roc, seules les veines saillantes de son cou le trahissaient quand tout le monde au Département perdait pied sur de grosses affaires, tout le reste de son être demeurait impassible, inflexible. Pourtant, ce soir-là, il semblait fébrile. Il a refermé la porte de son bureau derrière moi avant de déverrouiller une armoire métallique dans laquelle il a puisé la grande carte que j'avais vue cinq ans plus tôt.

Elle représentait le pays dans son ensemble.

Je pense que ce jour-là, j'ai dû compter environ soixante-dix points, mais je peux m'être trompé d'une bonne dizaine. Des taches rouges, faites au marqueur, indélébiles, comme les drames qu'elles représentaient.

— C'est pas une seule affaire quand même ? ai-je demandé.

DePorta a soupiré, il a tapoté trois fois la carte de son index à l'ongle trop long, avant de me répondre :

— C'est le même type.

— Pardon ?

Aux États-Unis, le tueur en série le plus prolifique si on peut employer un pareil terme, a été condamné pour quarante-neuf meurtres. Gary Ridgway a fait trembler l'Amérique pendant vingt ans.

Quarante-neuf.

Je me souviens d'avoir reposé les yeux lentement sur la carte et commencé à compter.

— Mais soyons honnêtes, Bo, je pense que nous n'avons pas repéré le quart de l'activité de ce monstre, a ajouté le sous-directeur.

Là j'ai cru que l'électricité de la pièce vacillait,

comme si le système dans son ensemble accusait le coup, avant de réaliser que c'était moi qui encaissais mal.

— C'est… c'est impossible. Pas autant. On l'aurait attrapé depuis longtemps !

DePorta s'est pincé le nez entre l'index et le pouce et a fermé les yeux un instant pour repousser je ne sais quelle force obscure qui remontait à la surface. Ce soir-là, il paraissait avoir le double de son âge.

— Le Bureau a commencé à bosser sur son cas il y a douze ans, nous avons déterré des affaires jusque dans les années 80. Ça peut remonter au-delà mais nous n'avons aucune certitude.

— Pourquoi je n'en ai jamais entendu parler ?

— C'est le secret de famille du Bureau. Personne n'est au courant à part une poignée d'enquêteurs triés sur le volet.

— Attendez, vous êtes en train de me dire que le tueur en série le plus actif de notre histoire agit sans que personne ne le sache ?

— Son mode opératoire est… particulier. Nos services ont mis longtemps avant de faire le lien entre toutes ces affaires.

— Particulier comment ?

Shawn DePorta a croisé les bras et a posé une fesse sur le secrétaire derrière lui. Ses prunelles se sont plantées dans les miennes comme des grappins de pirates au moment de l'abordage.

— Il ne laisse pas de corps derrière lui.

— Ces points rouges sont des disparitions alors ?

— Non, des homicides.

— Comment sait-on qu'il tue ses victimes s'il n'y a pas de cadavre ?

— Et bien... La plupart du temps, on ne le sait pas, on le déduit. Aucune personne déclarée disparue n'a jamais refait surface, même celles qui datent de plus de trente ans. C'est pour les plus récentes que nous...

— Traces de sang ? Vidéosurveillance ? C'est quoi son erreur ? Je ne peux pas croire qu'un type qui tue pendant si longtemps ne se soit pas relâché, surtout face à la technologie moderne...

— Rien, il ne commet aucune erreur, Bo, crois-moi. Cependant, nous avons eu une idée. Une idée tordue, mais brillante. C'était il y a deux ans, Clarice a proposé de faire des tests ADN et ils ont matché.

— Tests sur quoi s'il n'y a pas de cadavre ?

Shawn inspira un grand coup, comme s'il était gêné d'aborder cette partie du récit.

— Notre homme est imprévisible, il surgit un beau jour dans un village ou une ville, et tout ce qu'on sait de lui c'est qu'il a un camion à bouffe, un de ces food trucks comme il en existe des milliers un peu partout.

— Et avec ça on ne l'a pas encore chopé ?

— Les plaques sont à chaque fois bidon, il ne passe devant aucune caméra de station-service à la sortie des villes, ni aux péages. Aucun témoin

67

fiable n'a pu nous aider à le pister. On a même
exploité la téléphonie en détail sur des zones
immenses, des semaines de boulot pour rien. Les
gens le remarquent lorsqu'il est arrêté, qu'il vend,
mais une fois qu'il remballe il devient anonyme
comme ces camions qu'on croise à chaque carrefour. Introuvable.

— Alors l'ADN il vient d'où ?

— Eh bien… Depuis plusieurs années nous
sommes en alerte. Dès qu'il y a un enlèvement
suspect, nous ouvrons les oreilles, comme le kidnapping est un crime attribuable à nos services ça
n'éveille pas les soupçons, on passe un petit coup
de fil pour vérifier, et nous demandons s'il y a un
food truck dans le secteur. Tu penses bien que
c'est tellement vague, qu'on n'a jamais eu la bonne
réponse assez tôt pour intervenir. Sauf une fois, il
y a deux ans. Nous avons débarqué en urgence
dans l'Illinois, ce salopard venait de lever le camp
la veille au soir.

— Et avec tous nos moyens vous n'allez pas me
dire qu'il a été impossible de retrouver sa trace !

— Nous avons tout fait. Volatilisé. Nous en
sommes à un stade où nous sommes convaincus
qu'il dispose d'un camion encore plus gros, peut-
être un semi-remorque, pour charger le food truck
dedans et disparaître ni vu, ni connu.

— C'est dingue… Et l'ADN ?

— Je vais y venir. Avec l'aide des flics locaux

et de la vidéosurveillance d'une banque placée en face de là où se tenait le food truck, nous...

— Les images ont permis d'identifier son visage ?

— Non, trop loin, mauvaise qualité. Cependant, nous avons retrouvé six personnes qui ont consommé chez lui le jour de son départ. Plaque d'immatriculation, téléphonie et le shérif local qui a reconnu l'un des clients. Au départ nous avons tenté d'en tirer un portrait-robot, tout en sachant que les tentatives précédentes n'ont jamais rien donné de concluant, le type ressemble à Monsieur Tout-le-Monde, et les témoins ne sont pas tous d'accord. À tel point que nous avons même suspecté un duo de tueurs. L'hypothèse est encore d'actualité. En tout cas, chaque année il se teint les cheveux, se les coupe, prend du poids ou en perd et ainsi de suite... Mais cette fois-là, nous n'avions jamais été si près de lui, nous ne l'avions raté que d'une journée, et nous nous sommes mis en tête que son ADN traînait sûrement dans les parages. Nous avons interrogé les six témoins et récupéré deux emballages de hamburgers qu'il vendait. Rien dessus. D'après ce qu'on sait il porte des gants en latex en permanence, le genre de gants jetables que met le personnel dans la restauration rapide. Nous avons éclusé les poubelles tout autour, là non plus, rien.

— Et l'idée tordue de Clarice alors ?

— Elle a convaincu les témoins de nous confier leurs excréments en vue d'analyses poussées.

— Pardon ?

— Clarice avait son idée. Elle ne m'en a pas parlé avant d'avoir les résultats, parce qu'elle savait que j'aurais refusé. Et j'aurais eu tort. Il est rare qu'on puisse récupérer des indices concluants une fois qu'ils sont passés par le corps d'un autre, mais sur les cinq qui ont accepté de se prêter au jeu, l'un d'entre eux a donné un résultat positif.

— Positif de quoi ?

— Nous avons détecté deux ADN. Le sien bien entendu, mais aussi un second, de type humain, très certainement ingéré la veille, nous supposons qu'il provenait de la nourriture achetée au food truck. Et il ne s'agissait pas de n'importe quel ADN, c'était celui d'une personne disparue, un mois plus tôt, à trois cents kilomètres de là.

Je me souviens de m'être alors disloqué mentalement, perdu entre l'ahurissante révélation, l'horreur qu'elle impliquait, et la méthode improvisée et complètement surréaliste. Dans notre métier, il n'est pas rare de prélever des fèces, de l'urine et toute matière biologique que nous trouvons pour en extirper l'ADN de son porteur initial. Mais parvenir à séquencer un segment de chromosomes issu de la matière initiale en partant d'excréments, ça, je n'y avais jamais pensé. Et pourtant, n'était-ce pas ce que faisaient les biochimistes et les archéologues avec les fossiles de coprolithes pour connaître le régime alimentaire d'espèces disparues ?

— Le gars du food truck fait des hamburgers avec les personnes qu'il enlève ? C'est ça ?

DePorta a acquiescé.

— Oh, et il y a pire.

— Pire que le cannibalisme ?

— Peut-on parler de cannibalisme lorsqu'il se fait à l'insu des victimes ? Mais oui, il y a pire. Le second ADN était très proche du premier mais pourtant pas totalement identique.

— Quoi ? Tu veux dire que…

— Laissons ce *détail* de côté pour l'instant, veux-tu ? Ça va t'embrouiller. Revenons au mode opératoire : d'après les témoins notre charmant cuisinier a un espace fermé, probablement une zone réfrigérée à l'avant du camion. On suppose qu'il enlève ses victimes, les découpe dans son camion avant de les déposer au congélo. Puis il en fait des steaks qu'il écoule dans ses sandwichs.

Cette fois c'est moi qui ai mis ma main sur mon visage pour me soutenir.

— Et le reste des corps ? Pourquoi on ne les retrouve pas ? La peau, les abats, le squelette… ai-je demandé d'une voix certainement éteinte.

— Nous avons sondé les zones des disparitions dans tous les sens, pendant des années, en vain. Il emporte les restes, ça ne fait aucun doute.

— Des trophées ?

— Peut-être.

Je me souviens de m'être alors imaginé un lieu perdu dans la forêt (les tueurs en série de ce genre

71

vivent souvent isolés du reste du monde, en particulier pour dissimuler leurs activités diaboliques),
une vieille maison branlante, un dépotoir infâme
tout autour, constitué de carcasses de voitures aban-
données, de moteurs éventrés, de déchets indus-
triels rouillés, le sol contaminé par leurs fluides. Et
puis j'ai vu cette grange tout au bout du terrain.
Un long bâtiment en bois sombre, avec ses deux
ouvertures en hauteur pour charger le foin comme
deux yeux maléfiques. Et j'ai imaginé sans peine
un semi-remorque garé à l'intérieur, à l'abri. Et
tout autour, des dizaines, et des dizaines et encore
des dizaines d'ossements accrochés aux murs, sus-
pendus aux poutres, ou simplement entassés par
terre comme de minuscules cairns à la gloire de
fantasmes morbides. Des ossements humains bien
entendu. J'ai presque entendu le vent froid siffler
entre les planches vermoulues de la grange, et le
grincement sinistre des cordes tout autour de moi.

— Ça lui ferait quel âge maintenant ? ai-je per-
cuté.

— S'il a commencé début des années 80 vers
vingt-cinq ans, pas loin de la soixantaine. Plus si
on se trompe sur son âge au départ.

— Quand même…

— Tu connais ces salopards, Bo, ils ne s'arrêtent
que s'ils sont morts ou en prison.

Soudain j'ai réalisé que ces révélations subites et
l'attitude de Shawn DePorta n'étaient pas gratuites.

— Il a recommencé, c'est ça ? C'était le coup de fil quand je suis entré ?

— Non, ça, c'était pour que Clarice rapplique en urgence. Je venais de booker notre jet. Parce que oui, il vient de frapper à nouveau. Mais cette fois nous avons une longueur d'avance sur lui.

★
★ ★

Nous avons volé pendant moins de deux heures avant d'atterrir au milieu de la nuit quelque part dans l'Arkansas. Pendant le vol, DePorta m'a gavé d'informations. Tout ce que le Bureau savait de notre homme. Soit pas grand-chose. Son dossier était énorme, mais il n'était constitué en réalité que de tout ce que nous savions ignorer, ce qui, à nos yeux, est déjà un élément parlant. Jamais aucune trace d'aucune sorte, ni empreinte, ni ADN, ni débris, sauf les pneus à cinq reprises de son food truck : jamais les mêmes. Le salopard allait jusqu'à changer de camion, sinon de modèle de pneus. Les customisait-il ? Probablement, parce que les rares images que nos services s'étaient procurées (caméras non loin, photos de vacances de témoins) semblaient attester qu'il s'agissait bien du même modèle de véhicule à chaque fois. L'enquête de ce côté avait permis de dresser une liste de plusieurs milliers de propriétaires de food truck identifiés, de les trier selon l'âge, le casier judiciaire, et ensuite par rapport à un profil psychologique type établi par notre Département. Cela avait obligé plusieurs centaines d'agents à aller sur le terrain enquêter sur ces types sans qu'aucune information pertinente ne remonte jusqu'à nous. Le Bureau ne laissant rien au hasard, nous avions ciblé la téléphonie de ces nombreux suspects et vérifions si aucun n'avait activé les bornes de son opérateur dans le secteur des disparitions pendant ces enlèvements, mais aussi avant ou après. À quelques rares exceptions près – qui s'étaient révélées infondées après investigation – cela ne donna aucun résultat. Tout ce que nous savions c'est que notre homme était un bon bricoleur, peut-être professionnel, carrossier ou garagiste ? En extrapolant, la liste des métiers pouvait être longue...

Il était particulièrement prudent et d'une méticulosité surnaturelle. Il s'installait toujours à un endroit relativement passant, sans qu'il n'y ait pour autant de moyen de l'identifier directement, les rares images qui nous revenaient étaient souvent trop lointaines et de mauvaise qualité. Et puis il disparaissait du jour au lendemain sans que personne n'en sache rien. Suspectant la présence d'un semi-remorque dans le secteur, le Bureau avait tout contrôlé : les aires de parking pour poids lourds, les motels de routiers, sondé les zones industrielles, interrogé les flics locaux, les chauffeurs du coin, même les prostituées qui voyaient beaucoup de choses et en savaient tout autant. Rien.

Pour ce qui était des enlèvements, le type était là encore d'un professionnalisme incroyable. Il connaissait tout de ses victimes. Il ne faisait aucun doute qu'il les observait un moment avant de passer à l'acte. Il étudiait leurs horaires, leurs habitudes qui les rendaient si prévisibles et vulnérables. Une femme était enlevée sur le chemin du retour après son cours hebdomadaire de sport. Une autre en allant voir son père à la maison de retraite, comme tous les samedis. Un homme avait disparu dans le parking souterrain du supermarché où il avait l'habitude de faire ses courses, un autre s'était volatilisé en faisant du vélo non loin d'un véhicule suspect. Plusieurs avaient été enlevés chez eux, en pleine nuit, alors qu'ils étaient seuls. Et ainsi de suite. Les rares témoins indirects n'apportaient quasiment pas d'informations. Rien. Sauf un camping-car ou, parfois, un food truck. C'était l'unique lien entre ces enlèvements. Une camionnette à proximité de chez la victime au moment de l'agression. Pourtant, là encore, aucune plaque exploitable, un modèle courant, et parfois pas le même, la peinture changeait régulièrement, bref, le Bureau était largué.

Un vide qui était une preuve en soi. De son obsession maladive pour la perfection. Cet homme ne vivait que pour ça. C'était sa raison d'être, de se lever chaque matin. Il n'avait que ça en tête et rien d'autre, aucune distraction possible. Il ne commettait aucune erreur parce que sa concentration tenait au moins de la névrose.

Un être asocial, insupportable, trop prudent, trop obnubilé par ses fantasmes. Dans la précaution permanente. Focalisé sur chaque geste, chaque décision et ses conséquences. Le genre de profil hors normes pour lequel notre département existait. Nous savions que si nous croisions la route de notre homme un jour, nous reconnaîtrions immédiatement celui que nous traquions depuis si longtemps.

Nous n'étions que trois agents dans le jet. DePorta, Clarice et moi. Mais une dizaine de fédéraux nous accueillirent à l'aéroport, tous réquisitionnés en pleine nuit pour nous assister par l'antenne locale du Bureau. Nous grimpâmes dans leurs SUV rutilants, et roulâmes pendant trois heures encore en direction de Mathison, une petite ville de 40 000 habitants entourée de forêts et de champs, une bourgade où il faisait bon vivre dans l'Amérique profonde. Un paradis sur Terre, du moins jusqu'à ce qu'un food truck ne vienne s'y installer. C'était une des nombreuses connexions dont DePorta disposait dans le pays qui l'avait alerté. Un food truck repéré à moins de cent kilomètres du lieu d'une disparition survenue trois jours plus tôt. Il était rarissime que ces éléments s'enchaînent si bien et remontent jusqu'à nous à cette vitesse, et en d'autres circonstances, le Bureau aurait missionné des agents locaux, voire les flics du patelin, sans se faire beaucoup d'illusions. Mais il avait été décidé de tout tenter pour résoudre l'affaire, et à une époque où les crédits manquaient cruellement, nous étions autorisés à dépenser sans compter, à engloutir des milliers de dollars en jet, agents et heures supplémentaires s'il le fallait. Les gens ne réalisent heureusement pas à quel point le fric influe sur les résultats d'enquêtes criminelles. Avec les outils scientifiques mis à notre disposition, la plupart des crimes seraient résolus si nous nous en donnions les moyens. Mais chaque prélèvement et chaque analyse coûtent ; le succès a un prix. Dans un système où les accusés peuvent parfois s'offrir les meilleurs avocats, si la justice n'a pas été jusqu'au bout pour établir l'unique vérité, alors celle-ci se donne au plus offrant, libre à lui de la parer comme il l'entend par la suite. Oui, notre civilisation est parvenue à faire de la vérité une pute avec un goût irraisonnable pour le luxe.

L'été indien commençait à s'éloigner, des courants d'air froid descendaient par le nord, à travers les immenses épineux qui recouvraient les collines au-dessus de la ville, c'était la saison préférée de notre homme. Certains animaux ont une saison des amours. Lui avait sa saison de chasse. Pourquoi ce moment de l'année ? Correspondait-il à ses vacances ? Peu probable. Il n'avait jamais changé en trente ans. C'était l'époque qui était importante pour lui. Elle signifiait quelque chose. Le déclin du soleil, l'amorce de l'hiver et sa période d'obscurité ? La fin du bon temps ? DePorta soupçonnait le vent de jouer un facteur excitant, tandis que Clarice songeait à une symbolique plus personnelle, une période qui résonnait comme un souvenir capital dans son existence. Il avait vécu quelque chose de fort, de dramatique à ce moment de l'année et le rejouait à chaque fois. Quelque chose dans l'histoire de sa famille. Entre ses parents. Entre lui et sa fratrie.

Car c'était elle le moteur de sa pulsion monstrueuse.

Nous le savions désormais. Grâce à Clarice.

L'ADN avait joué un rôle déterminant, il nous avait mis sur une piste que nous ne pouvions pas suspecter jusqu'à présent.

Notre homme ne tuait pas ses victimes au hasard, contrairement à ce que nous avions pensé pendant des années. Il les choisissait méticuleusement et selon un critère bien particulier qui nous avait tous stupéfiés.

Le rapport entre les victimes d'enlèvement et les clients du food truck était lui aussi calculé.

Le Bureau avait mis plus d'un an en travaillant dessus presque quotidiennement pour établir avec certitude de nombreux liens jusqu'à présent invisibles.

Notre gars s'en prenait à des enfants illégitimes. Des progénitures secrètes. Un homme ou une femme avait une vie bien rangée avec sa famille, mais dissimulant un enfant d'une vie précédente ou adultérine : cet enfant devenait la victime de notre tueur. Il l'enlevait. Mais plus sournois, plus pervers encore, il venait ensuite installer son food truck dans la ville du père ou de la mère ayant refait sa vie. Et l'horreur se poursuivait...

Pour comprendre tout cela il avait fallu une belle alchimie d'obstination et de chance. Et surtout réussir à connecter tous les points.

Ce fut un travail de fourmis, en repartant de l'ADN des victimes prélevé sur leur brosse à cheveux, brosse à dents, ce genre d'objets très personnels. Le Bureau a comparé ces prélèvements avec l'ADN enregistré dans ses fichiers informatiques et a trouvé une correspondance troublante avec celui d'un homme. Il était dans nos bases de données pour une lointaine affaire de viol pas claire. L'ADN d'une des disparues ressemblait comme deux gouttes d'eau à celui d'un violeur. Mais ça n'était pas tout. Plus troublant encore, ce suspect vivait dans une ville répertoriée comme ayant été fréquentée par le food truck.

Si son profil génétique était très similaire à celui d'une des disparues, suffisamment semblable pour que notre logiciel nous le ressorte, cela signifiait donc qu'il s'agissait d'un parent proche, très proche. Nos agents l'avaient rencontré avant qu'il avoue être le père d'une fille qu'il n'avait pas revue depuis plus de vingt ans. Cette fille, c'était notre victime, enlevée un an plus tôt.

Il paraît que Shawn DePorta a picolé ce soir-là. Lui qui ne boit jamais une goutte d'alcool s'est retourné l'estomac. A moins que ça ne soit la tête. Parce que ça n'était pas tout. Le pire est venu du

79

fiston légitime de l'homme interrogé par DePorta et Clarice. C'était un jeune de dix-huit ans. Il a reconnu avoir consommé quelques hamburgers au food truck qui était venu s'installer en face de la blanchisserie où il travaillait. Pour ce que nous en suspections, il avait ingéré sa propre demi-sœur sans le savoir.

Exactement comme dans l'affaire soulevée par Clarice lorsqu'elle avait fait prélever les excréments dont un contenait donc deux ADN humains. Un second ADN très similaire mais pas identique qui correspondait à des restes de la nourriture ingérée la veille. Cette fois aussi le père avait craqué en voyant toute sa famille se faire cuisiner. Il avait avoué avoir eu un fils avec une maîtresse pendant la première grossesse de sa femme. Il avait fui ses responsabilités et la maîtresse avait quitté l'État. Il n'en avait plus jamais entendu parler jusqu'à ce jour. Sa fille venait de manger un fragment de ce fils oublié, un jeune homme enlevé un an auparavant.

Le Bureau a alors continué ainsi en privilégiant les toutes petites villes, le travail dans les grandes cités étant impossible, les patelins où tout le monde se connaissait et où nos enquêteurs étaient certains que le food truck s'était arrêté semblaient préférables. Les fédéraux cherchaient tous ceux qui y avaient mangé, en priorité les personnes travaillant ou vivant en face de son aire de stationnement. Par recoupement, à l'aide de témoignages, par chance, et surtout grâce à un acharnement presque psychiatrique, DePorta et les siens retrouvèrent douze parents.

Douze c'est assez peu sur pas loin d'une centaine de cas, me diriez-vous. Mais nous parlons ici d'enfants secrets, oubliés, de vies cachées. La plupart des gens dans les villes que nous avons sondées n'ont pas du tout envie de faire ressurgir ce genre de souvenir. Dans la majeure partie des cas, leur famille actuelle ignore tout de ce passé ou de cette faute. Les rares que le Département est parvenu à cerner sont, pour la plupart, les familles où le secret était déjà éventé. Une fois la parole libérée, nous pouvions remonter jusqu'à eux.

Comme quoi les secrets de famille pèsent parfois bien plus lourd que ce qu'on peut imaginer.

Douze c'est bien assez pour établir un modèle.

L'homme au food truck et camping-car enlevait des enfants oubliés, illégitimes, et s'en servait pour faire des hamburgers qu'il allait ensuite, parfois un an plus tard, servir à leurs frères et sœurs qui eux vivaient dans une famille en apparence épanouie.

La symbolique était forte.

Rien que pour ça, j'étais assez proche de la théorie de Clarice. La saison était liée à la vie de notre tueur. Était-il le fruit illégitime d'une union excitée par les premiers vents d'automne ?

Toutes les disparitions sont normalement signalées au FBI. Elles sont enregistrées et, dans certains cas, les antennes locales dépêchent des agents fédéraux pour participer à l'enquête. Depuis deux ans, le Département des sciences du comportement scrutait attentivement chacune de ces déclarations et travaillait sans rien dire à personne sur les profils de ces disparus. C'est ainsi que l'équipe de DePorta identifia Christie et David Simmons.

Un certain Melvin Marvaux avait été déclaré disparu par sa compagne un an plus tôt à Albany dans l'État de New York. Jusque-là, rien de spécifique, un « envolé » parmi des milliers d'autres chaque année dans notre joyeuse nation des hommes libres. Sauf que la compagne en question avait suggéré aux inspecteurs d'aller voir du côté de sa sœur secrète. Melvin lui avait souvent parlé d'elle. Il était le fruit d'un amour vif et passionné sur une banquette arrière d'une voiture, un soir de beuverie, derrière un bar sordide. Son père, pas bien vieux, avait disparu en même temps que toute forme de courage, et Melvin avait grandi avec une mère célibataire. Mais lui avait décidé d'en savoir plus sur son géniteur lorsqu'il fut adolescent. Il l'avait retrouvé et appris qu'il avait une sœur et un frère nés d'une union plus stable, quelques années après lui. Christie et David Simmons.

Dès que DePorta avait eu connaissance de ces détails, il avait suivi le dossier de très près, des agents furent dépêchés auprès des Simmons et leur petite ville de Mathison fut surveillée comme le lait sur le feu. L'automne fila, puis les premières neiges s'invitèrent et sonnèrent le retrait des fédéraux.

Jusqu'à ce coup de fil du shérif local donné directement à Shawn DePorta, un an plus tard, pour lui signaler qu'un food truck venait de débarquer en ville.

Notre homme venait servir Melvin Marvaux à son frère ou à sa sœur.

Pour ne pas éveiller les soupçons d'un individu que nous savions d'une perception exceptionnelle, DePorta avait ordonné au shérif de ne surtout rien faire, ne pas surveiller le camion, ni même tourner autour, rien sinon s'en tenir à bonne distance.

Nous sommes arrivés à Mathison le lendemain du coup de fil, à l'aube. Le food truck était en ville depuis à peine quarante-huit heures. Nous savions qu'il restait en moyenne trois à quatre jours. Nous étions confiants.

Tandis que le soleil se levait à peine, DePorta mobilisa tous les responsables de la sécurité du comté et ordonna qu'on boucle les routes autour de Mathison dans un rayon de vingt kilomètres, dix si l'opération ne pouvait être effective avant neuf heures du matin. Ils savaient quoi chercher. Lorsqu'on lui exposa les difficultés que cela allait engendrer dans le trafic des travailleurs matinaux, DePorta ajouta d'un ton impérieux « Faites-le » et raccrocha. La détermination fédérale dans toute son efficacité.

Le food truck avait été vu à deux endroits différents. Sur la petite place en face de l'école élémentaire où travaillait Christie, et sur le bord de

MAXIME CHATTAM

la rivière, près de l'aire de skate où, bien entendu, David Simmons traînait la plupart du temps.

Comment le tueur pouvait-il en savoir autant sur ses cibles ? Nous l'ignorions mais supposions qu'il devait les observer pendant plusieurs semaines. Pourtant, dans aucune des affaires nous n'avions entendu un témoin affirmant avoir vu quelqu'un rôder autour d'eux ou des victimes d'enlèvement. Cet homme était une ombre.

Et au-delà même de ses méthodes sur le terrain, comment se fournissait-il en proies ? Comment pouvait-il connaître autant d'enfants illégitimes ? DePorta et Clarice avaient coordonné une enquête à ce sujet, en sondant les associations d'enfants abandonnés, en répertoriant les éventuelles fondations, les orphelinats, les groupes sur Internet, en interrogeant les œuvres religieuses de soutien moral et spirituel, en épluchant les fichiers de l'état civil pour y dénicher un indice. Rien. C'était un mystère. Ce type avait un don pour ce qu'il faisait. Une capacité étrange. S'il traquait ses indices grâce à ces réseaux pourtant décortiqués par le FBI, alors il était plus discret qu'un caméléon dans la forêt tropicale. Pour les rares agents qui avaient enquêté sur lui, il était devenu une sorte de fantôme.

C'était le croquemitaine du département.

Pas étonnant que Shawn DePorta et Clarice fussent nerveux en entrant dans Mathison ce matin-là.

Ce type c'était l'œuvre de leur vie. Leur gloire éternelle.

84

Nous passâmes par le bureau du shérif qui nous accueillit comme le veut la légende avec du café tiède et une boîte de donuts.

— Il est garé où ? demanda DePorta sans présentation.

— La nuit ? Aucune idée. J'ai appliqué vos instructions, nous ne nous sommes pas approchés, ni ne l'avons suivi. Je sais qu'il plie bagage vers vingt heures trente, vingt et une heures, et qu'il réapparait vers onze heures le matin. Entre-temps, aucune fichue idée d'où il se terre !

— Une chance qu'il vous ait repéré hier ?

— Aucune. C'est un de mes gars qui l'a vu, et il était en civil, avec ses gamins en train de se promener sur le bord de la rivière. Le matin près du skate-park, l'après-midi en face de l'école. Depuis que vous nous avez mis la pression l'année dernière, j'ai tenu mes hommes en alerte sur cette affaire de camion.

DePorta organisa toute l'opération en mobilisant ses agents et tous les flics de Mathison. Il exposa en détail les méthodes d'intervention sur les deux lieux où le food truck avait été vu et expliqua le déroulé de l'intervention. Il ne fallait surtout pas bouger avant que le camion arrive. L'homme au volant était trop malin pour ne pas se rendre compte que quelque chose ne tournait pas rond si les équipes se mettaient en place avant. Il n'y avait que deux hommes du shérif, habillés en civil, qui étaient autorisés à « flâner » dans les deux secteurs pour nous avertir.

Les minutes s'égrenaient avec la lourdeur d'une attente sous le soleil du désert. Enfin, à onze heures dix, le coup de fil tant attendu arriva.

Le camion était en place, garé depuis trois minutes.

Nous nous approchâmes en à peine plus de temps.

Je me souviens que j'étais assis à l'arrière d'un des gros 4x4 qui nous transportait à vive allure. Je voyais les rues défiler et je me disais que c'était un matin normal, sans signe particulier, et que pourtant plusieurs vies allaient basculer. Les nôtres pour ce que cette enquête signifiait. Et celle d'un chasseur déterminé qui œuvrait sans relâche et dans la plus grande discrétion depuis plus de trente ans. J'avais hâte de découvrir son visage. Était-ce un papy du crime ? Il ne pouvait avoir moins de cinquante ans en toute logique, mais peut-être était-il beaucoup plus âgé.

Sous mes yeux défilaient les passants de la rue principale, des paquets dans les mains, pas mal d'enfants, je m'en souviens, c'était un samedi, et ils faisaient les courses avec leurs parents. J'ai vu un vieux bonhomme assis sur un banc, appuyé sur sa canne et qui nous scrutait, nous la cohorte de grosses voitures noires aux vitres teintées, et je me suis demandé quels secrets il cachait, lui, dans les replis de ses rides. J'ai distingué un jeune couple en train de se bécoter et me suis dit, avec beaucoup de cynisme, qu'à cet instant ils croyaient s'aimer pour toujours, mais qu'ils ne testeraient cet amour qu'à l'aune des premiers coups durs de la vie, et ils n'allaient pas tarder à venir. J'ai remarqué un clown, dans son costume bigarré, tenant des ballons qu'il essayait de vendre aux enfants comme s'il était le diable et qu'il distribuait la tentation. Je n'ai pas aimé la façon dont il nous a regardés passer, en coin, mais j'étais probablement paranoïaque. J'ai aussi jeté ma suspicion sur un bonhomme assis à l'arrière de son van d'électricien qui a ricané sur notre passage en retirant ses gants. Mais je les ai aussitôt abandonnés dans le paysage, parce que nous étions en route pour arrêter le Mal et que c'était l'unique priorité de nos carrières, de nos vies.

Je pense que même un aigle lorsqu'il fond sur sa proie est moins rapide et coordonné que nous le fûmes à cet instant.

Nous avons surgi de toutes parts, je pouvais presque entendre la musique lancinante d'un film dans ma tête, des martèlements de basse lourds accompagnés par des notes de cuivres graves et inquiétantes, presque des plaintes poussées par des trombones, des trompettes et les crissements des violons sur un rythme rapide. Je voyais le food truck de dos, et les ombres de tous mes collègues se rapprocher sans un bruit, arme au poing. La ventilation de la partie réfrigérée tournait sur le toit, en même temps qu'un filet de fumée sortait par l'étroit conduit d'évacuation. Il était en plein travail.

Je me souviens très bien de cette brise qui a surgi soudainement, et des effluves qui me sont parvenus. J'ai songé que ça sentait bon et mon appétit s'est ouvert tandis que ma conscience tentait vainement d'étouffer cet instinct effrayant.

L'homme dans le food truck était occupé à découper des pommes de terre en frites lorsqu'une demi-douzaine de canons se braquèrent sur lui. Il leva les mains doucement au-dessus de la tête. Je pus voir qu'il ne comprenait pas du tout ce qui lui arrivait. Il ne savait pas ce que nous fichions là, il ne s'y attendait pas.

Même pas un soupçon de compréhension. De celle que nourrissent les criminels aux parcours interminables et qui soudain savent que leur moment est venu, que c'est fini. Lui n'était qu'incompréhension et peur. C'est ce qui nous a tous alertés. En tout cas DePorta, Clarice et moi. Le sous-directeur a aussitôt pivoté sur lui-même pour observer les alentours pendant que Clarice grimpait dans le camion pour passer les menottes au cuisinier.

L'homme avait une quarantaine d'années tout au plus.

C'est DePorta qui a demandé :

— Où est l'autre ?

— J'ai rien fait ! C'est même pas mon camion ! protesta le cuisinier.

DePorta bondit sur l'auvent rabattu qui servait de bar et posa le canon de son Glock sur la tempe du type paniqué.

— Raconte !

— C'est un mec qui m'a proposé de tenir son camion pour la journée ! Il est venu me trouver ce matin et m'a proposé 20 % de la recette pour m'en occuper jusqu'à ce soir ! Je vous jure ! Je le connaissais pas avant ! C'est la première fois que je le voyais !

À cet instant, nous nous sommes regardés tous les trois et nous avons compris que c'était fini.

DePorta attrapa son téléphone et hurla à tous les barrages de ne plus rien laisser passer. Mais nous savions déjà que c'était trop tard.

Nous avions perdu.

L'adversaire était trop fort. Et cette fois, il allait nous filer entre les pattes pour toujours. Il changerait de méthode s'il le fallait. Il changerait tout. Il était trop malin pour ça. Il trouverait une nouvelle approche pour attaquer ceux qu'il haïssait par-dessus tout. Faire payer aux frères et sœurs heureux. S'en prendre à eux pour atteindre les pères et les mères coupables, car c'était en soi bien pire. Si tu veux vraiment faire souffrir les parents, frappe leurs enfants. Et un jour il ferait savoir ce qu'il avait fait. Que tous sachent. Les secrets dévoilés. Les disparus connus. Les repas expliqués. L'horreur à digérer, pour tous.

Cette créature – car ce n'était pas un homme à

mes yeux, il était trop sournois, trop malin, et trop mystérieux pour cela – cette créature continuerait son œuvre pendant encore longtemps.

Récemment, lors d'un colloque international, j'ai discuté avec un homologue anglais de Scotland Yard, et il m'a parlé de disparus étranges dans son pays. J'ai aussitôt pensé à notre bonhomme. Sévissait-il ailleurs le reste de l'année ? Ou étaient-ils plusieurs ?

Et puis avec le temps j'ai commencé à devenir superstitieux. Avant d'envisager l'impossible.

Et s'il n'était pas humain ? Au sens propre. S'il était l'incarnation de nos pires déviances ? Et s'il existait pour chacune de nos fautes un équivalent en train de punir dans l'ombre de la civilisation ?

Cela semble fou dit ainsi mais c'est parce que vous n'avez pas vu tous ces points rouges inscrits au marqueur indélébile sur la carte. À la longue, ça vous obsède, ça vous rend dingue. Ça rend tout possible. Tout.

Et ça n'était que ceux que nous avions identifiés. Seulement sur les trente dernières années… Dans notre pays uniquement.

À présent, lorsque l'été touche à sa fin et qu'une rafale froide survient, je me mets à frissonner. Je songe à lui. À son œuvre interminable.

Et vous devriez en faire autant. Après tout, êtes-vous seulement certain de ne pas avoir un frère ou une sœur cachée quelque part ?

Vous feriez bien de guetter les coins de rues, les

parkings, les entrées d'aires piétonnes et si vous apercevez un food truck, ou un camping-car, alors priez pour que ça ne soit pas votre tour.

En attendant, faites attention à ce que vous mangez. On ne sait jamais ce qu'on ingère réellement. Ou *qui* on ingère.

Et tout autour de nous, à cet instant, le vent se lève.

Stéphane DE GROODT

Frères Coen

C'est en repensant au filleul de ma seconde sœur par alliance, issue du mariage d'avec la tante du cousin de mon beau-père, beau maire d'un village où j'ai passé une partie de mon enfance, ou pas d'ailleurs, que j'ai évité d'aborder cette page intime de ma vie.

Dès lors que cette histoire n'avait aucun inté-rêt, c'est en revanche, mais sans en avoir l'esprit, qu'avec honneur et des espoirs je me suis rabattu sur deux autres frères.

Et comme cela m'a été demandé brillamment, ou bruyamment pour ceux qui ont mal à l'ouïe ou *Louïe Mal* si on veut en faire tout un cinéma, je suis parti à la rencontre des présidents du jury du festival de Cannes qui cette année furent deux… Minneapolis, dans le *Minnet-sota*, capitale du chat perché.

À cet effet, qui n'a rien de spécial, j'allai à la Croisette des chemins afin de rejoindre les frères

Coen, présidents de sagesse, qui tout petits déjà voulaient *frère du cinéma*. Je me mis donc en quête d'approcher le grand Joel, et Tann, le petit Chinois, le moins connu des deux, au contraire de leur cousin *Daniel Coen Bendit*, germain par son père et par sa tante, Germaine elle aussi, sans oublier leur sœur Christine, très remarquée avec son groupe *Christine and the Coen*.

C'est ainsi que reprenant ma route, même si je n'avais pas encore démarré, et après un temps et trois piqûres que j'aperçus derrière un banc de sable public un des frérots qui sur une roche dort, épuisé par la soirée passée chez l'Ambassadeur, pendant que l'autre auprès de sa palme dort aussi.

Une fois sur place, évitant de rentrer d'emblée dans le lard des Coen, j'essaye d'attirer leur attention en criant « *Coen, Coen, Coen* ». Mais leur garde du corps me traitit, me traitu, me traitai, enfin bref on traite les gens comme on veut après tout... me traite donc de gros canard, ce qui m'agrée pas des masses... De peur de me prendre un pain perdu, c'est comme une balle perdue mais trempé dans du lait et des œufs battus puis passé à la poêle en faisant attention de ne pas brûler la miche, je me rassis et demandai à mon voisin qui est assistant du jury, assesseur donc, si je pourrais parler aux frères avant qu'ils ne partent Coen un Ouragan chez Steph, amie de Monaco.

Après une seconde de réflexion, une minute de silence, une Heure de Tranquillité et un Jour sans Fin, il me répond que oui, puis que non, puis que oui, puis que non. Je réalise donc que s'il est bien assesseur il est surtout assesseur perdu, et le laisse alors en plan, serré, puis moyen, puis large, je m'éloigne quoi, pour aller directement me présenter à Joel, qui s'cantonna à un petit « hi », tandis que son frère, qui va de paire, ne me dit qu'« ouille ! ». Je lui avais marché sur le pied...

En guise de préalable même si on approche de l'épilogue, je leur dis que je connais très bien le grand Michel Leeb, que j'ai croisé aux sports d'hiver. Mais à l'évocation du *Big Leeb au ski* ils restent silencieux, surtout celui de gauche, au contraire de celui de droite qui... ben, dit rien non plus en fait.

Réalisant alors que j'aurai du mal à obtenir une interview de derrière les *Fargo de nOs Brothers, je m'en retournai* sonder l'insondable légèreté de l'être ou de l'autre afin de savoir ce qu'est un acteur. Pourquoi un acteur, me direz-vous, mais comme personne ne me dit rien, je décidai de poursuivre sur ma lancée.

C'est ainsi que pour ce faire, non pas à repasser, sauf si vous voulez que je revienne plus tard, à qui mieux mieux qu'Alain Delon pouvais-je m'adresser. Ce *grand-homme-égérie* du cinéma mondial, adulé du *vrai-publique* populaire de Chine, à l'instar de Chimène... oui car la *Chine-aime-Badi* aussi, bref, qui mieux qu'Alain pouvait me parler de tout, de rien, et surtout de lui ? Eh bien Delon car lorsqu'il y Alain, y a l'autre qui est jamais loin de là ou Delon, ou Demelon pour ceux qui liraient Pascal entre les lignes...

Après m'être entretenu avec son agent puis son argent, ce qui est pareil à 10 % près, Monsieur Delon, très enclin..., me proposa d'embarquer sur un Frank Riva rempli de *beaux people* et de belles pipelettes.

Porté par les flots et par de vagues sentiments, Alain me mena ainsi en bateau au large de la Croisette. Après avoir dressé le mât Delon vient me servir à boire et me confie qu'il a une touche avec une *catin marante*, au séant magnifique, *qu'ici-flottait*. Je lui fais remarquer que c'est pas très flotteur pour quelqu'un de son âge, mais je me prends un vent par tribord, et par Alain, qui en profite pour mettre les voiles.

Je m'en retournai alors à la case du port sur le dos de Guillaume qui jouait au *Cannet de sauvetage* et en profitai pour jeter l'encre...

François d'Epenoux

La Main sur le cœur

C'est notre mère qui avait eu l'idée de cette mise en scène saugrenue. Nous, on n'était pas trop pour. Elle évoquait la photo en répétant : « Mes chéris, ça vous remettra dans le bain de l'enfance, du temps où vous étiez comme les doigts de la main... on ne sait jamais, ça peut marcher. » Elle pleurait. Elle implorait. Elle parlait d'un « effet vaccin, mais en traitant le mal par le bien ». À son âge, avec sa maladie, on ne pouvait pas lui refuser ça.

Elle nous avait donc envoyé un e-mail à chacun, avec en pièce jointe la fameuse photo prise à l'Instamatic Kodak. Celle-ci avait les teintes un peu pâles du début des années 70. Prise dans la rue, en bas de l'immeuble, sur fond de DS et de Peugeot 404, on y voyait mes sœurs et moi, prêts à partir pour un bal costumé. Nous avions respectivement onze, dix et sept ans. Anne, ma sœur aînée, arborait la panoplie complète du Petit Chaperon rouge – robe et cape couleur coquelicot, tablier blanc, fichu à carreaux dans les cheveux, petit panier au coude. Mon autre sœur, Sophie, portait une robe de fée Clochette, avec chapeau pointu de rigueur, baguette et froufrous Chantilly. Quant à moi, j'étais Napoléon et, sous mon bicorne en carton-pâte, je ne semblais pas peu fier de mon uniforme s'ouvrant sur un gilet et des pantalons blancs. J'avais récupéré (et récuré) d'anciennes bottes d'équitation de ma mère et mis du coton au bout.

À la réception de l'e-mail, ça n'avait pas manqué. Comme mes sœurs et moi ne nous parlions plus de vive voix depuis bien longtemps, les réactions fusèrent par écrit.

Sophie : C'est quoi, l'idée au juste ?
Anne : Reconstituer la fameuse photo du « bal costumé » pour nous faire retourner en enfance.
Moi : … et pour que nous nous retrouvions dans tous les sens du terme.
Sophie : Idée bizarroïde mais jouons le jeu. Pour maman.
Moi : Pour une fois je suis d'accord avec toi.
Anne : C'est n'importe quoi. Mais comment refuser ?
Sophie : Pas question de refuser.

Moi : Si Sophie l'exige, alors obéis-
sons aux ordres.
Sophie : Tu as dit qu'il fallait jouer
le jeu, merde !
Moi : J'aime jouer, pas obéir.
Anne : Vous n'allez pas recommencer, si ?
Sophie : Si.
Moi : Non.
Sophie : Bon, on se voit le jour J, heure H.
Moi : OK.
Anne : OK.

Voilà donc dans quelle ambiance fraternelle nous
nous apprêtions à « jouer ». Autrement dit, à renfi-
ler nos déguisements – ou du moins, à nous louer
des costumes à l'identique, puisque nous avions
tous beaucoup grandi et, pour ma part, grossi.
Mais après tout, l'idée était romanesque, qu'est-
ce que cela nous coûtait, sinon d'enfouir pendant
une heure, le temps d'une pose et d'une pause,
nos rancunes sous un mouchoir ? Il fallait le faire.
Ne fût-ce que pour ma mère, qui autrefois s'était
donné tellement de mal pour confectionner ces
déguisements, penchée sur sa Singer, le poignet
ceint d'un étrange bracelet porte-épingles dans
lequel, de temps à autre, elle piquait une aiguille
avec une application de sorcier vaudou.

★
★ ★

Jusqu'alors, jusqu'à ce que cette foutue histoire de maison ne survienne, on s'était plutôt bien entendus avec mes sœurs aînées. Surtout quand les écarts d'âge – quatre ans, donc, avec Anne, et trois ans avec Sophie – les autorisaient à faire de moi leur joujou personnel dès que les parents étaient sortis. Ainsi, combien de fois me suis-je retrouvé, du haut de mes six ans et des talons de ma mère, intégralement costumé en femme, avec robe du soir, bijoux et barbouillage de rouge à lèvres à la Achille Zavatta ? Je ne bronchais pas : en échange, ne me donnaient-elles pas une pièce de 1 franc ? 1 franc ! Pour vous donner une idée, 1 franc, en 1969, c'était l'équivalent de vingt Carambar (je ne parle pas des Super Carambar, bien plus chers, je parle des Carambar modèle classique, blague comprise) ; ou alors dix Nounours ; ou alors cinq paquets de Car-en-Sac ; ou dix bâtons de réglisse avec la pâte d'amande rose ou verte dedans ; enfin bref, de quoi avoir la tête qui tourne. Aujourd'hui, pour quinze centimes d'euro, on a quoi ? Une oreille de Nounours ? Trois Smarties ? C'est dingue.

Alors certes, j'avais moyennement apprécié quand, un jour, elles m'avaient préparé une brosse à dents nappée de crème solaire en guise de Fluocaril. Certes, elles m'avaient fait manquer de peu quinze ans de psychanalyse en me faisant croire que la grosse crotte en plastique, là, dans le bidet, c'était moi qui en étais l'auteur – plus je me disculpais, plus je sanglotais et plus elles riaient, plus elles riaient ! Et certes, elles m'avaient fait risquer l'arrêt cardiaque précoce en surgissant une nuit au seuil de ma porte, déguisées en fantômes, l'une paraissant immense sous ses draps car juchée sur un tabouret, l'autre tenant des bougies pour faire film d'épouvante. Mais qu'importe, nous nous entendions bien, elles étaient mes grandes sœurs – l'aînée, Anne, brune, sage et bonne élève, et Sophie, la cadette, châtain, artiste et dissipée. J'étais leur petit frère et tout allait pour le mieux dans la meilleure fratrie du monde.

Le conte de fées se gâta légèrement quand, vers quatorze ans et d'un seul coup, je pris tout à la fois vingt centimètres, autant de kilos et pas mal d'assurance – je parle de l'assurance crasse des ados qui dissimulent leurs complexes derrière une voix qui mue comme ils cachent leur sébum sous leurs mèches grasses. À vrai dire, et même s'ils étaient encore complices de jeux peu auparavant, on ne mesure pas le fossé qui peut se creuser entre deux sœurs – de respectivement dix-huit ans et dix-sept ans – et l'orang-outang de qui leur tient lieu de petit frère, laissé à la remorque avec ses grands bras et son appareil dentaire. Entre les jeunes filles et le primate, il y a soudain un fossé, que dis-je, un gouffre qui relègue la faille de San Andreas au rang d'aimable fissure. À ma droite sur le ring, amourettes, maquillage, flirts rougissants et bac à l'horizon. À ma gauche, rires simiesques, *SAS* partiellement lus et biceps mal contrôlés.

Au vu de ces réalités, on ne s'étonnera pas du drame qui, un jour comme un autre, survint entre Sophie et moi.

Elle était alors inscrite à l'Atelier de Sèvres et le plateau de sa table à tréteaux était en permanence couvert de tubes de gouache dévissés, de gobelets d'eau pour mélanger, de travaux en cours et autres toiles en train de sécher, suspendues par des pinces à linge. Dans cet ordonnancement connu d'elle seule, tout n'était qu'équilibre précaire, pinceaux laissés en suspens, subtils échafaudages et liquides menaçants. Ce jour-là, elle était en train de travailler, langue tirée aux commissures et concentration optimale, lorsque je suis entré dans sa chambre avec un sourire de serial killer. Le temps qu'elle réalise mes intentions, j'avais déjà soulevé le plateau de la table, façon pont élévateur. En moins de deux secondes, dans le bruit d'un gros mikado mouillé dégringolant sur la moquette, tout avait glissé de concert. On aurait cru entendre crier les objets et les pots, un peu comme dans la scène finale de *Titanic*, quand la poupe du paquebot brisé monte à la verticale, précipitant les voyageurs dans le vide. C'est à peine si, dans cette chambre, je n'entendis pas un mystérieux orchestre de bord jouer jusqu'au bout. Au lieu de quoi un hululement me fendit les tympans

– le cri de ma sœur se ruant sur moi pour tout à la fois me boxer, me tirer les cheveux et envoyer moult ruades en direction de ce qu'un homme – même pas vraiment fini – a de plus précieux.

Vous me demanderez : mais qu'avait-elle commis de si grave pour mériter un tel châtiment ? Oh, trois fois rien, juste l'irréparable – et c'est le mot qui convient : à savoir la destruction totale de mes 45 tours, tous trouvés épars en deux morceaux (de 22,5 tours chacun, donc) sur le sol de ma chambre. Je dis bien *tous* mes disques, y compris les Korgis, les Buggles, Patrick Juvet et autres fabuleux discos ! Le motif ? Une vengeance tardive, sans doute, qui me laissa prostré un moment – suffisamment longtemps pour imaginer ma sœur casser mes chers vinyles avec componction, à la façon d'un prêtre brisant l'hostie avant la communion.

Comme le répétait alors mon ami Bertrand, selon l'un de ses calembours favoris : « Donna Summer mais ne se rend pas. » Et à la lumière de ces faits, mesdames et messieurs les jurés, on comprendra sans doute mieux ma décision de foncer tout de go dans la chambre de ma sœur afin d'y pratiquer l'haltérophilie sur table à dessin. Geste qui entraîna bien sûr une réaction en dominos : pour avoir voulu défendre sa petite sœur, Anne fut ainsi poursuivie jusqu'au refuge illusoire de sa chambre afin d'y être violemment tirée du lit, par les pieds, ce qui la projeta sur le plancher et manqua de lui briser les reins aussi nettement qu'un microsillon. Suite à quoi celle-ci me menaça d'une cravache (elle pratiquait l'équitation mieux qu'elle rendait la justice), comme elle l'avait fait quelques années auparavant, mais cette fois-là dans le Perche et armée d'une branche de pommier. Il y eut de nouveaux cris, de nouveaux coups sur la face (face A et face B). Tout cela se solda quelques heures plus tard sous les tartes de mon père (qui était journaliste et non pâtissier), juste rentré d'un rude reportage en Afrique. Ce qu'il avait vu là-bas l'avait sans doute assez rassasié d'horreurs pour accepter, en plus, un tel déchaînement de violence sous les moulures d'un appartement cossu du quartier Ternes. Sans compter qu'il avait bonne mémoire et se souvenait sans doute de la note laissée chez Saint Maclou en règlement de la moquette ivoire de Sophie, désormais repeinte (je ne parle pas de ma sœur) à la manière d'un Pollock devenu bipolaire.

Toutes choses qui arrivent dans les familles les plus unies et on rétorquera aux bavards étonnés qu'il faut bien que jeunesse se passe – y compris, parfois, de commentaires. La suite nous donna raison. Car bon an, mal an, nous avons tenu bon, au gré des mariages et anniversaires, des épreuves et des réussites, des amours et des divorces. Finalement, seules les images aux tons chromo de la caméra Super 8 de mon père (lequel nous filmait en un long clin d'œil désopilant) avaient jamais vraiment réussi à nous faire trembler – tant l'idée même du bonheur semblait vouloir répondre à cette image d'union sacrée.

C'était compter sans le coin qui, après le deuil et à coups de masse, allait éclater le bois tendre de notre arbre généalogique. Jusqu'aux grincements. Jusqu'aux suintements. Jusqu'à faire saigner cette fibre familiale qui nous gorgeait de fierté, nous faisait aller haut, définissait nos racines et nous garantissait le ciel. Oui mon père était mort et nous ne savions pas que nos liens allaient mourir eux aussi à sa suite, branches sèches et grises, bonnes à être jetées au feu. Pourquoi ? Ma foi, pour une maison. Une belle maison, une maison de l'enfance et de toujours, que l'une de mes sœurs voulait reprendre à bon prix quand l'autre préférait l'abandonner à quiconque proposerait une surenchère plus juteuse. Et tant pis pour la mémoire d'une famille, sacrifiée sur l'autel du mercantilisme ! Histoires minables de fric, de pognon, d'oseille ; comptes sordides, jalousies anciennes, haines recuites – ah, rancœur, quand tu nous tiens ! Nous nous pensions épargnés ? L'âpreté au gain allait balayer tout espoir. Oubliés, les souvenirs. Brûlés, les jolis films un peu bougés – et plus question, alors, de mettre un coup de colle sur la bobine comme le faisait notre père. Cette fois, les mots étaient allés trop loin, le mal était irréversible, deux des enfants restaient anéantis de voir que la troisième montrait un tel visage, jusque-là méconnu. Si une seule était responsable, le trio entier était touché et tout se dilua.

Goutte d'eau amère propre à faire déborder une coupe déjà pleine, fut même envisagé le recours à un médiateur – un médiateur ? et pourquoi pas les Nations unies ? Bref, ce fut assez pour que ma mère, désespérée, proposât la solution ultime. Ses courriers magnifiques pleins d'empathie et d'amour maternel étant restés lettre morte, et les nôtres, par e-mails, ne servant désormais qu'à attiser le conflit, elle lança ce défi comme une ultime chance à saisir : si le présent et l'avenir ne pouvaient désormais que nous séparer, alors le passé restait le seul recours. Elle croyait dans cette magie-là. Dans la grâce du souvenir, des émotions intemporelles qui, au-delà des années, demeurent intactes. À l'entendre, c'était sûr et certain : à la faveur d'un moment que nous allions reconstituer de toutes pièces, nous allions retrouver nos réflexes d'enfants. Nos fous rires. La pureté de nos liens, pas encore altérés par les scories du monde adulte. Une aubaine, d'autant que cette machine à remonter le temps – suprême avantage – n'avait rien d'un engin compliqué à la Herbert George Wells. Au contraire ! C'était une simple photo. Une photo à prendre, ou plutôt à reprendre, comme on reprend de bonnes habitudes. Une photo qu'il nous fallait tout simplement refaire, ensemble, avec les mêmes costumes, les mêmes postures et au même endroit. Plus de quarante ans après l'originale.

On en était là. Le jour J, j'ai arraché ladite photo de mon album de premier communiant. Et je l'ai gardée sur moi, comme un indice. J'avais l'impression d'être un flic dans une enquête de rue, prêt à interroger les gens en leur collant un portrait sous le nez : « Vous connaissez ces trois gamins ? » Nous étions en janvier et il faisait un froid coupant malgré le ciel limpide. Le rendez-vous était fixé rue Faraday dans le 17e, même lieu précis – devant le marché couvert –, à quinze heures. Tout au long du trajet, comme dans la chanson de Bruel, j'ai eu le loisir d'imaginer les « retrouvailles de l'amitié » – l'amitié en moins. « T'as pas changé » (oh que si), « Qu'est-ce que tu deviens ? » (rien de passionnant)… Les acteurs de cette sinistre farce ? Trois enfants ayant forcément vieilli, changé, ayant attrapé des rides aux yeux et des plis au ventre, trois jeunes vieux alourdis par les ans, les gamins, l'amertume, le stress, les crédits. Jouer le jeu, d'accord, mais comment ? Vieillir n'est pas une marelle, ni une balle au priso. Les masques que l'on porte ne font rire personne. Et si bal costumé il y a, la fête fait défaut. Trop de coups, de bleus, de méchante graisse, de cholestérol et de triglycérides. Trop de peaux de bananes et de peau d'orange, de chutes de cheveux et de chutes tout court. Tenter de déjouer le sort, de forcer le destin et de réparer l'irréparable par la magie d'un cliché, voilà la mascarade à laquelle nous allions participer. Chacun seul dans sa voiture. Chacun seul sur son chemin, GPS ou pas.

Après un quart d'heure de recherche qui a achevé de m'achever, j'ai enfin trouvé une place. Puis, avec les plus grandes difficultés du monde compte tenu du poids de mon costume et de la hauteur de mes chausses, je me suis extrait de ma voiture. Ainsi certains habitants du boulevard Pereire ont-ils cru rêver en voyant un Napoléon maussade claquer la portière de son break Volvo. J'imagine les conversations du soir :
« Napoléon, tu dis ?
— Comme je te le dis !
— Mais tu l'as vu, vraiment vu ?
— Comme je te vois !
— Tu travailles trop, chéri. Tu devrais te reposer. »
Qui sait si les mêmes n'ont pas aggravé leur cas, d'ailleurs, en affirmant avoir croisé, sur la même zone, un Petit Chaperon rouge de cinquante-cinq ans et une fée Clochette excédée de cinquante-quatre ans. L'une et l'autre verrouillant leur voiture respective d'un bip rageur et vérifiant dans une vitrine si leur maquillage n'était pas en train de couler. L'une comme l'autre pestant probablement et s'en voulant d'avoir accepté ce marché de dupes.

Ma mère était déjà là. À Napoléon qui arrivait à grandes enjambées, arpentant le trottoir comme à l'aube d'un Waterloo urbain, elle a fait signe de loin. J'étais, en effet, le premier. Mes deux sœurs m'emboîtaient le pas à dix mètres de distance, prenant soin de ne surtout pas se parler et jetant des coups d'œil à la ronde de peur de rencontrer quelqu'un de leur connaissance. Comme c'était à prévoir, ma mère nous a accueillis à grand renfort de « mes chéris, merci, je suis si fière de vous ». Elle ignorait que chacun de nous avait préparé une petite astuce pour dissiper la gêne de cette première rencontre depuis des lustres. L'idée étant d'abord de passer à la trappe, et le plus discrètement possible, les deux baisers sur la joue qui avaient cours jusqu'à à notre brouille.

« On va pas traîner, j'suis sur une livraison, a attaqué le chaperon, rouge d'exaspération.

— Pareil, je suis mal garée, a embrayé la fée, bien décidée, comme toujours, à mener les choses à la baguette.

— Oui, faisons fissa, ai-je confirmé selon une formule bien peu noble pour un empereur, fût-il déguisé et publicitaire dans la vraie vie.

— C'était où, déjà ? a relancé la fée en mettant son smartphone sur silencieux.

— Devant le marché couvert, lui a répondu le chaperon rouge en fusillant Mère-Grand du regard.

— Oui, c'était là, juste là, je m'en souviens

comme si c'était hier », a rétorqué celle qui, grand-mère, l'était en effet neuf fois.

C'était terrifiant. On aurait dit le séminaire annuel des transformistes de chez Michou. L'une n'avait de fée que le nom, fatiguée et stressée qu'elle était ; l'autre incarnait l'antithèse de ce que peut être une petite fille qui apporte en sautillant une galette et un petit pot de beurre à sa mamie chérie ; et moi, avec mon bicorne de guingois, j'avais l'air si peu martial que d'aucuns auraient pu se demander si je n'étais pas plutôt costumé en gendarme de guignol – le même qu'au Jardin d'Acclimatation, la moustache en moins. Mais qu'importe, nous étions là, à présent il nous fallait aller jusqu'au bout et surtout, faire vite. D'autant que des gens ralentissaient, sidérés par cette vision surréaliste, quand ce n'étaient pas des ados à scooter qui, hilares sous leur casque, faisaient demi-tour, observaient le spectacle et repartaient en hurlant de rire. Affichant ce qui nous restait de dignité, nous nous sommes placés conformément au modèle, Anne à droite sur la photo, Sophie à gauche et moi au milieu. Effet garanti : là où j'étais autrefois le plus petit, vraiment protégé et mignon, j'étais devenu, immanquablement, le plus grand – faussement protecteur et grognon. Là où jadis prévalait l'attendrissement prédominait le ridicule. Comme quoi la grâce enfantine et la magie de la nostalgie, même en présence d'une fée, cela ne sort pas d'un chapeau. Dieu merci, pas plus que sur la photo originelle, je n'avais à poser la main sur les épaules de mes sœurs. Ce qui n'empêchait pas ma mère de s'égosiller : « Rapprochez-vous... allez, mes chéris ! Rapprochez-vous, et souriez ! Voilà... »

Tu parles. La fée ne souriait pas, elle étirait les lèvres tellement elle avait froid. De même que le chaperon, transi, qui aurait mille fois préféré être tout de suite dévoré par le loup plutôt que de subir pareille humiliation. Quant à moi, regard fier et cuissot en avant, j'avais beau tout faire pour ressembler au tableau de David – *Bonaparte franchissant le Grand-Saint-Bernard* –, je n'en avais hélas ni la monture, ni l'allure. Seul, peut-être, ressortait le côté saint-bernard – la faute à mes cernes rouges et à mes babines molles. Ma mère ne s'y est guère trompée, qui m'a gentiment interpellé : « Eh, Napoléon, essaie quand même de croire un peu en ton personnage !... »

Clic clac Kodak, cadrage après cadrage ça a duré de longues minutes mais, à vrai dire, je n'avais pas envie d'y croire. Ni envie de rire, d'ailleurs. Au contraire. Car tout à coup, la situation m'est apparue pour ce qu'elle était vraiment : pathétique. J'ai regardé une sœur, puis l'autre. Elles aussi grimaçaient pour faire semblant de sourire – et le soleil d'hiver n'y était pour rien. Elles aussi se demandaient comment nous en étions arrivés là, à tenter l'impossible pour nous reparler à nouveau. C'était triste, en fait. Si triste que tout à coup, mon cœur s'est mis à battre de façon anormale cependant que mes jambes, dans le même temps, devenaient du sable. Si pitoyable que la voix même de ma mère m'est apparue lointaine, comme emportée par le vent. Je savais ce qui allait suivre et je ne me suis pas trompé. En une déflagration, j'ai senti une mâchoire se refermer sur mon cœur et une brûlure me saisir le bras gauche. Morsure atroce, feu d'enfer, souffle coupé. Qu'ai-je fait alors comme par réflexe ? Ce que tout le monde aurait fait : d'un geste brusque, j'ai porté ma main à mon poitrail, puis je l'ai maintenue là, les doigts à moitié enfoncés sous mon gilet pour apaiser mes battements de cœur. Un Napoléon plus vrai que nature, en somme ! Jusqu'à la caricature. Jusqu'à arracher, forcément, cette exclamation à ma mère : « Ah, voilà enfin le vrai Bonaparte ! »

C'est étrange mais c'est là qu'a eu lieu le miracle. Le temps que je titube, que je suffoque, que je me casse en deux, que je joue à contrecœur l'empereur agonisant à grands renforts d'effets perçus comme théâtraux, j'ai entendu fuser dans l'air, allez, deux ou trois secondes, deux beaux rires de fillettes. Pas des rires d'adultes, retenus ou au contraire trop éclatants pour ne pas être suspects. Non, des rires magnifiques, cristallins, entiers, purs, les mêmes qu'à Noël dans notre enfance, les mêmes que sur les films en Super 8, les mêmes qu'avant, les vrais. De quoi me faire regretter de mourir à cet instant mais de quoi me faire tenir encore un peu, juste pour me délecter de plus sublime encore en entendant les rires se muer en effroi. En panique, en soutien : mes sœurs venaient de comprendre que je ne jouais pas et je pouvais partir heureux. Maintenant, le faux Napoléon – mais le vrai petit frère – gisait sur le bitume. Au-dessus de lui, il entendait des cris et des appels au secours. Et une seule pensée, tellement réconfortante, lui traversait le crâne : « C'est dingue, ça a marché... ça a marché... Maman avait raison. »

★
★ ★

Je suis revenu à moi à l'hôpital. J'y suis resté quelques jours. Mes sœurs avaient sans doute remisé leur costume pour leur préférer leurs défroques réelles, car aucune des deux ne s'est déplacée. Ni n'a pris de mes nouvelles. Ma mère les renseignait, j'espère, sur mon état de santé. Mais je me consolais. Leurs rires les avaient bel et bien trahies. Ils avaient bel et bien explosé comme des bombes à cotillons, immédiats et clairs, sans calculs ni arrière-pensées. Et elles avaient eu peur, j'en étais sûr et certain, en me voyant tomber. Jean qui rit, Jean qui pleure, sœurs qui s'esclaffent, sœurs qui s'angoissent, l'essentiel était là. Et ces notes gaies, et ces cris affolés allaient imprimer pour longtemps, sur mon visage, un drôle de sourire. Un sourire conquérant que les infirmières du service ne parvenaient pas à s'expliquer.

Karine GIEBEL

Aleyna

Partir sans lui dire au revoir.

Parce que je me sens incapable d'affronter ses larmes ou de retenir les miennes.

L'abandonner à son sort.

Parce que je n'ai plus le choix.

Quand je quitte la chambre où Hasret dort à poings fermés, je pleure en silence.

Hasret, c'est ma petite sœur. Elle a eu dix ans la semaine dernière.

Hasret, ça veut dire *nostalgie*...

Dans la chambre d'à côté dort Aslan, mon frère. Nous sommes nés le même jour, lui et moi. Le même jour, mais pas sous les mêmes auspices. Lui, a eu la chance d'être un garçon.

Aslan, ça veut dire *lion*...

Je traverse le long couloir, mes chaussures à la main.

125

Surtout, ne pas faire de bruit. Ne pas réveiller mes parents ou mon frère.

Je tourne doucement la poignée de la porte, me retrouve sur le palier. J'enfile mes chaussures, me précipite dans l'escalier.

Neuf étages à descendre.

Une fois dehors, j'hésite. Pourtant, je ne devrais pas.

La nuit est froide, la cité déserte.

Mon sac pèse des tonnes alors qu'il ne contient pas grand-chose. Quelques vêtements, une paire de chaussures, deux livres, trois photos…

Je traverse le parking sans me retourner.

Si je marche vite, ils ne me rattraperont pas.

Je m'appelle Aleyna, j'ai dix-sept ans.

Aleyna, ça veut dire *éclat de lumière*.

Je suis née ici, à Mulhouse. J'ai grandi dans cette cité, je la connais par cœur. Pourtant, cette nuit, j'ai l'impression d'errer dans un décor aussi hostile qu'inconnu.

Il faut croire que les choses changent avec notre regard, nos peurs ou nos envies.

J'ai souvent détesté ma vie.

Je n'ai rien construit, à part un cimetière pour mes rêves.

Là au moins, on ne pourra pas me les voler.

Parfois, le soir, je leur rends visite dans leur

dernière demeure et j'exhume les plus beaux, les plus fous. Ou les plus simples.

Rencontrer un homme. Séduisant, cultivé, drôle et gentil.

Tomber amoureuse. Éperdument. L'épouser si j'en ai envie. Ou simplement vivre avec lui dans un petit appartement qui serait seulement le nôtre.

Avoir des enfants, quand le moment sera venu.

Pouvoir parler à qui bon me semble, même aux garçons qui ne sont pas de ma famille. Pouvoir aller à la faculté pour choisir avec quelles armes je gagnerai mon indépendance.

Partir en vacances ailleurs qu'à Muradiye...

Muradiye, c'est à l'est de la Turquie, dans la Province de Van. Mes parents sont originaires de là-bas.

Asil, mon père, est peintre en bâtiment. Gulsen, ma mère, ne quitte jamais la maison. Sauf pour faire les courses, évidemment. Ou rendre visite à ses cousines qui vivent dans l'immeuble d'à côté.

J'adore le français ; Zola, Voltaire, Dumas, Troyat, Camus, Sartre...

À la maison, il est interdit de parler français. Il faut parler turc.

Quand je sors du lycée, je dois rentrer directement. Pas le droit de passer du temps avec mes amies, de m'asseoir à la terrasse d'un café, de faire du shopping.

Pas le droit de rester seule avec un homme.

Le déshonneur s'abattrait alors sur ma famille.

Je suis sortie de la cité, je passe devant mon lycée endormi. Je ne le reverrai jamais, je le sais. Sinon, ça voudra dire que j'ai échoué.

Mes larmes ont séché, mon sac est de plus en plus lourd. Quelques lampadaires tentent d'éclairer ma fuite. Le froid me rappelle que je suis vivante et que je ne veux pas mourir.

C'est la semaine dernière que j'ai pris ma décision.

Quand mes parents m'ont annoncé qu'ils allaient me marier.

Il s'appelle Atif, il a trente-cinq ans. Il doit arriver en France le mois prochain. Je ne l'ai jamais vu, je ne sais même pas à quoi il ressemble.

De toute façon, je n'ai pas de consentement à donner. Lui non plus, d'ailleurs.

Mon avis n'a aucune importance, mes cris et mes pleurs n'ont rien changé.

La décision ne m'appartient pas, ma vie ne m'appartient plus.

Alors je m'enfuis.

L'an dernier, Nurayet, mon frère aîné, a épousé Oya, une Française d'origine turque. Eux non plus n'ont pas choisi de s'unir. Pourtant, ma belle-sœur semble résignée et parfois, j'ai même l'impression qu'elle est heureuse. Elle est enceinte, accouchera dans trois mois.

Si l'appartement de mes parents avait été assez grand, Nurayet et sa femme se seraient installés chez nous, ainsi que le veut la tradition.

Ces fameuses traditions, qui nous ont suivies jusqu'ici.

Ces putains de traditions.

Que je porte comme un corset, qui m'étouffent chaque jour un peu plus.

Pourquoi ne suis-je pas comme les autres ? Celles et ceux qui n'ont pas l'air de souffrir de ces carcans, qui semblent même se rassurer de ces lois ancestrales.

Pourquoi cette rébellion dans mes veines ?

À quatre heures du matin, j'arrive devant l'immeuble où vit Sam. Son studio est au dernier étage.

Samuel est étudiant à l'université et travaille au lycée trois jours par semaine. C'est là que nous nous sommes rencontrés.

Depuis six mois, nous nous voyons en cachette.

Moments rares où j'ai l'impression d'être enfin comme les autres filles de mon âge.

Moments volés où j'ai l'impression d'être une hors-la-loi. Une héroïne.

Personne n'est au courant à part Günes, ma meilleure amie. Ma seule amie.

Günes, ça veut dire *soleil*…

Elle me dit que je suis folle, que je risque de

déclencher la fureur de mes parents, de mon grand frère. De toute ma famille.

Mais dans ses yeux, je vois bien qu'elle m'envie, qu'elle m'admire.

Je suis arrivée au dernier étage, mon cœur est fatigué. Je frappe discrètement à la porte et Sam finit par se réveiller. Lorsqu'il me voit sur le seuil, il est étonné.

— Mais qu'est-ce que tu fais là, Aleyna ?...

Je laisse tomber mon sac, je me jette dans ses bras. Et je pleure, longtemps.

Je ne sais pas s'il sera l'homme de ma vie. Mais j'ai envie d'être avec lui.

Et puis je n'avais nulle part où aller.

Il prépare du café, je sèche mes larmes et je lui raconte. Il semble naviguer d'un sentiment à l'autre. L'étonnement, la stupeur, la colère.

— Tu as bien fait de venir, dit-il.

Il me serre contre lui, m'embrasse. Nous ne sommes jamais allés vraiment plus loin. Il sait que ça m'est interdit. Mais en cette fin de nuit, je ne suis plus la même. Alors, je me glisse sous les draps encore chauds. Je me réchauffe contre lui, contre sa peau si blanche.

Je ne suis plus Aleyna, la petite fille turque qui obéit à son père et à ses frères.

Je suis Aleyna, l'éclat de lumière. Une femme dans les bras d'un homme.

La liberté incarnée.

Nurayet ne dit pas un mot. Il est préoccupé, je crois. Furieux, même.

Nurayet, c'est mon frère aîné. À vingt-cinq ans, il est marié et sera bientôt père.

Ce matin, quand nous avons vu qu'Aleyna avait disparu, mon père lui a téléphoné.

« Il faut la retrouver, a-t-il ordonné. Aslan, tu vas avec ton frère et vous la ramenez ici. »

Alors, nous faisons le tour de la cité pour questionner les gens. Mais personne n'a vu ma sœur.

Ma jumelle. Celle auprès de qui j'ai grandi.

Je crois qu'elle a eu peur du mariage. Mais je ne pensais pas qu'elle commettrait la folie de s'enfuir. J'étais certain qu'elle se ferait à l'idée et que tout rentrerait dans l'ordre. Surtout que mes parents lui ont trouvé un beau parti. Un homme qui a fait des études, qui est intelligent.

Il paraît même qu'il est beau.

Parce qu'elle est belle, Aleyna. C'est même la fille la plus jolie de la cité. Ça a toujours inquiété mes parents ; ils craignaient qu'elle tombe dans les filets d'un homme mal intentionné avant son mariage. Mais Aleyna est sérieuse, je le sais. Et jamais elle ne se laisserait souiller de la sorte.

— Tu sais où habite son amie Günes ? me demande Nurayet.

— Oui. Bâtiment 26. Mais, à cette heure-là, elle sera peut-être au lycée…

— On verra bien. Allons-y.

Je crains le moment où nous allons retrouver ma sœur. Certes, je suis en colère contre elle, à cause de ce qu'elle a fait. On ne désobéit pas à la famille.

Mais je l'aime tant, ma sœur.

Mon âme sœur...

Et je sais ce qu'il lui arrivera lorsque nous la ramènerons à la maison.

— Qu'est-ce que tu lui feras quand on va la trouver ? demandé-je quand même à mon frère.

Il ne me répond pas. Mais la façon dont il me regarde me fait peur. Jamais je n'ai vu ça dans ses yeux. Comme dans les yeux de mon père, ce matin.

Nous arrivons au pied du bâtiment 26 et montons au cinquième étage. C'est la mère de Günes qui nous ouvre. Par chance, l'amie d'Aleyna n'a pas cours ce matin. Sa mère l'appelle et quand elle nous voit dans le salon, elle se fige.

— Tu savais pour Aleyna ? demande Nurayet.

— Je savais quoi ? rétorque Günes.

Son ton est un peu insolent, je vois le poing droit de mon frère se serrer.

— Qu'elle avait décidé de s'enfuir de la maison, précise Nurayet en contenant sa colère.

— Non, affirme Günes. Quand est-elle partie ?

— Cette nuit, dis-je. Tu sais où elle a pu aller ?

— Non.

— Tu mens, dit mon frère. Je le vois dans tes yeux.

Moi, ce que je vois dans les yeux de Günes, c'est la peur à l'état brut.

— Tu as intérêt à me dire où elle est, ajoute Nurayet.

Il est impressionnant mon frère. Grand, costaud, un regard direct et froid.

— Il vaut mieux qu'on la retrouve très vite, poursuit-il. Avant qu'elle ne fasse une connerie. Parce que tu sais ce qui se passera si elle se conduit mal ?

Günes est sur le point de pleurer. Car oui, elle sait.

Je la fais asseoir sur une chaise. Sa mère observe la scène mais n'intervient pas.

— Allez, dis-nous ce que tu sais, demandé-je doucement.

— Je ne sais rien !

— Donne-moi ton portable, ordonne mon frère.

La mère récupère le smartphone sur le bahut et le confie à mon frère. Je le vois fouiller dans les dossiers, je vois Günes devenir toute pâle. Nurayet relève la tête, son regard est terrifiant.

— C'est qui, Sam ? demande-t-il.

Il a envie de hurler, je le sens. Pourtant, il se contient.

— C'est qui, Sam ? répète-t-il en élevant la voix. *Je suis chez Sam, ne dis rien à mes frères, je t'en prie*, lit-il.

Je suis abasourdi. Aleyna ne m'a jamais parlé de Sam.

Comme Günes ne répond pas, sa mère pose une main sur son épaule et lui glisse quelques mots à l'oreille.

Günes est en larmes, maintenant.

Sam se prépare pour partir en cours. J'ai envie de le suivre à l'université, mais je suis fatiguée. Si fatiguée...

— Repose-toi, me dit-il. J'ai un partiel ce matin, mais je serai de retour en début d'après-midi. Et là, on verra ce qu'on fait. Mes parents ont un petit appartement dans le Sud, je vais leur demander si je peux te conduire là-bas...

— Dans le Sud ?

— Oui, vers Perpignan. Si loin, ils ne te retrouveront pas !

Je n'avais pas songé à la suite. À ce que je ferais une fois partie.

— Avec quel argent je vais vivre ? Et puis là-bas, je ne te verrai plus...

Sam sourit.

— On va réfléchir à tout ça. Je dois y aller... Mais cet après-midi, je te promets que nous trouverons une solution, d'accord ?

Il m'embrasse, je ferme les yeux. Dès qu'il a verrouillé la porte, je me recouche. Dans ces draps où j'ai fait l'amour pour la première fois.

Mais je ne parviens pas à me rendormir. Parce que la peur a pris la place de Sam. Entrée en douce, dès qu'il est parti. Les minutes passent, j'oscille entre craintes et espoirs sans parvenir à me décider.

Soudain, on tape à la porte. Une violente décharge secoue mon corps de la tête aux pieds. Mon cœur explose. D'un bond, je sors du lit et m'approche doucement de la porte. J'entends alors une petite voix familière.

— C'est moi, Aleyna ! Ouvre...

Je colle mon œil au judas et je la vois. Je respire à nouveau, rassurée. Je tire les deux verrous et j'ouvre. Mon sourire se fige lorsque mes yeux s'enfoncent dans ceux de Günes.

Cette fraction de seconde où l'on sait que l'on vient de commettre une terrible erreur.

Je n'ai pas le temps de refermer, Nurayet donne un violent coup de pied dans la porte et je recule précipitamment.

Mes deux frères entrent dans le studio. Je porte seulement un tee-shirt et ma culotte, jamais ils ne m'ont vue comme ça depuis que j'ai dépassé les dix ans.

Nurayet ordonne à Günes de repartir. Je croise son regard désespéré, mais je sais qu'elle n'a pas eu le choix. Je lui pardonne tout. Sans un mot.

Puis Nurayet referme la porte et se tourne vers moi. Avant même de parler, il me frappe. Si fort que je tombe par terre.

— Espèce de folle ! me dit-il.

Je me relève lentement et m'assois sur le lit.

— Tu es seule ?

Je hoche la tête.

— Il est où, *Sam* ?

Un frisson descend le long de ma colonne vertébrale.

— C'est pas *il*, c'est *elle*, dis-je dans un réflexe de survie.

— *Elle ?* demande Aslan.

— Samantha. C'est une fille que j'ai rencontrée au lycée. Tu ne la connais pas.

Aslan n'est pas dans le même lycée que moi. Il est en apprentissage.

Nurayet passe la pièce au rayon X. Son regard détaille chaque objet, chaque recoin. Il récupère un caleçon qui traîne près du lit et me le jette à la figure.

— Elle porte ça, ta copine ?

Je n'arrive plus à respirer.

Vite, trouver une réponse.

— C'est à son petit ami. Il vient souvent ici.

— Habille-toi ! hurle-t-il. On dirait une pute !

J'obéis, en tremblant. J'enfile mon jean, mon pull, mes chaussures. Je couvre mes cheveux d'un foulard.

J'essaie de croiser le regard d'Aslan, mais il tourne la tête. Je crois qu'il a mal.

Nurayet m'attrape par le bras. Il ne me lâchera plus jusqu'à l'appartement de mes parents.

Il est midi lorsque nous rentrons. Mon père, à cette heure-là, est toujours au travail.

Mais aujourd'hui, il est là. Ma mère aussi.

Seule Hasret est absente. À l'école, sans aucun doute.

Tête baissée, je reste debout face à mes parents.

— On l'a retrouvée chez une copine à elle, explique Nurayet.

Encore heureux, mon imbécile de frère a cru à l'existence de Samantha. Et Aslan, y a-t-il cru ? Me protège-t-il ?

Mon père se plante devant moi. J'ai droit à une nouvelle gifle. Je sais que ce n'est que le début d'une longue série.

— Pourquoi tu es partie ? demande-t-il.

Je trouve en moi la force de relever la tête, d'affronter ses yeux noirs qui débordent de haine. Comment peut-on haïr sa propre fille ?

Quand elle a moins d'importance que l'honneur.

— Je ne veux pas me marier ! dis-je.

Deuxième gifle.

Mais je me moque des coups qu'il pourra me donner.

— Je ne me marierai pas avec cet homme. Jamais !

Cette témérité surprend mon père, le laissant sans voix un instant. Alors ma mère prend le relais.

— Tu n'as pas le choix, dit-elle. Nous t'avons promise à sa famille. Ils nous ont déjà versé la dot.

Je retiens mes larmes du mieux que je peux, plante mes yeux dans ceux de ma mère. Et je m'entends prononcer la phrase la plus terrible qui soit :

— Si vous me forcez à l'épouser, je me tuerai. Tu entends ? Je m'ouvrirai les veines ou je me jetterai par la fenêtre. Je préfère mourir que me marier avec un homme que je n'ai pas choisi !

Le silence s'abat sur la pièce, telle une coulée de plomb.

— Tu es folle, murmure soudain Aslan. Aleyna, sois raisonnable je t'en prie ! Tu sais que chez nous, c'est comme ça ! Tu ne peux pas dire des choses pareilles !

La colère fait trembler les lèvres de ma mère. Mon père m'attrape alors par le bras et se colle à moi.

— Si tu n'épouses pas Atif, nous lui donnerons ta sœur, dit-il. Dès qu'elle aura douze ans, nous l'emmènerons au pays et elle épousera cet homme à ta place.

— Nous lui avons promis une fille, renchérit Nurayet. Papa a raison : si ce n'est pas toi, ce sera Hasret.

— C'est ça que tu veux ? s'écrie ma mère.

Je sais qu'ils mettront leur menace à exécution. Sous peine d'être déshonorés à jamais.

Piégée, je fonds en larmes. Ils pensent que ça veut dire que j'accepte mon destin. Alors, mon père m'enferme à double tour dans ma chambre en me disant que je ne sortirai plus jusqu'au mariage. Quand la porte claque, je m'effondre sur le lit et me laisse emporter par mes sanglots, comme par un torrent en furie.

Sur un muret protégé du vent, je fume une cigarette. Je ne suis pas allé en cours, aujourd'hui. À cause d'Aleyna. Je me devais d'accompagner Nurayet, de l'aider à retrouver notre sœur. Pour mes parents, ma famille. Et même pour Aleyna.

La sauver de ses propres dérives.

Elle a peur, je le sais. De la vie qui l'attend. Et la peur fait souvent faire n'importe quoi.

Mais elle se calmera et tout rentrera dans l'ordre, j'en suis sûr.

J'écrase ma cigarette et traîne un peu dans la cité. Je pense à Aleyna, cloîtrée dans sa chambre. Mon père ne la laissera plus sortir, c'est certain. Alors, je m'arrête dans l'épicerie de Yunus pour acheter du pestil car c'est la friandise préférée d'Aleyna. Lorsque ma mère aura le dos tourné, je le lui apporterai. Elle sera contente, je crois. De voir que je pense à elle. Que je ne lui en veux pas d'avoir fait toutes ces conneries.

Je monte les neuf étages en courant et trouve ma mère dans la cuisine, en train de préparer le repas de ce soir.

— Je vais apporter à boire à Aleyna, dis-je en remplissant un verre au robinet.

Elle ne dit rien, elle est d'accord.

— Je crois qu'elle a peur, maman. C'est pour ça qu'elle est partie.

Elle me dévisage sévèrement.

— Elle doit tenir sa place, dit-elle. Ce qu'elle a fait, c'est terrible.

— Je sais, mais…

— Tu veux qu'on nous rejette ? Que la honte

vienne sur notre famille ? Sur ton père, ta mère, ton frère. Sur toi ?

— Non, bien sûr.

— Tu veux que plus personne ne nous parle à cause d'elle ? Que tes amis te tournent le dos ? Tu veux ne jamais trouver d'épouse ?

Je fais non, d'un signe de tête. Je crois que je n'avais pas réalisé.

— Si elle s'entête, c'est ce qui arrivera, assène ma mère avec les yeux pleins de larmes.

— Nous l'avons retrouvée, dis-je fièrement.

Je la serre dans mes bras, lui caresse le dos.

— Ça va aller maintenant.

— Que Dieu t'entende…

Je quitte la cuisine et tape à la porte de la chambre des filles.

— Tu es visible ?

Aleyna ne répond pas. Et même si mon père a enlevé la poignée de la fenêtre, j'ai soudain très peur. Alors, j'entre sans attendre.

Aleyna est assise sur le lit, elle se balance d'avant en arrière. Ses yeux sont rouges, ses paupières gonflées. Mais je suis rassuré ; elle ne s'est pas blessée ou tuée. Elle ne peut pas faire ça à Hasret, c'est évident.

Je m'assois près d'elle, lui tends le sac dans lequel j'ai mis le pestil.

— Je viens de l'acheter pour toi.

Elle pose le sac à côté d'elle sans même regarder ce qu'il y a à l'intérieur.

— Je voudrais mourir, Aslan.

Je sens une étrange colère monter en moi.

— Arrête de dire ça, merde !

Je me lève, envoie un coup de pied dans l'armoire.

— Arrête de dire ça, t'entends ?

Je viens de hurler. Je n'avais jamais hurlé sur ma sœur jumelle.

Elle me regarde avec un désespoir contre lequel je ne peux rien.

— Tu n'as pas le droit de faire ça aux parents ! Et puis il est sans doute très bien, cet Atif !

— Tu le connais ? demande-t-elle avec défiance.

— Non, et après ? S'ils l'ont choisi pour toi, c'est qu'il est bien !

— S'ils l'ont choisi, c'est parce qu'il apportait la dot qu'ils souhaitaient !

Elle aussi, vient de hurler. Comment ose-t-elle ? Me parler sur ce ton. Dire des choses aussi ingrates, aussi malveillantes ?

Il me vient une envie inédite. Envie de la frapper. Pourtant, je ne le fais pas.

Difficile de se frapper soi-même. Car Aleyna, c'est comme un morceau de moi.

— Il va falloir que tu arrêtes de délirer, lui dis-je.

— Tu ne comprends rien, Aslan. La mort me serait plus douce que ce mariage. Mais je ne me tuerai pas. Parce que je ne veux pas qu'Hasret prenne ma place. Elle a tout le temps de souffrir.

Je serre les mâchoires et quitte la chambre, sans oublier de verrouiller derrière moi. Je retourne dans la salle à manger, allume la télé. Ça me calmera peut-être.

Mais quelques minutes plus tard, mon père et Nurayet reviennent à la maison. À leurs mines, je comprends que quelque chose de grave est arrivé.

— Coupe cette télé, ordonne mon père.

Ma mère sort de la cuisine, un torchon dans les mains. Mon père, d'un signe, nous indique qu'il veut nous parler. Nurayet ferme la porte du couloir, pour qu'Aleyna n'entende pas.

J'ai un mauvais pressentiment.

— Que se passe-t-il ? demandé-je.

— Laisse parler ton père, m'ordonne Nurayet.

Alors, je me tais.

— Vas-y, toi, demande mon père.

Comme s'il n'avait pas la force. C'est vrai qu'il a vraiment l'air abattu, mon père.

— Nous sommes retournés dans l'appartement où nous avons trouvé Aleyna ce matin, commence Nurayet. Ce n'est pas l'appartement d'une fille, c'est celui d'un type. Il s'appelle Samuel Delage.

Je me sens trahi. Comment Aleyna a-t-elle osé nous mentir aussi effrontément ce matin ?

Ma mère serre le torchon entre ses mains. Je crois qu'elle va le déchirer.

— Et cette nuit, ils ont couché ensemble, conclut mon frère. Il y avait du sang sur les draps.

Je manque de tomber de la banquette.

— C'est pas possible ! dis-je dans un cri de désespoir.

Mon frère me fixe avec un regard effrayant.

— Cette petite pute a couché avec ce type, répète-t-il.

— Nous ne pouvons plus la marier, dit mon père.

Ma mère se met à gémir, des mots que je ne comprends pas.

— Nous nous en occuperons ce soir, annonce Nurayet.

— Tu veux aller exploser la tronche de ce salopard ? dis-je. Je viens avec toi !

— Ce chien peut crever, répond Nurayet.

Je pense à Sam. Va-t-il tenter de venir me délivrer ?

Mais comment le pourrait-il ?

Je suis stupide de croire encore aux rêves.

Fermer la porte du cimetière. Ne plus jamais y retourner.

Hasret ne tardera plus à revenir de l'école. Il va falloir que je lui explique, que je la rassure. Que je cache mes larmes. Un jour, ce sera son tour. Mais peut-être sera-t-elle plus forte que moi et affrontera-t-elle son destin sans reculer.

D'ailleurs, est-ce la faiblesse ou le courage qui m'anime ? Je ne sais plus vraiment. J'ai fait du mal à toute ma famille. Peut-être parce que je ne suis qu'une égoïste.

Maman me l'a souvent dit. Ce n'est pas pour rien.

Je regarde par la fenêtre, j'espère encore pendant quelques secondes voir Samuel en bas de l'immeuble.

Quelques secondes, pas plus.

Ensuite, j'arrête définitivement de rêver.

Hasret n'a pas eu le droit d'aller dans la chambre. Elle est restée dans la cuisine avec maman. Mes oncles et mes tantes sont passés à l'appartement en fin d'après-midi. Le conseil de famille s'est réuni, puis ils sont repartis chez eux. La nuit est tombée, nous avons mangé un morceau. Mais je n'avais pas d'appétit.

Et puis, après le repas, Nurayet a dit : « C'est l'heure. »

Nous nous sommes vêtus chaudement car la nuit promet d'être glaciale.

Nurayet entre dans ma chambre, sans frapper. Je suis devant le bureau que je partage avec Hasret, en train d'écrire quelque chose sur mon journal. Je le cache précipitamment sous une pile de livres scolaires.

— Mets un foulard et une veste, ordonne mon frère.

Je suis tentée de demander pourquoi, mais face à son regard, je préfère me taire. J'ai pris assez de gifles pour aujourd'hui.

Je couvre mes cheveux, enfile mon blouson. Il me prend par le bras et me serre si fort que je gémis de douleur. Dans la salle à manger, mon père et Aslan sont déjà habillés.

— Où on va ? je demande.

— Ta gueule, répond Nurayet.

Aslan me dévisage d'un drôle d'air et lorsque je tourne la tête vers la cuisine, je vois ma mère et Hasret. Ma jeune sœur veut venir vers moi, mais ma mère l'en empêche. Elle la force à s'asseoir sur une chaise et à me tourner le dos. Puis ma mère me regarde, avec du vide plein les yeux. Comme si elle ne me voyait pas.

Comme si je n'existais plus.

Nurayet m'entraîne vers la porte, je n'ai personne vers qui chercher du secours.

Accompagnée de mes deux frères et de mon père, je descends les neuf étages. J'ai froid, je tremble. Et la poigne de Nurayet me fait souffrir le martyre.

Nous arrivons bien vite sur le parking et nous montons dans la voiture de mon grand frère. Mon père conduit, Aslan s'assoit devant. Nurayet reste à côté de moi.

Mais à aucun moment, il ne me regarde.

J'essaie de contrôler mes tremblements, mes claquements de dents. Je crois savoir ce qui va se passer. Je vais avoir droit à une correction en règle. Mais je ne leur ferai pas le plaisir de pleurer ou d'implorer. J'encaisserai, voilà tout.

Au bout de quelques minutes, Nurayet sort de son sac une bouteille de raki et en boit deux gorgées avant de la donner à Aslan.

Le raki, c'est une eau-de-vie très forte que boivent les hommes.

Nous roulons longtemps.

Pourquoi faire autant de kilomètres pour me foutre une raclée ? Je ne comprends pas.

— On va où ? osé-je encore demander.

— Je t'ai dit de fermer ta putain de gueule ! répond Nurayet.

À la faveur d'un lampadaire, je croise le regard d'Aslan dans le miroir de son pare-soleil.

Le regard d'un animal blessé.

Il boit, encore et encore.

Plusieurs kilomètres nous éloignent de la ville. Nous traversons désormais la forêt de la Hardt. Et soudain, mon père arrête la voiture sur une piste qui s'enfonce dans les bois.

Ils veulent me foutre la trouille ! Pour ça qu'ils m'ont emmenée jusqu'ici…

Et ils ont réussi : je n'ai jamais eu aussi peur de ma vie.

Nurayet force Aleyna à descendre de la voiture. Je descends à mon tour et sens mes jambes se dérober. L'effet du raki, sûrement ! Je n'ai pas l'habitude d'en boire…

Nous marchons à travers la forêt pendant quelques

mètres. C'est mon père qui tient la lampe mais surtout, il y a pleine lune.

Très vite, nous arrivons au bord du grand canal. Le canal du Rhône au Rhin. Un oiseau pousse un cri d'effroi avant de s'envoler. Nurayet lâche le bras de ma sœur, lui met la lampe en plein dans les yeux.

— Tu as déshonoré la famille, dit-il d'une voix grave. Ton père, ta mère, tes oncles, tes frères.

— Pourquoi ? crie Aleyna.

— Je sais que tu as baisé avec ce porc !

Aleyna ne répond pas. Pourtant, j'espérais qu'elle allait trouver une explication, quelque chose. N'importe quoi, du moment que ça calmerait mon frère et mon père.

Mens, Aleyna ! Mens, je t'en supplie...

Soudain, elle se remet à parler. Ses yeux droit dans ceux de Nurayet.

— Oui, j'ai couché avec lui. Et c'était le plus beau moment de ma vie !

Mon père lui donne un coup de poing, je sursaute. Aleyna s'effondre, je m'appuie contre l'arbre le plus proche. J'ai l'impression que c'est moi qui viens de recevoir le coup.

— Mais si vous le touchez, vous irez en taule ! dit ma sœur en se relevant.

Nurayet sourit.

— On s'occupera de lui plus tard.

— Salaud ! hurle ma sœur.

Cette fois, c'est Nurayet qui la frappe. Coups de

poing, coups de pied. Tout en la cognant, il la traite de tous les noms. Je voudrais tant l'arrêter. J'en ai la force. Je ne trouve pas le courage.

Je suis paralysé.

Si je fais ça, je suis mort.

Et si je ne le fais pas, vais-je pouvoir continuer à vivre ?...

— Tu vois ce que tu m'obliges à faire ! hurle Nurayet.

— Aslan ! gémit ma sœur. Aide-moi, je t'en supplie !

Soudain, un flot de larmes vient réchauffer mes joues glacées.

Nurayet s'approche de moi.

— Arrête de pleurer ! Tu es aussi faible qu'une fille ! me crache-t-il à la figure.

Je secoue la tête de droite à gauche, tout en continuant à sangloter.

Mon frère sort un couteau de sa poche, je me mords la lèvre. Jusqu'au sang.

Je vois la lame briller entre les mains de Nurayet.

Alors, je comprends.

Que je ne verrai pas le jour se lever.

Que je ne reverrai plus Samuel, Günes. Que je n'irai plus au lycée. Que je n'aurai jamais d'enfant.

Que je n'entendrai plus le rire cristallin d'Hasret. Que je ne la regarderai plus jamais dormir.

Je vois la lame s'enfoncer dans le ventre de ma sœur. Je vois le regard de mon propre frère, sa bouche crispée dans un rictus morbide.

Je vois Aleyna tomber à genoux.

Puis mon père qui la pousse dans le canal.

En même temps qu'elle, je me vide de mon sang. En même temps qu'elle, je me noie.

Je sais désormais que je la verrai mourir chaque nuit.

Je sais que je ne serai pas mariée de force.

Et que je vais rejoindre mes rêves.

Les Nations unies estiment que chaque année dans le monde, plus de cinq mille femmes meurent au nom de « l'honneur ». Le nombre de ces victimes serait en réalité trois à quatre fois supérieur selon les organisations non gouvernementales. En Afghanistan, en Albanie, en Arabie Saoudite, en Bosnie, à Bahreïn, au Bangladesh, en Bosnie-Herzégovine, au Brésil, au Cambodge, en Égypte, aux Émirats arabes unis, en Éthiopie, en Géorgie, en Inde, en Indonésie, en Irak, en Iran, en Israël, en Jordanie, au Liban, au Maroc, au Mexique, au Népal, au Nigéria, à Oman, en Ouzbékistan, en Palestine, au Qatar, en Somalie, au Soudan, en Syrie, en Turquie, au Yémen... Ainsi qu'au Canada et en Europe : Allemagne, Belgique, France, Grande-Bretagne, Italie, Suède...

Leurs familles les condamnent à mort parce qu'elles ont choisi librement leur fiancé, qu'elles ont refusé un mariage forcé. Parce que leur comportement a été jugé immoral. Parce qu'elles ont subi un viol.

Souvent, il suffit d'une simple rumeur.

Ceux qui les assassinent ne sont pas considérés comme des criminels.

Mais comme des héros.

Douglas KENNEDY

Tu peux tout me dire

Traduit de l'anglais (États-Unis)
par Bernard Cohen

À l'époque, nous vivions dans une maison sans chauffage. C'était une grande bâtisse de style victorien dans un coin glauque de Dublin-Sud où ne flottait pas encore l'arôme de caffè latte de la boboïsation, un quartier abordable pour un jeune couple qui voulait vivre près du centre-ville mais n'avait pas les cinq ou six mille livres additionnelles qu'aurait demandé un logement dans la zone de South Circular Road, toute proche et nettement plus huppée. Pour l'un et l'autre, c'était notre première acquisition, le barreau initial de l'échelle immobilière sur lequel nous avions réussi à nous jucher grâce à un apport financier modique et beaucoup, beaucoup d'imagination.

Faisant office de décorateur intérieur bénévole, un ami gay nous avait donné les principes de base d'une rénovation respectant le caractère des lieux, avec les murs peints en vert foncé et un lourd mobilier XIXᵉ siècle. Il y avait deux chambres à coucher et un bureau dans lequel j'essayais d'écrire mon premier livre, mais pas de chauffage central. Nous disposions seulement de deux cheminées où nous brûlions du charbon et des briquettes de tourbe, ainsi que d'un radiateur à gaz qui, bien qu'empestant l'atmosphère, parvenait à chauffer moyennement notre chambre durant les longs mois sombres et humides de l'hiver irlandais. Dans ma pièce de travail, un petit diffuseur de chaleur électrique me permettait de ne pas geler sur ma chaise tandis que j'écrivais chaque jour mes contributions à deux journaux du pays, avant d'ajouter quelques pages au livre que je m'escrimais à terminer, rêvant à un avenir d'auteur édité et ne faisant que découvrir à quel point une telle ambition était difficile à satisfaire.

Nous n'étions mariés que depuis quelques mois. Je venais d'avoir trente et un ans, elle vingt-cinq, et nous commencions déjà à douter confusément de notre précipitation à entrer dans l'espace confiné du domicile conjugal à un stade de la vie où, chacun à sa manière, nous étions encore immatures et restions en quête d'identité, ainsi que d'une réponse à la plus fichtrement insondable des questions : « Qu'est-ce que je veux, au juste ? » Quinze jours avant notre mariage, elle m'avait demandé à brûle-pourpoint si nous devions vraiment en passer par là et j'avais argumenté un « oui » convaincu, mais vingt-trois ans plus tard, lorsque notre union s'est rompue, j'ai repensé à cet instant où, ai-je alors discerné, elle avait soulevé quelque chose que nous percevions déjà instinctivement : sur de trop nombreux plans, nous n'étions pas bien assortis. Je n'ai certes jamais regretté ce choix matrimonial, car il y a eu des moments de bonheur, et surtout deux merveilleux enfants en sont issus, cependant elle avait vu juste, saisissant d'emblée que nous étions voués à l'échec en tant que couple. Elle avait été lucide en ce temps-là, et moi non, mais nous nous sommes néanmoins engagés ensemble dans une vie commune officialisée et… au bout de trois mois, nous en étions à nous disputer avec une inquiétante régularité.

Nous venions d'horizons très différents. Elle avait grandi dans une banlieue de petite ville, au sein d'un foyer catholique irlandais et de la nombreuse progéniture qui résultait d'un solide et durable mariage, baignant dans des valeurs conventionnelles qu'elle aimait contester en public mais auxquelles elle continuait à adhérer en privé. Pour ma part, New-Yorkais destiné à me tailler une belle part dans la Grosse Pomme, j'avais fui l'atmosphère délétère de la désunion conjugale de mes parents et les pressions d'une métropole où le succès social est l'aune avec laquelle chaque individualité est jaugée. Aussi loin que je puisse puiser dans ma réserve de souvenirs, j'avais toujours senti que mon père et ma mère étaient malheureux ensemble, mais c'est seulement alors que j'expérimentais moi-même les prémices d'une disharmonie maritale que j'ai commencé à m'interroger : choisit-on de tourner le dos à la félicité ? Est-ce que nous nous condamnons inconsciemment à la désolation en nous persuadant de la nécessité de poursuivre une relation que nous savons, dans le secret de notre cœur, ne pas être positive pour nous ?

Donc, les chamailleries n'ont pas manqué au cours de ce premier hiver de vie conjugale, et comme Dublin est un microcosme où les ragots se propagent avec une intensité pernicieuse, où une confidence spontanée se retrouve souvent exposée sur la place publique, j'en suis venu à me montrer des plus circonspects quant à partager avec une tierce partie les détails des tempêtes maritales que nous traversions fréquemment. Et ce même avec ma tante Deirdre.

Deirdre. La sœur de mon père, échappée comme moi de l'*American Way of Life*, qui, à soixante ans à peine, venait de prendre sa retraite après une carrière dans les affaires à New York. Mère de quatre enfants, dont deux avec lesquels elle n'était plus en bons termes, elle était veuve depuis près de deux décennies. Charlie, son mari, avait été correspondant de guerre avant de rejoindre la sphère plus lucrative – mais nettement moins sti-mulante – du conseil en communication pendant l'ère Eisenhower, et de quitter la grande ville avec Deirdre quand leur famille s'était peu à peu agran-die. Une fois par mois, nous allions leur rendre visite dans leur grande maison non loin de l'Hud-son, et immanquablement mon oncle et ma tante s'engageaient dans une bruyante et venimeuse alter-cation verbale, réplique des incessantes prises de bec entre mes parents.

Charlie était un homme aigri, assumant mal sa transformation de journaliste de terrain en esclave salarié et papa banlieusard. Il fumait avec acharne-ment, trois paquets par jour, à telle enseigne que le cancer lui avait rongé une corde vocale avant qu'il n'atteigne les cinquante ans, ce qui ne l'avait aucunement détourné de la cigarette. Puis c'est tout le larynx qui avait été détruit, et il avait continué à fumer. Une image est restée à jamais gravée dans ma mémoire, celle de l'oncle Charlie obligé de parler en pressant un boîtier amplificateur sur sa gorge, parce qu'il avait subi l'ablation de tout l'appareil vocal, mais allumant ses cigarettes à la chaîne, et mon père, qui éprouvait une énorme sympathie pour cet ancien frère d'armes échoué dans l'enfer de la paix et de l'abondance, regardant la fumée s'échapper du trou qu'il avait dans le cou et lui demandant : « Hé, Charlie, qu'est-ce que tu cherches, là ? Faire de ma sœur une veuve ? » ; à quoi l'intéressé répliquait de sa voix artificielle : « Qu'elle aille… se faire… foutre. »

Je n'avais que douze ans, à l'époque, et je me rappelle m'être juré de ne jamais me marier. Pour autant, cela ne m'a pas empêché de me convertir en fumeur invétéré dès l'âge de seize ans, décidant d'abandonner le tabac exactement seize années plus tard, juste après avoir achevé mon premier livre.

Le jour suivant celui où j'avais apposé le point final au manuscrit, pourtant, Deirdre et moi tirions sur nos cigarettes à l'appartement qu'elle louait près de Merrion Square, dans un immeuble tristement moderne à côté des splendeurs d'architecture georgienne que recèle ce quartier. Elle m'avait contacté peu après s'être installée à Dublin et, au bout de toutes ces années, elle m'avait paru d'agréable compagnie : quelqu'un qui appréciait le bon whisky, savait raconter des histoires intéressantes et faisait de son mieux pour surmonter les multiples raisons de tristesse qui s'étaient accumulées en elle. Un jour où elle évoquait son mariage devant moi et où elle m'avait assuré que Charlie et elle avaient été parfaitement heureux ensemble, je m'étais fait la réflexion que cela ne correspondait pas précisément à l'animosité réciproque dont j'avais jadis été souvent témoin, mais je n'avais pas relevé le paradoxe. Même si j'objectais à toute tentative d'enjoliver le passé dans ma vie personnelle, qui étais-je pour blâmer quiconque de réécrire le scénario afin de créer un fil narratif plus facile à accepter ?

Je me suis souvent demandé ce qui avait poussé Deirdre à venir vivre à Dublin une fois avoir pris sa retraite. L'appel du « vieux pays » résonnant soudain chez cette Irlandaise de Brooklyn ? Le besoin de se rapprocher de son seul fils, Patrick, un garçon peu communicatif qui avait abandonné les États-Unis avant ses vingt ans et avait trouvé un emploi dans la publicité en Irlande, mais avec lequel, en dépit de notre parenté, je n'avais eu pratiquement aucune relation ? Quant à moi, après huit années à Dublin, j'étais prêt au départ. Dans ma tête, j'avais mis le cap sur Londres, une « vraie » grande ville dont mon livre allait m'ouvrir les portes, ainsi que je l'espérais, et où je pourrais commencer pour de bon une existence d'écrivain. Si Dublin avait été un excellent terrain d'apprentissage, l'Irlande n'avait jamais constitué pour moi une passion, une cause ; or, si l'on voulait exister réellement ici, il fallait embrasser cette cause, et aussi accepter que la jalousie et la médisance fussent deux composantes incontournables d'une relation de longue durée avec cette ville. J'en avais assez.

Et là, c'était de nouveau l'hiver et, pour l'Irlande en cette année 1987, l'entrée dans une ère où le pessimisme économique avait un impact sur toute la société, où, une fois encore dans l'histoire de la nation, l'émigration était grandissante tandis que les perspectives se rétrécissaient pour une ville toujours plus petite et morose. Au cours de cette dernière ligne droite d'une semaine dans la rédaction de mon livre, alors que je travaillais et fumais jusqu'à quatre heures du matin pour conclure le damné manuscrit, le soleil n'a pas pointé à une seule reprise, et lorsque je suis parti en claquant la porte de chez nous le soir suivant celui où j'ai franchi la ligne d'arrivée de ma course littéraire, après une discussion plus que houleuse avec ma femme, je me suis arrêté à la première cabine téléphonique en vue, j'ai glissé une pièce de dix *pence* dans la fente, appuyé sur le bouton quand j'ai obtenu une réponse et demandé à ma tante Deirdre si je pouvais aller la voir.

J'avais besoin d'une oreille amie, à ce moment. J'ai choisi Deirdre parce qu'elle avait sa propre expérience des discordes conjugales, parce qu'elle avait renoué avec mon père à la suite d'une période de froid et parce que je sollicitais toujours le conseil de mes aînés, en ce temps-là, convaincu que l'âge apportait une certaine dose de sagesse face aux aspects les plus problématiques de l'humaine condition. Et, tout simplement, parce qu'elle était de la famille : la sœur de mon père.

Je dois préciser que, jusqu'à ce que je franchisse le seuil de chez elle et que je me mette à déballer mes soucis matrimoniaux, je ne m'étais jamais confié à Deirdre. Après m'avoir versé un doigt de whisky Powers et avoir rapproché son paquet de Silk Cut de moi sur la table basse, elle a écouté attentivement ces abondantes confessions ; quand je me suis interrompu au bout de quelques minutes en exprimant soudain mes doutes – « Peut-être que je ne devrais pas t'infliger tout ça... » –, elle m'a servi une autre dose de whisky, elle a posé une main maternellement apaisante sur mon bras et assuré : « Tu peux tout me dire. »

C'est ce que j'ai fait, laissant libre cours à un torrent d'interrogations et de regrets nourris par la crainte sous-jacente de me retrouver piégé dans un cul-de-sac dublinesque dont j'aurais beaucoup de mal à m'extirper. Ah, à quelle antienne de petit garçon paniqué me suis-je livré ! Avec le recul édifiant de plusieurs dizaines d'années, je ne peux qu'être sidéré par le manque de connaissance des ressorts internes de mon fonctionnement que je révélais alors. Il me restait un long chemin à accomplir afin d'assimiler que je tentais désespérément de rompre avec le schéma familial qui avait dominé ma jeunesse mais que, d'une certaine manière, je ne faisais que reproduire sous le ciel obstinément gris de Dublin.

Deirdre n'a eu aucun commentaire, se contentant de remplir mon verre avec régularité et de griller autant de cigarettes que moi. Son silence et sa capacité d'écoute ont stimulé mes épanchements au point que j'en suis venu à me rapprocher d'une zone-limite que je n'avais jusque-là évoquée devant quiconque : le moment où l'union de mes parents avait réellement volé en éclats, un incident que j'avais gardé pour moi pendant près de vingt ans.

« Tu te souviens de quand Papa s'est fait pincer dans une liaison avec une autre femme alors qu'il venait d'avoir quarante ans ? » me suis-je lancé. Deirdre ayant acquiescé laconiquement de la tête tout en allumant sa énième Silk Cut, j'ai poursuivi : « J'avais à peine treize ans, en pleine adolescence vraiment difficile, sans vrais amis à l'école où j'avais été classé comme le type toujours le nez dans ses livres, avec une dégaine bizarre à cause de mes genoux cagneux qui jusqu'à maintenant me donnent

cette démarche absurde… Et les parents qui n'arrê-
taient pas de s'étriper, et ma manie d'aller me cacher
dans toutes les salles de cinéma du quartier pour
essayer d'oublier tout ça, et le désir de fuguer, de
m'extirper de cet enfer… Papa était tout le temps
en voyage pour le travail, et ma mère… bon, tu
sais quelle névrosée insupportable elle peut être.

« Alors, un jour, je suis rentré de l'école au
moment où le téléphone sonnait à la maison, et
comme elle s'occupait de mon petit frère dans
l'autre pièce, elle m'a crié de répondre. Une voix
d'homme très agressive. Le type, certainement ivre,
m'a asséné de but en blanc : "Tu es le fils du fils
de pute qui est en train de tringler ma femme à
l'heure qu'il est ? Réponds, petit merdeux !" J'ai
lâché le combiné et j'ai couru alerter ma mère.
Grosse erreur, parce qu'au bout de deux minutes
à écouter les insultes de cet inconnu elle était en
pleurs et complètement hystérique. Tu vois, je me
suis toujours senti coupable de ça, de lui avoir
passé cet appel abominable. Si j'avais raccroché,
peut-être que les choses en seraient restées là. Ou
du moins, c'est ce que j'ai pensé à l'époque, avec
mon cerveau de gamin de treize ans… »

Deirdre a continué à me prêter attention alors
que je lui décrivais les suites de ce coup de fil, ma
mère s'empressant de téléphoner à mon père à son
bureau pour l'agonir d'invectives, leurs explications
embarrassées quand ils étaient venus tous les deux
me raconter que tout cela n'était que des sornettes

d'ivrogne, et le besoin que j'avais éprouvé de croire à leur histoire afin d'esquiver la réalité. Jusqu'à ce que, des années plus tard, dans son bar à sushis préféré – « ma cantine de chez les yeux-bridés », ainsi qu'il le dénommait à mon grand amusement certes très politiquement incorrect –, la langue déliée par trois Martinis-vodkas bien tassés, mon père m'avoue que ce type avait dit la vérité : il avait vraiment eu une liaison sérieuse avec cette femme mariée, envisageant sérieusement de démarrer une deuxième vie avec elle, mais le sens du devoir l'avait contraint à poursuivre une union conjugale qu'il avait déjà un mal fou à supporter.

« Mais ça, tu le savais », ai-je complété, me rappelant que Deirdre était alors très proche de ma mère.

Sa réaction ne s'est pas fait attendre :

« C'est du passé. Mieux vaut que ça reste derrière toi.

— Pardon si j'ai trop parlé », ai-je murmuré, interloqué par la sécheresse de cette réplique.

Elle s'est contentée de hausser les épaules, puis :

« Maintenant, je veux que tu prennes ce téléphone, que tu appelles ta femme et que tu lui dises que tu t'excuses d'être parti comme ça tout à l'heure. Même si tu crois que tu y avais été poussé. Ensuite, commande un taxi et rentre à la maison. Et aussi, oublie toute cette soirée. »

J'ai obtempéré docilement et, sitôt mon retour à la vieille bâtisse moisie qu'était notre bercail, ma femme et moi avons fait ce que nous faisions chaque fois qu'une crise plus ou moins sérieuse affectait notre couple : nous avons jeté cette page de notre histoire commune dans un cagibi dont ni elle et moi n'osions rouvrir la porte. Et elle est restée longtemps close, jusqu'à ce que notre mariage entre dans sa phase finale.

Sauf que le lendemain soir, vers minuit heure de Dublin, le téléphone a sonné dans le couloir de notre rez-de-chaussée. Dans cette ère lointaine où les portables n'existaient pas et où, en Irlande, il fallait habituellement attendre au moins six mois pour obtenir une ligne téléphonique chez soi, un appel aussi tardif avait de fortes chances d'être porteur de mauvaises nouvelles, j'ai dévalé l'escalier pour décrocher et entendre la voix de mon père parvenue de l'autre côté de l'océan, de New York. Pour lui, la soirée ne faisait que commencer mais il était clair que plusieurs Martinis corsés attisaient déjà le feu de son naturel vindicatif.

« Explique-moi un truc, a-t-il commencé : Est-ce que j'ai fabriqué un fils vraiment taré ? Réponds !

— Je... je ne vois pas du tout de quoi tu parles.

— Mon œil ! Ma sœur, ouais, ma foutue sœur, vient juste de m'appeler de Dublin. Pour me répéter tout ce que tu as déblatéré hier soir. Tout !

— Mais... j'étais sûr qu'elle était au courant ! J'ai pensé qu'elle...

— Eh bien, tu as mal pensé, m'a-t-il coupé. Après deux verres, cette mégère ne peut plus tenir sa langue. Un serpent. Je lui en veux terriblement.

— Mais pourtant, vous aviez l'air de vous entendre parfaitement. À mon mariage, par exemple…

— Tu es d'une naïveté, c'est confondant ! Surtout pour quelqu'un qui prétend vouloir être un écrivain. Au mariage, c'était seulement pour sauver les apparences. Je n'ai jamais pardonné à cette vipère d'avoir conduit Charlie à la tombe bien avant son temps, son acharnement à le casser. Et maintenant, pour ton information, elle vient de brandir la menace d'aller raconter mes méfaits de jadis à tes beaux-parents. Ainsi que tous les problèmes que tu as avec leur fille. »

Je me rappelle encore le frisson qui m'a parcouru alors que je m'étais assis sur le parquet glacial de ma maison, le courant d'air qui passait sous la porte et me gelait jusqu'aux os. Au-delà de la stupéfaction, c'était une sensation aiguë de solitude et d'isolement qui m'avait envahi, avec l'amer constat que la confiance que nous pouvons placer en quelqu'un se révèle souvent complètement infondée. Au bout d'un moment, j'ai retrouvé l'usage de la parole pour murmurer :

« Je suis désolé, Papa.

— Pas autant que moi. »

Et il a raccroché. Je suis sorti sur le perron et j'ai allumé une cigarette. Sous mes paupières, des larmes étaient là. Je me suis dit : « Triple idiot que je suis. Je ne comprends rien à rien. »

Remonté dans notre chambre, j'ai donné une version expurgée de l'échange téléphonique avec mon père, omettant délibérément de mentionner le triste tableau des difficultés de notre couple que j'avais dressé à Deirdre. Après avoir pris elle aussi une cigarette, ma femme a constaté : « Bon, au moins tu es dispensé de la revoir, maintenant. » Et cela a été le cas, en effet : il n'y a plus eu un seul contact entre ma tante et moi au cours des quinze ans qui lui restaient à vivre. Pour sa part, elle n'a jamais mis en pratique sa menace d'appeler mes beaux-parents.

Lorsque mon père a fait un crochet par Dublin quatre mois plus tard, dans le cadre d'un voyage d'affaires à Londres, nous sommes allés marcher dans les collines de Wicklow. Alors que je tentais d'aborder le sujet avec lui, en soulignant que je continuais à regretter d'avoir exposé cet aspect de sa vie privée pendant mon déballage devant Deidre, sa réaction a été aussi brève que cinglante : « Garde ça pour ton confesseur. » Puis, constatant que le coup avait porté, il a ajouté en reprenant mot pour mot le commentaire qu'avait eu sa sœur : « C'est du passé. Mieux vaut que ça reste derrière toi. »

J'ai suivi cette injonction à la lettre. Trente ans après, néanmoins, et maintenant que mon père et ma tante ont rejoint l'innombrable communauté des disparus, je visite à nouveau les retombées de ce soir de crise à Dublin et je me pose la question : pourquoi le cercle familial constitue-t-il toujours un terrain si favorable à la déloyauté ? Pourquoi le besoin de se confier est-il si souvent terni par la douloureuse conclusion que les seuls véritables secrets sont ceux qu'on ne partage avec personne ? Force est de constater que la vie n'est qu'une succession de trahisons que nous commettons d'abord et surtout envers nous-mêmes.

« Tu peux tout me dire. » Bien sûr. Simplement, attendez-vous à ce que cela soit ensuite utilisé contre vous.

Alexandra LAPIERRE

Fils unique

Paul de Riblès avait détesté sa solitude de *fils unique*.

Toute son enfance, il n'avait donc rêvé que de cela : appartenir à l'une de ces familles nombreuses qui vivaient en tribu et se déplaçaient en bande.

Il n'aimait rien tant que les grandes tablées dans les maisons de vacances : un papa et une maman qui trônaient, flanqués d'une ribambelle de têtes blondes, brunes ou rousses, tous les âges, tous les sexes, dont le bruit et la fureur, les chamailleries et la complicité le fascinaient. Ses amis – si différents semblaient-ils à première vue : bourgeois, baba cool ou artistes –, ses amis sans exception avaient en commun cet environnement familial. D'instinct, dès l'âge de cinq ans et bien au-delà de l'adolescence, il avait choisi des copains abondamment pourvus en frères et sœurs.

À la décharge de Paul, sa folle passion pour les

frères et sœurs d'autrui s'expliquait par son extrême isolement.

À la fois, *fils unique* et *enfant de vieux*.

Bien que son père, Jean-Jacques de Riblès, fût un illustre chef d'orchestre entouré d'une cour d'admiratrices et d'une suite de disciples – une star de la musique classique –, lui-même était arrivé tard sur le champ de bataille paternel : à sa naissance, son géniteur fêtait déjà son soixante-dixième anniversaire.

Et si Paul avait bien connu ses cousins du côté Riblès, ceux-ci ne s'étaient guère souciés de jouer avec lui : à cause du saut de générations, ils avaient dépassé l'âge de sa mère.

Ah, sa mère, la respectable et parfaite Madame Martine de Riblès !

D'origine provinciale et bourgeoise, fille unique elle aussi, elle avait sacrifié sa vie à la carrière de son mari, dont elle avait jadis été l'élève éblouie.

Jean-Jacques de Riblès avait eu beaucoup de maîtresses avant elle, ne consentant à l'épouser que lorsque lui-même s'était senti en perte de vitesse. Martine avait alors quarante ans.

Elle s'était révélée une compagne dévouée, plutôt terne, peu portée sur le sexe, habitée toutefois par les exigences de ses devoirs conjugaux. Une sainte sans aucun doute... Doublée d'une infirmière de premier ordre. Sa tardive maternité n'avait rien changé à l'affaire. La lumière de sa vie restait

« Jean-Jacques », son délice, sa croix, son époux : *le génial Jean-Jacques de Riblès.*

Et quand ce dernier était décédé à l'âge de quatre-vingts ans, il avait laissé derrière lui une veuve demi-morte et un orphelin à peine sorti de la toute petite enfance.

Les mystères de l'hérédité avaient voulu qu'au contraire de ses deux parents, le jeune Paul de Riblès ne fût pas mélomane. Ses goûts se limitaient à Mozart et à Schubert, pourvu que tous deux s'en tiennent à leurs musiques de chambre. Pis ! Il n'avait aucune oreille et n'aimait la musique qu'en bruit de fond, à condition toutefois que ce bruit ne le dérange pas. Pour le reste, il laissait les disques et les CD paternels dans leurs pochettes.

De son père, Paul n'avait hérité que la haute silhouette et une certaine forme de convivialité, qui s'incarnait dans son goût des réunions de famille. Sa mère lui avait légué son sérieux, ses principes moraux et son conservatisme bourgeois.

Résultat : il avait fait des études commerciales et s'était hâté d'épouser, à vingt-cinq ans, la sœur de son meilleur ami d'HEC… Une jeune fille catholique, avec laquelle il comptait avoir cinq enfants.

À sa progéniture, Paul donnerait, lui, des frères et sœurs. Il avait si longtemps rêvé de reproduire dans sa propre maison ces grandes tablées dont il avait ressenti la chaleur chez ses amis de lycée !

Mais en dépit de ses efforts, le couple n'avait pu

avoir d'enfants. Et ce malheur avait plombé la vie conjugale de Paul. Il avait certes songé à l'adoption, une démarche à laquelle sa femme s'était opposée, arguant des nombreux drames que provoquait une descendance qui n'était pas de votre sang.

Le cancer, puis la mort de sa mère en juin 2000 le laissèrent au bord de la déprime. Les responsabilités d'un fils unique auprès d'une grande malade, ses démarches et ses obligations en matière d'héritage l'avaient ramené au passé, le contraignant à se pencher sur l'histoire de ses parents et à retrouver les traces de sa propre enfance.

Un mauvais souvenir.

Après avoir trié les vêtements de la défunte et vidé l'appartement familial, Paul s'attelait maintenant à classer les archives dans l'ancien bureau de son père.

Durant les trente dernières années – depuis la disparition du « maître » –, Martine de Riblès avait tout laissé en l'état, se bornant à chasser la poussière et à recoller les étiquettes sur les cartons. Les boîtes s'alignaient dans les rayonnages : les partitions annotées par son mari, les contrats avec les salles de spectacle, les échanges avec ses agents…

Que faire de tous ces papiers ? Les garder ? Les jeter ? Ou les donner au Conservatoire de musique dont Jean-Jacques de Riblès avait été le directeur ?

Quoi qu'il en soit, on devait d'abord les étudier et les trier.

Paul commença par ce qui lui paraissait le moins ennuyeux : la correspondance privée. Sa mère avait rangé les enveloppes par dates, dans un carton intitulé *Fan-Club*.

Il parcourut avec amusement les dizaines de déclarations d'amour à son père, se disant qu'il n'avait jamais eu, lui, de si folles admiratrices, ni suscité de telles passions chez ses petites amies.

Parmi toutes les enveloppes, il en repéra une, qui avait été déchirée en petits morceaux avant d'être recollée à grands coups de scotch : la lettre d'une maîtresse, qui avait suscité la jalousie maternelle ? L'écriture, très appliquée, n'avait rien de féminin.

Paul déplia le papier jauni, jetant un coup d'œil distrait à l'année : 1970. L'époque de la mort de son père... Un feuillet d'un bloc à lignes qui évoquait un papier de brouillon.

« Cher Monsieur,

« Excusez mon sans-gêne, vous qui êtes si important. Je suis un enfant de l'Assistance, mécanicien sur la base aérienne de Saint-Dizier. Mes parents d'adoption, René et Jacqueline Jean, fermiers à Gérardmer dans les Vosges, m'ont élevé dans le respect de votre personne. Pour mes trente ans, j'aimerais beaucoup vous rencontrer. Je voudrais que vous me parliez de ma mère et de votre amour pour elle. Je ne demande rien. Je ne vous en veux pas, mais ça me ferait vraiment plaisir de vous voir.

« Merci d'avance.

« Jacques Jean. »

Ces quelques lignes laissèrent Paul perplexe et plutôt ému.

Se pouvait-il que son père ait eu un fils avant lui ?

Se pouvait-il que son père ait abandonné cet enfant ?

Ses questions ressuscitaient en lui un souvenir, quelque chose que Paul avait déjà entendu, quelque chose qu'avaient lancé ses vieux cousins, une plaisanterie à propos de l'incroyable fécondité des Riblès... Oui, c'était cela, une allusion à une aventure de « ce pendard de Jean-Jacques avec une habilleuse de théâtre, qu'il avait mise enceinte... Une costumière des Folies Bergère ou des Folies Dramatiques... Juste avant la guerre, en 1940 ».

Paul se rappelait maintenant, lui-même ne devait pas avoir plus de cinq ans. Il avait entendu ces propos dans la maison de ces snobs de Riblès, loin des oreilles de sa mère qui vivait calfeutrée rue des Martyrs.

Quand il avait demandé de quoi parlaient les cousins, quand il avait insisté : « Comment il s'appelle, le bébé de l'habilleuse ? », tous s'étaient brusquement tus.

Devant la lettre déchirée, l'esprit de Paul s'agitait.

Ces quelques lignes signifiaient-elles que lui-même avait un frère quelque part ?

En 1970, « Monsieur Jacques Jean » prétendait avoir trente ans, il serait donc bien né en 1940, date de la liaison avec « l'habilleuse-costumière » qu'avaient évoquée les cousins... En admettant qu'il dise la vérité, Paul calcula qu'il devait en avoir soixante aujourd'hui.

La confrontation entre l'illustre chef d'orchestre et le mécanicien de Saint-Dizier avait-elle eu lieu ?

Probablement pas, songeait Paul. Le cachet de la poste indiquait la date du 23 avril, alors que son père était déjà très malade et qu'il allait mourir quelques semaines plus tard.

De plus en plus troublé, Paul tournait le papier dans tous les sens.

Qui l'avait déchiré... sans oser le jeter ?

Martine ?

Qui l'avait recollé ?

Jean-Jacques ?

Et qui l'avait rangé dans la chronologie des échanges ?

Quoi qu'il en soit, toutes ces manipulations donnaient à penser que cette lettre avait compté dans la vie de son destinataire.

Bien qu'il eût peu connu son père, Paul l'imaginait capable d'avoir écarté, sans explications et sans états d'âme, cette apparition tardive d'un enfant naturel. Quant à sa mère, il l'avait assez fréquentée pour savoir combien l'existence d'un fils illégitime du maître – une tache dans la famille Riblès – avait dû la choquer.

Comment retrouver maintenant Jacques Jean ?

Paul hésitait sur la conduite à suivre.

Une telle démarche était-elle vraiment opportune, si longtemps après les faits ?

Ne convenait-il pas plutôt de laisser aux oubliettes cette histoire qui ne lui appartenait pas ?

*
* *

La loi des séries voulut qu'une seconde lettre, adressée à son propre nom et signée à nouveau *Jacques Jean*, parvînt le mois suivant rue des Martyrs, à l'ancien domicile de ses parents.

Trente ans après la première…

« Cher Paul,

« Excuse mon sans-gêne. J'ai lu sur le journal que ta mère était décédée. Je te fais mes sincères condoléances. Pour ma part, je n'ai connu ni ma mère ni mon père, et je ne suis ni aussi riche ni aussi éduqué que toi. J'aimerais quand même te rencontrer, pour que nous parlions d'une question qui nous intéresse tous les deux. Je ne peux pas te dire ce que c'est, mais ça me ferait vraiment plaisir de manger avec toi.

« Jacques

« P.-S. : Je suis retraité et réside avec ma femme à Gérardmer. Ce n'est pas élégant chez nous, mais elle est bonne cuisinière. Si tu ne peux pas venir nous voir, c'est moi qui viendrai à Paris.

« P.-S. : Je ne demande pas d'argent : on a tout ce qu'il faut. »

Paul mit une semaine à répondre. Devait-il rencontrer ce monsieur ?

Jacques Jean pouvait bien prétendre ne rien demander, il se débrouillait tout de même pour parler plusieurs fois d'argent dans un mot de dix lignes ! Qui sait s'il ne s'agissait pas de l'un de ces imposteurs en quête d'héritage ?

★
★ ★

Le personnage de ce frère inconnu commençait à hanter son imagination.

Selon les jours, un héros… Selon les heures, une victime.

Ou bien un escroc ?

Paul se le représentait à son image. Grand comme l'avait été Jean-Jacques de Riblès, maigre, avec cette abondante chevelure poivre et sel dont lui-même avait hérité. Cette chevelure caricaturale de chef d'orchestre. Un cliché.

Si son père – leur père ? – avait vraiment abandonné la mère de Jacques Jean, enceinte et sans ressources, à l'aube de la guerre, la famille de Riblès – lui, le fils légitime et plus chanceux – devait réparer cette injustice.

Le destin se chargea une troisième fois de résoudre ses questions. Une autre lettre arriva, lui annonçant le débarquement de Jacques Jean le mardi suivant, à dix-huit heures, à côté de l'appartement familial de la rue des Martyrs, pour un demi au café du coin.

*
* *

En cette journée d'été, la terrasse était pleine.

Paul, attablé en retrait dans le café, face à la rue, dévisageait tous les passants.

Il détestait la bière, mais il avait commandé une Kronenbourg. Puis deux, puis trois. Un signe de ralliement. Jacques Jean n'avait-il pas dit qu'ils se retrouveraient pour *un demi* ?

Demi-frère, demi-père... Paul ne savait plus.

Il se sentait exactement comme une jeune fille à son premier rendez-vous avec un inconnu.

L'homme de sa vie ? Ou un agresseur potentiel...

Était-ce *Lui, son aîné,* ce grand type basané avec ses cheveux au vent ?

Le cœur de Paul battait la chamade.

Était-ce *Lui,* ce vieux beau qui draguait sur le trottoir ?

Lui, là, le frère de ses fantasmes ? *Lui,* la faute et la mauvaise conscience de son père ? Le rêve ? Ou le cauchemar...

Il manqua se lever plusieurs fois pour saluer les clients de haute taille qui traversaient le café, en se rendant aux toilettes au fond de la salle.

Il allait lâcher le terrain et s'en aller, quand ce

qui lui sembla être un petit vieillard jovial s'empara de la chaise en face de lui, avec ces mots :

— Je peux ? Je t'aurais reconnu dans la seconde : tu ressembles tellement à papa !

La phrase le laissa sans voix.

Son interlocuteur, lui, en revanche, ne ressemblait en rien à ce qu'avait été « papa ».

Chauve. Le visage poupin et rougeaud. Le regard bleu, très direct. Et la bedaine naissante sous la chemisette à carreaux.

Les deux hommes restèrent un instant silencieux, bouleversés tous les deux. Chacun s'absorbait dans la contemplation du visage de l'autre. Et chacun se posait la même question :

« Mon frère ? Cet homme est-il vraiment mon frère ? »

Ils avaient beau chercher... Ils avaient beau espérer...

Ils ne se trouvaient aucun trait commun.

Si le chef d'orchestre Jean-Jacques de Riblès *était* bien le père du mécanicien Jacques Jean, il ne lui avait rien transmis. Ni son amour, ni son éducation, ni sa fortune, ni son physique. Rien.

Pas même une identité.

Au mieux : *un rêve* d'identité.

Paul avait baissé la garde. Tous ses réflexes de bourgeois frileux l'avaient quitté. Il ne doutait plus de la sincérité de celui qui se tenait assis en face de lui.

Deux hommes à nu.

Ce n'était pas l'argent que Jacques Jean recherchait... Évidemment, ce n'était pas l'argent ! Il avait seulement besoin de savoir qui il était.

Paul, lui, connaissait ses propres origines.

Sa mère, à lui, s'appelait Martine de Riblès, née Martine Puchon à Saint-Pierre-des-Nids en Mayenne. Son père s'appelait Jean-Jacques de Riblès, chef d'orchestre de l'Opéra national de Paris, directeur du Conservatoire de musique de Paris, fils de Gaston de Riblès, notaire à Paris, et de Jacqueline de Dyvoire, blablabla, blablabla...

Mais Jacques Jean ? Fils de qui ?

La conversation se traînait. Et plus l'échange devenait difficile, plus l'angoisse envahissait Paul. Bien que cet homme fût de bonne foi, il ne *pouvait* être son frère !

Rien. Ils n'avaient *rien* en commun.

L'angoisse envahissait Jacques, lui aussi. Il avait tant attendu ce moment ! Il en avait tant rêvé. Retrouver sa famille. Rencontrer son petit frère... Ce garçon terne et compassé : son petit frère ? Ce garçon en costume cravate, qui buvait sa bière du bout des lèvres – si conforme pourtant à la photo du chef d'orchestre que lui-même gardait depuis l'enfance dans son portefeuille ?

La déception le submergeait.

Ce comptable des beaux quartiers lui correspondait si peu, à lui, Jacques Jean le grand mécanicien syndicaliste qui avait baroudé sur tous les terrains d'aviation du monde !

Ils ne trouvaient rien à se dire, bien que Paul tentât d'évoquer pour Jacques ses propres souvenirs – rares – de « leur » père... Lui-même l'avait si peu connu ! Il n'en savait guère plus que ce que racontait la légende familiale : tous les clichés qui couraient partout. Il brossait péniblement le portrait d'une star pleine de charme, un héros qui n'avait aimé que la musique et les femmes. Jacques en savait plus sur ce chapitre par les revues.

Deux étrangers, aux antipodes.

Un trait de caractère, cependant, les unissait : leur manque total d'aisance. Ni l'un ni l'autre n'était doué pour la parole. Incapables de s'exprimer. Tétanisés par leur malaise. Pétrifiés dans leur désappointement.

Ils se quittèrent d'un même élan, presque brutalement, avec l'impression qu'ils s'étaient fourvoyés tous les deux.

Ils se serrèrent la main et s'éloignèrent dos à dos, comme deux duellistes, avec, au fond du cœur, la même tristesse sans fond et le sentiment d'un échec absolu.

★
★ ★

Paul rentra à la maison dans un état de doute généralisé.

Doute sur l'identité de ce Jacques Jean, dans lequel il n'avait pas retrouvé son père.

Doute sur l'identité de « Paul de Riblès », dans lequel il n'avait pas retrouvé « Jacques Jean », son frère.

Doute sur sa propre vie, sur sa femme, sur le passé, sur l'avenir.

Cet état entraîna chez lui une dépression, qui le mit sous doses massives de Prozac.

Au terme d'un long traitement, il finit par divorcer. Il alla s'installer dans les trois chambres de bonne sous les combles de la rue des Martyrs, ultimes reliques de ce qu'avait été l'appartement familial.

Ce fut là qu'en novembre 2013 – plus de treize ans après la rencontre au café –, l'atteignit une quatrième lettre. Lui-même avait alors cinquante-trois ans. Jacques Jean, soixante-treize.

« Cher Monsieur,

« Je suis Germaine Jean et je me permets de vous écrire au nom de mon mari. Il ne sait pas que je m'adresse à vous et je compte sur votre discrétion pour ne rien lui dire. Nous avons été mariés près de cinquante ans. Et durant tout le temps qu'a duré notre mariage, je n'ai pas cessé de le voir souffrir et s'interroger.

« Je pense qu'à l'heure de sa mort, il lui serait nécessaire de savoir si l'est, ou non, le fils de votre père.

« Le connaissant, il n'osera jamais vous demander

ce que je vais vous demander. Accepteriez-vous de vous soumettre, avec lui, à un test ADN ? Autrefois, ce genre de chose n'existait pas. Mais aujourd'hui, à lire les journaux, ce serait facile.

« Mon mari est très malade. J'aimerais qu'il parte avec, au moins, une certitude.

« Bien sincèrement.

« Germaine Jean. »

Cette fois, Paul répondit dans la seconde. Son message tenait en un mot : « OUI ».

Il se mit d'accord avec Germaine Jean pour qu'elle envoie au laboratoire suisse Moubas, spécialisé dans les recherches génétiques, quelques cheveux de son mari, tandis que lui-même en faisait autant avec les siens. À charge pour l'épouse de garder par-devers soi ou de divulguer les résultats au malade.

Le compte rendu du médecin biologiste du laboratoire Moubas arriva simultanément rue des Martyrs à Paris et rue des Deux-Frères à Gérardmer en décembre 2013.

Les ADN des deux sujets coïncident : ils sont bien frères. Mais frères non par le père. Par le chromosome X : la mère.

Si ces quelques mots créèrent un cataclysme dans les deux familles, l'histoire ne le dit pas.

Ce qu'elle dit, en revanche, c'est que Madame

de Riblès, née Mademoiselle Puchon, s'était trouvée enceinte des œuvres d'un notable de Saint-Pierre-des-Nids. Elle avait alors vingt ans. Elle avait accouché en secret dans les Vosges, où elle avait abandonné son bébé. Elle s'était mariée, deux décennies plus tard, avec son ancien professeur de conservatoire, l'illustre Jean-Jacques de Riblès. Lequel ne douta pas d'avoir épousé une oie blanche, une bourgeoise d'une pureté virginale, qui n'avait jamais connu d'autre homme que lui.

Trompe-l'œil. Quiproquos et fausses apparences.

Les parents d'adoption de Jacques, qui avaient eu connaissance du mariage de sa mère biologique avec le fameux chef d'orchestre, n'avaient jamais cessé de suivre la carrière de cette célébrité à la télévision et dans les revues.

Par leurs allusions, leurs demi-mots et la révérence dans laquelle ils tenaient la star, ils avaient donné à penser au petit garçon que lui-même était le fils de Jean-Jacques de Riblès.

Et si Jacques Jean put s'éteindre en connaissant enfin le nom de Martine Puchon, il mourut en ignorant toujours celui de son géniteur.

Quant à Paul, impossible pour lui d'imaginer que madame sa mère, si pincée, si coincée, ait pu être autre chose que l'incarnation du devoir et de la respectabilité !

Conscient, en revanche, de la réputation de son

père – Jean-Jacques de Riblès ne passait-il pas pour un bourreau des cœurs, qui avait eu mille aventures et mille maîtresses ? – il s'était focalisé sur la rumeur de la costumière abandonnée en 1940.

Illusion, là aussi. Leurre et faux-semblant.

*
**

Le malheur, ou le hasard, voulut qu'une cinquième lettre lui parvienne rue des Martyrs.

« Mon cher petit Paul,

« Voilà des années que je voulais t'écrire. Mais je n'osais pas. Maintenant que je viens d'avoir soixante-quinze ans, je me décide.

« Tu vas être surpris de ce que je vais t'apprendre. Ma mère était costumière et ton père l'a beaucoup aimée. Mais la guerre les a séparés. Et je suis née loin de leur foyer.

« J'aimerais beaucoup te voir, mon chéri. J'aurais tant de choses à te raconter.

« Mille baisers de ta grande sœur,

« Jacqueline. »

En fait de fils unique…
Seulement le début d'une longue fratrie !

Agnès LEDIG

Karen et moi

Entre Karen et moi, tout a commencé à cause d'une tranche de bacon.

Début mars.

Il est six heures du matin. Je suis soudain réveillé par une sonnerie stridente. Le temps de revenir des profondeurs du sommeil et de retrouver mes esprits, et je réalise que je suis dans un hôtel parisien. Cette agression sonore insupportable n'est autre que l'alarme incendie. Je bondis de mon lit, j'enfile le T-shirt de la veille pour qu'il couvre au moins mon caleçon et j'entrouvre la porte de ma chambre. Dans le petit couloir du quatrième étage, le calme règne. On n'entend que les portes coupe-feu qui claquent les unes après les autres, étage par étage.

Pas de cris. Pas d'odeur suspecte non plus. J'en arrive à me demander si c'est un exercice ou si l'alerte est réelle. Dans les deux cas, il faut évacuer.

Au moins, les flammes ne sont pas en train de lécher ma porte.

Je la referme, j'enfile mon jean, je chausse mes vieilles baskets et je saisis mon sac photo. Par superstition, je ne me couche jamais sans l'avoir rangé, complet et fermé. Ce sac, et le matériel qu'il contient, c'est toute ma vie. Je ne vais pas sauver ma peau en laissant ce lambeau-là derrière moi. Je ne cicatriserais probablement pas. J'attrape mon téléphone, autre lambeau de moi, et je le glisse dans la poche arrière de mon pantalon avant de me sauver.

En quittant ma chambre, je tombe nez à nez avec une jeune femme qui sort de la sienne juste en face. Elle porte un grand manteau de laine d'où dépassent ses jambes nues qui s'achèvent dans des bottines en cuir à moitié zippées. Ses longs cheveux emmêlés forment une sorte de crinière, et cachent un visage que l'on devine cependant froissé de sommeil. Elle tient sous son bras un énorme sac à main, sûrement son lambeau à elle, et me demande ce qu'il faut faire, avec un accent anglais prononcé. Je lui réponds en feignant l'assurance du mâle protecteur.

— Il faut descendre. Prenons l'issue de secours.

Je lui tiens la porte et m'engouffre derrière elle dans la cage d'escalier en colimaçon que nous dévalons en nous agrippant à la rambarde. L'alarme martyrise toujours nos tympans. Une autre personne nous devance d'un étage. Nous la suivons sans réfléchir, avant qu'une porte métallique ne nous crache sur le trottoir, au milieu des autres clients de l'hôtel.

Le ciel est dégagé et le froid de ce début mars saisissant. La rue Delambre commence doucement à s'éveiller. Les premiers livreurs se garent en double file au croisement avec le boulevard Raspail.

Ma partenaire de fuite grelotte malgré son manteau de laine. J'ai pitié de ses jambes ainsi offertes à la fraîcheur. Sa main malaxe ses cheveux pour les ramener devant ses yeux. Probablement pour cacher la nudité de son visage matinal. D'expérience, le photographe que je suis sait qu'une femme qui a l'habitude d'être fardée se sent aussi nue sans maquillage que s'il lui manquait un vêtement. Mais en pareille situation, il vaut évidemment mieux sauver sa peau nue que de risquer la brûlure d'un visage maquillé.

Sur ce trottoir glacé, seules les personnes qui semblent déjà se connaître échangent quelques mots. Chacun essaie surtout de sortir de sa torpeur nocturne, en croisant les doigts pour retrouver ses affaires intactes dans quelques minutes. Parce que sinon…

Je pense à mon T-shirt délavé et usé au cou, qui me suit depuis quinze ans, partout où je vais. Il a connu l'Afrique, l'Amérique du Sud et la Russie. Et puis cette montre, que mon père a portée toute sa vie, qu'il m'a léguée avant de mourir il y a trois ans. Cette femme d'une cinquantaine d'années, qui semble un peu perdue dans les brumes matinales, a peut-être laissé son agenda, bourré de rendez-vous importants, et ce monsieur, peut-être des documents sur lesquels il travaille depuis une semaine. Sauver sa peau n'empêche pas d'être amer de perdre le reste.

Une cigarette à la main, la jeune femme anglaise au visage nu me demande si j'ai du feu, au moment précis où les pompiers se garent devant l'immeuble. Je souris de la concordance. Je tâte la poche avant de mon pantalon où il se trouve généralement et sens le petit objet rectangulaire. Je le saisis entre mes mains et je protège la flamme du vent léger, en particulier pour ne pas allumer ses cheveux qui volent toujours de façon désordonnée devant ses yeux.

— Vous en voulez une ? me propose-t-elle.

— Volontiers. J'essaie d'arrêter, mais vu le contexte...

— Moi aussi j'essaie d'arrêter, me dit-elle en tournant légèrement la tête pour souffler la fumée ailleurs que dans mes yeux.

— Vous semblez y arriver !

— Rien n'est efficace. Ça fait neuf fois que j'essaie.

— Vous fumez beaucoup ?

— Quinze cigarettes par jour. Et vous ?

— Une bonne vingtaine.

— Vous aurez plus de mal que moi !

— Oui, mais je suis un homme !

— Et alors ??? me répond-elle du tac au tac en

196

interrompant son inspiration sur la cigarette qu'elle vient de porter à ses lèvres.

— Et alors rien, quand je rencontre une femme, c'est plus fort que moi, j'ai besoin assez rapidement de mesurer son degré de féminisme.

— Parce que vous n'aimez pas les féministes ?

— J'aime les femmes qui savent se défendre.

— Je sais me défendre ! Sauf face au tabac.

— De quelle arme auriez-vous besoin pour arrêter, vous ?

— D'une compensation au manque.

— Pareil. Mais je n'ai pas envie que ce soit la nourriture. Je ne fais plus assez de sport pour prendre le risque.

— Moi non plus. Je ne supporterais pas de grossir.

Je la regarde sans remarquer de surcharge pondérale particulière. De la chair entre les os et la peau, juste comme il faut pour remplir des mains qui caressent. Autre expérience de photographe : les femmes se voient toujours avec dix kilos de plus que ce qu'elles portent sur elles. Si seulement elles voulaient bien comprendre que ce n'est pas un problème pour nous.

— Alors quoi d'autre ?

— Je ne sais pas, me répond-elle concentrée, quelque chose qui apaise. Qui calme le stress quand on est nerveux et qu'on ne tient pas en place.

— Un verre de téquila ?

— Remplacer une drogue par une autre, c'est un peu bête, non ?

— Écouter du jazz ?

— Il faut aimer le jazz…

— Vous n'aimez pas le jazz ?

— Ça ne m'apaise pas.

— Alors quoi d'autre ?

— Je ne sais pas, c'est le problème…

Nous restons quelques secondes à tirer avec culpabilité sur notre cigarette en dandinant d'une jambe sur l'autre pour oublier le froid. Puis, en la regardant ne pas me regarder, me vient une idée folle que je lui expose avant que ma raison ne la remballe :

— Un câlin ?

— Un câlin ?

— Un *hug, in english.*

— *Oh, yeah. Why not,* me répond-elle presque amusée.

— Après tout, on apaise les bébés en les prenant dans les bras.

— On n'est plus des *babies* !

— On vient tous de là quand même.

— C'est vrai. Mais il faut trouver des bras au moment où on a envie d'une cigarette. Et quinze fois par jour… Pas sûr que ça marche.

— Essayons ! lui dis-je en ouvrant mes bras pour lui signifier leur disponibilité.

— Maintenant ?

— Nous venons de fumer, ça ne sera pas fiable. Votre prochaine cigarette est prévue pour quand ?

— Après le petit-déjeuner.

— Eh bien on *breakfast together* ? Vous semblez seule à l'hôtel.

— OK.

— Vers huit heures ?

— OK.

Je suis étonné qu'elle accepte aussi facilement. Elle est moins farouche que sa chevelure. Les féministes qui savent se défendre se gardent généralement d'un premier rendez-vous trop rapide. Peut-être a-t-elle vraiment envie d'arrêter de fumer. À moins que ce ne soit de mes bras ? Je remonte dans ma chambre en me gargarisant de cette dernière hypothèse, après que le responsable de l'hôtel nous a expliqué que tout est rentré dans l'ordre et qu'il n'y a aucun risque d'incendie. Seulement quelques tranches de bacon oubliées trop longtemps sur le gril et dont les émanations ont fatalement chatouillé les détecteurs de fumée.

En rejoignant la salle du petit-déjeuner un peu avant huit heures, j'ai hâte de faire connaissance avec la jeune femme à qui j'ai proposé mes bras alors que je ne connais même pas son prénom. « Les temps changent », m'aurait dit mon père, si le temps ne s'était arrêté pour lui. Je vérifie qu'elle n'est pas déjà présente à une table, et j'en choisis une au fond de la pièce en m'installant sur la chaise qui fait face à l'entrée. Je repense à son sourire,

quand je lui ai parlé de *hug*. À son sourire rele-
veur de défi. Ou alors était-elle surprise par mon
audace ? Elle pourrait ! Je le suis moi-même.

Quelques instants plus tard, je reconnais sa silhouette. Elle a attaché ses cheveux dans un chignon,
cette fois-ci d'un farouche organisé, s'est maquillé
les yeux d'un long trait noir qui prolonge joliment
le coin de ses paupières, et d'une couche dense de
mascara. Elle s'assoit en me souriant.

— Vous avez redormi ? m'interroge-t-elle.

— J'ai somnolé.

Pur mais diplomatique mensonge pour éviter de
lui avouer que j'étais bien trop excité à l'idée de ce
petit-déjeuner-*hug* pour espérer dormir.

— Je ne connais même pas votre prénom !

— Karen. Et vous ?

— Christophe. Vous êtes anglaise ?

— Oui.

— Vous parlez parfaitement français.

— Un an au pair à Paris quand j'avais seize ans.
Et beaucoup de travail à l'école, je suis une fille.

— Et alors ?

— Alors statistiquement, les filles travaillent
mieux à l'école. Personne ne peut le nier. Je suis
une féministe objective.

Elle me fait rire, malgré le sérieux avec lequel
elle vient d'affirmer cela. Nous commençons par
aller nous servir à l'opulent buffet avant d'entamer
quelques présentations plus poussées qu'un prénom
et une consommation quotidienne de cigarettes.

Elle m'explique qu'elle est journaliste à Londres, qu'elle est venue passer quelques jours à Paris couvrir la Fashion Week pour le magazine féminin dans lequel elle travaille.

— Ça alors ! Moi aussi, je suis là pour cet événement. Mais pas pour écrire, j'en serais bien incapable.

— Vous défilez ?

— C'est de la moquerie !

— On voit de tout maintenant, sur les podiums !

— Là, c'est de la dérision…

— Non, non, j'y pensais vraiment.

— Je suis photographe à Lyon.

— Et vous aviez prévu de prendre quoi en photo aujourd'hui ?

— Pas d'impératif. J'ai quartier libre pour le reportage que je dois faire.

— Quartier libre ?

— Faire ce qu'on veut. Je vous suis. Comme ça mes bras seront à votre disposition pour toutes les cigarettes manquantes.

— On n'a même pas essayé.

— Sur moi, je suis sûr que ça marchera.

— Même si je n'ai aucune attirance pour les hommes ?

— C'est le cas ?

— Je préfère vous le dire, pour vous éviter une déception plus tard.

Et là, je me dis qu'elle a un sacré culot, ou une bonne dose de prétention pour penser que je

pourrais être déçu de me rendre compte plus tard
que ses orientations sexuelles ne sont pas en ma
faveur. Mais en regardant son chignon désordonné
et ses quelques mèches qui s'échappent joliment
dans la nuque, ses yeux, certes fatigués par un
réveil brutal et précoce, mais néanmoins magnifiquement noisette, et ses deux fossettes qui entrent
en scène au moindre petit sourire amorcé, je me
dis qu'elle fait bien de calmer immédiatement mes
embryonnaires ardeurs.

— Vous êtes déçu ?
— Non. Pas du tout !

Je suis décidément un spécialiste du pur mais
diplomatique mensonge. Je bafouille une réponse
l'air détaché, pour tâcher d'engloutir ma déception sous une couche épaisse de cendres puisque
le volcan avait commencé son éruption. Mais mon
regard doit refléter la lave qui coulait déjà en moi.
Sinon, elle ne me ferait pas ce sourire tendre et
bienveillant qui signifie qu'elle a lu dans mes pensées. Ce regard, qui tente d'apaiser juste après le
coup porté. Pour que ça fasse moins mal. Je n'ai
même pas eu le temps d'avoir mal tant elle a été
rapide à verrouiller mes entrailles. Elle doit avoir
l'habitude, pour être aussi directe.

C'est drôle comme parfois, dans la vie, il faut vite
rebrousser chemin avant de se tromper d'itinéraire.

Elle a pris des œufs brouillés, sans bacon. Moi
qui en ai voulu à ce jambon anglais, je commence
à le hisser doucement sur l'autel de ma reconnais-

sance, malgré la couche épaisse de cendres, puisque la rencontre est jolie quand même. Nous parlons de nos métiers respectifs, de ce que nous avons vu la veille, de ce qu'attendent nos magazines. Elle me demande si j'ai une famille, des enfants. L'occasion ne s'est pas présentée. Ou alors je ne suis pas au courant. Cinq aventures un peu plus sérieuses que les autres, enchaînées sur la décennie qui vient de m'abandonner à hauteur de la quarantaine et aucune perspective de progéniture en vue. Il faut dire que je m'arrange pour me faire larguer à chaque fois, quand je sens que les choses sérieuses s'installent et qu'elles entament mes libertés individuelles. Ça évite le désagréable tête-à-tête avec sa propre culpabilité. Je préfère me sentir victime que bourreau. C'est lâche, mais confortable.

Ma mère me harcèle, m'accusant de l'enfoncer volontairement dans cet insupportable statut de pas-encore-grand-mère aux yeux de ses copines de gym. Mon père me fichait la paix. Lui qui n'avait pas franchement choisi la femme de sa vie. À son corps consentant, son spermatozoïde dominant avait un jour fricoté avec l'ovule maternel et quelques heures plus tard, ces deux minuscules entités allaient former un amas cellulaire (moi), qui scellerait à jamais le destin de mes parents, sans autre option possible. Il m'accordait donc le droit de choisir.

Et moi, j'ai peur de m'engager.

Karen non plus n'a pas d'enfant. Mais elle en voudra.

L'heure tourne, et les premiers rendez-vous Fashion de la fin de matinée approchent. Nous remontons rapidement dans nos chambres pour prendre quelques affaires en vue de notre journée, en ayant convenu de zapper la cigarette de l'après petit-déjeuner.

Je finis d'organiser mon sac photo quand elle frappe à ma porte. Je la fais entrer.

— Vous avez tout ce qu'il faut ? On y va ? Je ne voudrais pas louper le défilé au palais de Tokyo.

— Manque une cigarette, quand même, dis-je les mains légèrement tremblantes.

— *So it's time for free hug*, enchaîne-t-elle en s'approchant de moi.

Elle se colle contre mon ventre en tournant sa tête sur le côté et m'enveloppe de ses deux bras au niveau des reins. Surpris par sa spontanéité, je reste quelques secondes les mains en l'air, sans trop savoir où les mettre, puis je les dépose autour de ses épaules. Cette fille ne réfléchit pas trois heures avant d'agir. Elle doit avoir cette capacité rare à ne pas se poser de questions sur les causes, les conséquences, la signification et les interprétations possibles de ses actes. Elle fait. Sans hésiter.

C'est drôle, sa tête arrive à hauteur parfaite pour que j'y dépose mon menton sans aucune tension dans la nuque. Je n'ai pas vu si elle avait chaussé des talons ou si la nature l'avait spontanément dotée de cette taille précisément adaptée à ma silhouette. Elle se frotte discrètement contre mon torse comme une petite souris le ferait pour trouver la position idéale dans son nid, avant de se laisser aller à un moment de relâchement tangible. Et là, je comprends qu'elle est partie pour un vrai *hug*. Pas celui que les gens se font en cherchant vite à se défaire, repoussés par la gêne ou le qu'en-dira-t-on. Non, un vrai *hug* sincère, qu'elle doit pratiquer régulièrement, pour être à ce point opérationnelle en quelques secondes.

Mes tremblements s'estompent progressivement et je ressens un apaisement face au manque de nicotine qui avait commencé à s'installer.

Bon sang ! Ça marche !

Nous restons ainsi un long moment. Incapable de dire si cela a duré une minute ou dix, je prends conscience de la vraie relativité d'Einstein, celle qui lui faisait dire que poser sa main sur un poêle brûlant une minute semble durer une heure, et s'asseoir à côté d'une jolie fille une heure semble durer une minute.

Moi, je suis DANS LES BRAS de la jolie fille, la minute a semblé une seconde.

Et dire qu'elle aime les femmes.

Sa main qui monte et descend alors le long de mon épaule gauche me signifie que la séparation est proche. Elle se recule pour me regarder et me sourit gentiment avant de me signifier que nous partons.

Je jette un œil à mon paquet de cigarettes resté

sur la table basse de la chambre, avant de fermer la porte derrière moi.

Je préfère emmener ses bras.

Nous passons la journée à arpenter les rues parisiennes, les stations de métro, à nous regarder, amusés, face à certaines tenues particulièrement excentriques des spectateurs venus du monde entier, à fuir les rassemblements trop denses autour des stars.

Et à nous faire des *hugs*.

En toute fin de matinée, l'appétit aidant, c'est elle qui a eu besoin de moi. Même si j'ai usé de son réconfort réciproque.

Et ce soir, au bar de l'hôtel, autour d'un dernier verre avant la nuit, nous faisons le compte, dans un tutoiement qui s'est imposé après le troisième câlin.

— Finalement, tu vois, tu n'as pas eu besoin d'autant de *hugs* que de cigarettes, constate-t-elle avec justesse.

— Peut-être parce que je savais que je ne souffrirais pas du manque.

— Peut-être.

— On continue demain ?

— Je repars dans deux jours.

— Moi aussi. C'est court pour arrêter de fumer.

— On fera ce qu'on peut.

— Et si on n'y arrive pas ?

— On y arrivera !

Nous sommes deux jours plus tard. Un peu avant l'heure de son départ.

Nous n'avons pas fumé depuis trois jours, sans souffrir du manque. Ou presque. Les gros fumeurs n'enlèvent pas la corde autour de leur cou aussi facilement. Mais nous nous sommes aidés. Et découverts, et appréciés.

Il va être difficile de tenir sans clopes, et sans Karen. Elle a un plan B, là-bas, à Londres. Sa compagne, pour lui offrir des étreintes compensatrices. Mais moi ? J'ai des amis, évidemment, mais personne, finalement, pour oser venir dans mes bras simplement, comme nous l'avons fait, cette fille et moi. J'ai aimé sa simplicité et son optimisme. Nous nous sommes promis de nous téléphoner, pour remplacer les bras, si le manque venait à nous faire vaciller. Et puis, j'ai les photos. Outre les défilés et quelques clichés de rue, j'ai pris Karen sous tous les angles. Quand j'aurai besoin d'une cigarette, j'ouvrirai son album, et je regarderai les clichés d'elle en attendant que le manque passe.

Nous voilà devant son quai. Je prends encore quelques dernières photos pour l'album. Je pourrai faire comme les « Martine ». « Karen à la tour Eiffel », « Karen cherche le bossu de Notre-Dame », « Karen petit-déjeune », « Karen somnole dans le métro », « Karen prend l'Eurostar ».

« Karen va me manquer. »

Nous avons prévu large pour le dernier *hug*. Au moins cinq minutes. S'il y en a bien un à ne pas bâcler… La vie grouille autour de nous, des gens nous regardent et je sais qu'elle s'en fiche. Elle s'est calée contre moi, et m'envoie son apaisement. Alors moi aussi, je m'en fiche. Je pose mon menton sur ses cheveux et je la serre fort contre moi.

« Karen est dans mes bras. »

Et puis, elle monte dans son wagon.

Comment puis-je savoir, à cet instant précis, en la regardant à travers la vitre sale de ce maudit train, après une évacuation d'urgence, trois petits-déjeuners, sept cents photos et vingt-trois *hugs*, si elle disparaîtra de ma vie comme une volute de fumée de cigarette dans l'atmosphère, ou si elle s'y installera comme une petite souris qui peaufine son nid ? Notre rencontre est peut-être aussi fragile qu'elle a été bizarre. Aussi brève qu'elle a été soudaine. Aussi futile qu'elle a été follement évidente.

Est-ce bien normal, entre inconnus, de se proposer ce genre de deal, sans avoir longuement évalué l'autre au préalable ?

Et pourquoi pas ? Peut-être qu'avec Karen, les choses ont le droit d'être simples…

★
★ ★

Elle reviendra en France quinze jours plus tard, jusqu'à Lyon, sentant au téléphone que je suis sur le point de craquer sans ses étreintes apaisantes, et que l'étalage du buraliste me fait dangereusement de l'œil.

Ses bras, sur le quai, seront à ce moment-là aussi puissants que le calme après la tempête.

Un an plus tard, je monterai dans le même train, laissant ma vie lyonnaise derrière moi, las de la routine, du manque de perspectives professionnelles et personnelles, du manque de Karen tout court. Elle m'aura trouvé un « job » dans sa rédaction, moins bien payé mais plus sûr et plus intéressant.

J'intégrerai délicieusement leur petit groupe hétéroclite d'amis, en particulier d'amies, très liées, sur tous les plans, et j'y évoluerai avec la facilité d'un poisson dans l'eau. Elle aura bien fait de m'avouer ses préférences à la troisième phrase de notre rencontre, car finalement, j'aurai évité de ressentir la moindre attirance. Ou alors quelques minutes. Dans les escaliers, sur le trottoir de l'hôtel. Ce n'est rien, quelques minutes de rêves. Ça s'efface encore à la gomme de la raison. Ça n'a pas eu le temps de laisser prospérer l'irrationalité du désir et marquer au fer rouge les chairs internes qui accueillent ce genre d'émotion. On ne souffre pas d'enfermer à tout jamais quelques minuscules minutes de désir dans une boîte hermétique. Alors que des jours, des mois, des années, même en s'asseyant sur le couvercle, ça finit toujours par déborder.

Quelques mois plus tard, au détour d'une soirée londonienne, elle me présentera Coleen, une ancienne collègue, qui acceptera avec un plaisir non dissimulé de poser nue sous mon objectif. Coleen qui, malgré un couple féminin stable et heureux depuis plusieurs années, n'aura jamais pu renoncer à son attirance pour le corps des hommes en général, et le mien en particulier, à la cinquième séance photo, dans mon petit appartement, transformé en studio. Et c'est au fil des séances qu'elle me demandera, avec la bénédiction de sa compagne, d'ajouter aux rondeurs de ce corps magnifiquement dosé un ventre plus proéminent, des seins plus lourds, et une paternité assumée, tel un détroit qui relie deux mères. J'aurai une trouille bleue de l'avenir, mais je trouverai l'idée géniale, et tellement compatible avec mes besoins. Ne pas m'enfermer dans une vie de famille trop étouffante à mes yeux, mais goûter cependant au plaisir d'être amant, à la joie d'être père. Je lui répondrai oui, caché derrière mon appareil photo, pour ne pas montrer dans mes yeux ce subtil mélange de peur et d'envie. Et cette heureuse folie que je ressentirai à cet instant, en remerciant Karen de me permettre de la vivre.

★
★ ★

Et quand, des années après, je me retournerai sur ma vie, je pourrai me dire qu'on prend parfois des chemins sans savoir où ils mènent, et qu'on n'en a que faire, du moment qu'on avance à côté des personnes qui comptent.

Karen a commencé à compter quand elle a dit oui pour un petit-déjeuner, mais je ne savais pas encore que nous serions liés par cet imperceptible et pourtant indéfectible lien, fort et constant, riche et rassurant. Un peu celui que peuvent ressentir un frère et une sœur.

Un frère et une sœur dont l'histoire était née d'une tranche de bacon.

Nadine MONFILS

La Robe bleue

Rose adore les bêtes. Plus que les gens, c'est sûr ! Ça amène moins de misères et c'est plus gentil. Elle aime bien les fleurs aussi et les nains de jardin. Elle habite dans une petite maison isolée dans une banlieue près de Bruxelles. Et cette année, son quartier organise un concours du plus beau jardin. Le premier prix est un vase en cristal Saint-Lambert. Le vase, elle s'en fout. Elle en a plein ses armoires. Mais gagner, ça, ça l'intéresse ! Elle qui n'a jamais rien remporté, pas le moindre petit concours, pas de diplôme, nada, que tchique ! Un jour, sa mère l'a inscrite à un concours de miss gazinière, et le premier prix était un four. Elle en a fait un en terminant dernière. Du coup, elle est devenue la risée de tout le voisinage. « T'es bonne à rien, qu'elle lui avait dit sa mère, même pas à montrer ton cul, l'est trop moche ! » À la mort de ses parents, elle avait tout naturellement repris le bistrot familial avec sa sœur Antoinette. Un vieux troquet aux murs jaunis par la clope et bourré de pochetrons. Une vie de merde. Avec des amants plein morts[1] qui la fourraient comme si elle était une grosse vache. Heureusement qu'elle avait Spéculoos, sa petite chienne adorée, qui restait toujours dans son panier sur le comptoir. Elle faisait partie des meubles. Treize ans, une touffe de poils couleur caramel, presque plus de dents et une haleine à tuer un bison. Mais des yeux pleins d'amour. Rien que pour elle. Rose n'avait jamais aimé personne autant que sa chienne. Ni même ses parents qui étaient passés dans sa vie à l'envers, sans jamais lui dire je t'aime. C'était pas dans les coutumes. Chez ces gens-là, on ne cause pas, monsieur... Quant à sa sœur, elle l'aimait certes, mais pas aussi fort que Spéculoos.

Depuis des années, c'était le train-train, un chapelet de moments sans surprises, jusqu'au jour où un étranger est venu se perdre dans ce quartier pourri et a échoué chez elle au *Café du tram*. Il présentait bien et ne sentait pas la vinasse comme les autres. C'était un monsieur, pas un blaireau, elle l'avait vu tout de suite ! D'ailleurs il avait commandé un café. Les autres tronches de cake l'avaient regardé avec méfiance et s'étaient foutus de sa gueule, le traitant de tapette quand il était parti aux toilettes. Même qu'il avait failli se faire

1. Plein morts : bourrés, des qui sucent pas des glaçons quoi...

retoucher le portrait et grâce à Rose qui avait empêché l'autre abruti de le suivre dans les cabinets, il l'avait échappé belle. Puis il s'en était allé, comme dans les films, sans se retourner, et elle l'avait regardé s'éloigner jusqu'au bout de la rue. Plus rien n'existait en ce laps de secondes. Ni le bruit des verres, ni les jurons, ni les rots des porcs qui se remplissaient la panse. Rien de rien. Seule dans sa petite bulle de fumée, Rose rêvait. Sa sœur, qui était plus souvent en train de taper la carte avec les andouilles, la ramena sur Terre en criant : « Hé, t'es sourde ? On a soif ici ! » Le lendemain, elle s'était demandé si elle n'avait pas tout imaginé. Cet homme était-il vraiment venu chez elle ? Qu'est-ce qu'un ange aussi élégant pouvait bien faire dans ce quartier de paumés ?

La vie avait repris son cours, baignée dans un quotidien merdique dont tu ne vois pas le bout. Rose se tapait tout le boulot, pendant que sa sœur roucoulait sous les lampions et se faisait palper les ovaires. Mais elle ne lui en tenait pas rigueur. Antoinette était sa seule famille. C'est tout ce qu'il lui restait. Et comme elle était plus jeune qu'elle, Rose l'avait toujours protégée et lui pardonnait tout.

Voilà qu'un mois plus tard, alors qu'elle avait presque commencé à l'oublier, il était revenu. Elle l'avait trouvé encore plus beau. Il avait quelque chose de Gabin dans *Quai des brumes*. Une gueule, un truc dans le regard, une voix qui te caresse l'âme. Il avait repris un café. Cette fois, il n'était pas resté au comptoir et s'était assis à une table en regardant par la fenêtre, comme s'il attendait quelqu'un. Le cœur de Rose avait failli exploser. Elle le mangeait des yeux et lui ne la voyait pas. Elle avait toujours été de *celles qu'on voit à peine, qu'on appelle machine...* comme dans cette magnifique chanson de Bénabar. Une femme transparente, genre passe-partout, ni belle ni laide. Même pas une verrue pour attirer l'attention. Avec une tignasse de je-ne-sais-pas-quoi-en-faire relevée par une bête pince pour que ça ne tombe pas dans les yeux.

Elle s'était imaginé plein de choses en l'observant, les yeux rivés sur la rue triste. Qu'une belle rousse allait pousser la porte, se diriger vers lui et l'embrasser sur les lèvres... Ou qu'un producteur de cinéma allait venir lui proposer de tourner dans un film qui se passait dans le quartier. Un film sur la misère du monde... Quoi d'autre ici chez ces oubliés des anges ? T'imagines un remake de *Sissi Impératrice* dans ces rues qui puent la pisse de poivrot, avec les rats qui grouillent et les façades noires des maisons d'ouvriers ?

Il a bu son café, lentement. Les autres connards faisaient exprès de roter fort, pour marquer leur territoire et chasser le beau costard. Les gens chics, ça a rien à faire chez les ouvriers. Faut pas mélanger les pompes en cuir et les guenilles. Lui, semblait ne rien entendre. Il continuait à regarder la rue sous la pluie, parce que chez nous, en Belgique, le bon Dieu a décidé de laquer les pavés pour que ça brille, histoire de compenser la lumière du soleil qui batifole ailleurs. Au bout d'une demi-heure, il s'était levé et avait été payer au comptoir. Rose avait remarqué qu'il avait regardé ses mains au moment où elle lui avait rendu la monnaie. Puis il avait levé les yeux pour lui dire merci. Et il était parti comme l'autre fois, dans la même direction, en relevant le col de son manteau gris. Là encore elle l'avait suivi du regard jusqu'au bout de la rue.

Le soir, sa sœur, qui vivait avec elle, s'était moquée d'elle.

— Non, mais chouke, qu'est-ce tu crois hein ? Il est trop chic pour nous. Et d'abord qu'est-ce qu'un peï[1] comme lui vient faire dans not' café ? Tu trouves pas ça louche toi ?

— M'enfin Toinette, on peut encore rêver quand même, non ?

— Oué, c'est sûr, mais ça sert à rien. Tu te fais des montagnes avec des boulettes. Depuis que tu as vu ce gaillard, t'es plus la même. On dirait qu'un oiseau a chié sur ta tête.

— C'est pas tous les jours qu'on rencontre un bel homme comme lui, zeg !

— C'est vrai, mais c'est quand même pas Alain Delon hein !

— Non, il est plus beau !

1. Peï : un mec.

— T'exagères toujours, chouke. Bon, en même temps, j'ai pas bien fait attention, je jouais aux cartes. Et si tu zieutes ailleurs, y a toujours un zivereir[1] qui en profite pour tricher. Serai plus attentive quand il reviendra.

— Pasque tu crois qu'il va revenir ? fit Rose, soudain enjouée.

— Oué. Il est déjà venu deux fois et on dit toujours « jamais deux sans trois », donc c'est mathématique.

Rose s'accrocha à cette idée et depuis, chaque matin, elle avait décidé de mettre une touche de rouge à lèvres et d'enfiler la bague que lui avait léguée sa mère. Un caillou sans valeur mais qui en jetait comme une pierre de Saint-Nicolas. Et elle allait ouvrir son café avec plus d'entrain. Elle avait un rêve auquel se raccrocher. Des fois, faut pas grand-chose. Un tout petit rêve de rien du tout et tu voles sur la Lune ! Un brin d'herbe devient un palmier, une flaque d'eau, la mer… Et qui te dis que les gens qui réalisent leurs rêves sont plus heureux que ceux qui se les imaginent ? La réalité déçoit toujours. L'imagination, jamais.

Il était revenu. Avait repris un café et s'était assis à la même place, de là où il pouvait voir la rue. Cette fois, en lui portant sa tasse, elle avait osé lui demander s'il attendait quelqu'un.

---

1. Zivereir : un qui raconte des conneries. Un radoteur, quoi ! Un peu comme les politiciens…

— Non, avait-il répondu de sa voix grave, je n'attends plus que des souvenirs.

Il l'avait regardée et esquissé un triste sourire qu'elle avait gravé dans sa mémoire. Une femme qu'il avait follement aimée, sans doute, et qu'il avait dû rencontrer dans ce quartier. Mais que pouvait faire un homme comme lui dans ce paradis des morts ? Les gens ici étaient des fantômes drapés de chagrins, qui cherchaient à échapper à leur prison dans les vapeurs d'alcool. Des burinés, croisés entre des loups-garous et des mères qui n'avaient pas réussi à les faire partir à coups d'aiguille à tricoter. T'as pas toujours les catalogues de chez Phildar sous la main.

— Vous êtes du quartier ? se hasarda Rose qui sentait le sang lui monter aux joues.

— J'ai vécu ici quand j'étais jeune. On était pauvres, mais j'étais heureux. Il ne faut pas oublier son enfance, sinon on devient un vieux con.

— La mienne était merdique, avoua Rose.

— Alors il faut s'en inventer une autre.

— Et vous êtes tombé amoureux d'une fille et...

— Elle avait de longs cheveux blonds et une robe bleue comme les ciels de Magritte.

— Chouke, deux bières et un Fernet-Branca ! cria Antoinette qui semblait bien s'amuser avec les clients.

Imagine-toi sur une gondole à Venise avec un prince. Plus rien n'existe, que ces yeux-là dans lesquels tu te noies, et soudain spratch ! Un pigeon

221

te chie dessus ! La voix de sa sœur fit le même effet à Rose.

Elle passa sous le pont des Soupirs et regagna son comptoir. Faut s'accrocher au bastingage, la vie te fait pas de cadeaux.

Elle alla servir les clients et, quand elle revint, il n'était plus là. Il avait laissé un petit billet sur la table. Et elle l'avait glissé dans son corsage. Celui-là, elle allait le garder toujours sur elle. Bien au chaud, contre son cœur.

Elle se souvenait d'un film avec Jacques Dutronc où, fou amoureux d'une fille, il avait avalé le billet qu'elle lui avait donné. C'était poétique. Mais la fin l'était moins... Elle préférait le garder intact.

Ce soir-là, après la fermeture, elle était montée direct se coucher avec sa chienne qui adorait se coller contre elle sous les couvertures. Et elle lui avait raconté tous ses rêves. Une petite fille de cinq ans qui croit encore au Père Noël.

Tu vas voir, ma poupée, un jour il va nous emmener loin d'ici. Là ousqu'y a du soleil et des fées perchées dans les palmiers. Un royaume pour les chiens ! On pourra aller dans tous les restos et tu auras ta petite chaise rien que pour toi ! Puis on ira au cinéma voir Les 101 Dalmatiens. *Un endroit de rêve où ces cons d'humains accepteront les animaux partout. Comme si les gens étaient plus propres que les bêtes, tu parles ! Et les crétins qui disent que les animaux perdent leurs poils, y perdent pas leurs cheveux, eux ? Non, mais dans quoi on vit ! Lui, le gentil monsieur que t'as vu au café, il sait où on doit aller pour être heureux. Il a l'air bien plus intelligent que les autres, tu trouves pas ? Mais non, t'inquiète pas, il va revenir. Maintenant qu'il a pris l'habitude... Tu crois qu'il a remarqué mon rouge à lèvres ? Et ma bague ? Tu sais quoi ? Je voudrais qu'il danse avec moi sur un air de Dalida. « Gigi l'amoroso », j'aime bien. Ça sent l'Italie, le chianti, les couleurs de la vie...*

Et elle se mit à fredonner le dernier couplet :

Arriva Gigi l'amoroso
Croqueur d'amour,
L'œil de velours comme une caresse...

Puis elle s'endormit en rêvant à toutes ces caresses qu'elle n'avait jamais eues.

Le lendemain, une triste surprise l'attendait. Sa petite chienne était morte dans son lit, à côté d'elle. Pouvait pas y croire ! Elle la serra dans ses bras et la supplia de revenir. Mais son cœur ne battait plus. Spéculoos c'était sa confidente, son bébé. N'avait pas pu avoir d'enfant, le médecin lui avait dit très vite qu'elle était stérile. Et depuis, elle comparait son ventre à un tombeau.

Elle décida de porter son chagrin toute seule. Antoinette n'avait jamais compris la relation qu'elle entretenait avec sa chienne et lui reprochait souvent son gâtisme vis-à-vis de la petite bête.

— C'est qu'un animal, chouke, faut pas croire que quand elle te lèche c'est par amour. C'est juste pour avoir à bouffer. Les bêtes ça pense qu'à ça.

Y z'ont un estomac à la place du cœur et des yeux en forme de croquettes.

Au début, Rose avait protesté et tenté de lui expliquer que les chiens c'est mieux que les gens. Qu'ils ne te feront jamais du mal gratuitement et n'ont pas d'arrière-pensées, eux. Puis elle avait abandonné. Toinette était butée et persuadée de détenir la vérité. Rose avait fini par se faire une raison et l'aimer comme elle était, casse-couilles, feignasse et bornée. C'était sa sœur et les liens du sang, c'est sacré.

— Tiens, t'es pas avec Spéculoos ? qu'elle avait dit en la voyant descendre en peignoir.

D'habitude, la chienne était toujours sur ses talons.

— Non, elle dort. Je la laisse tranquille aujourd'hui. Puis à l'âge qu'elle a, je crois que toute cette fumée et ce bruit dans le café c'est pas bon pour ses tympans.

— Remarque que ça nous fera des vacances pasque qu'est-ce qu'elle schlingue ! Elle pète de plus en plus, tu trouves pas ?

— Non, c'est pas elle, c'est Jef Bolleke, y boit trop de gueuze, ça donne des gaz.

— Pas beau d'accuser tes vieux clients ! C'est pas commerçant ça !

— Peut-être, mais c'est la vérité, assura Rose qui n'avait jamais supporté la moindre critique à propos de sa chienne.

Encore moins depuis qu'elle avait rejoint Dalida.

On était dimanche. Faut pas mourir un dimanche...

Le lendemain, lundi, jour de fermeture du café, Rose prétexta qu'elle devait se rendre chez son médecin à Knokke-le-Zoute, où elle allait deux fois par an pour une visite de routine. C'était un vieux toubib, ami de la famille, qui avait décidé de quitter Bruxelles pour aller s'installer à la mer du Nord, chez les suceurs de babeluttes. Et par amitié, il continuait à s'occuper de la santé de Rose. Antoinette, elle, avait toujours catégoriquement refusé de voir ceux qu'elle appelait des charlatans qui sont là pour te soutirer ton pognon et zieuter tes nichons.

— Je partirai les pieds devant avant qu'un de ces snuls ne me prenne pour un cobaye.

Rose attendit que Toinette soit installée devant la télé, affalée dans son relax, couverture sur les pieds et bouteille de rouge à portée de main, en train de se pâmer devant Michel Drucker, son idole absolue parce qu'il était toujours bien coiffé. À quoi ça tient hein ?

Puis, elle grimpa dans sa chambre et emballa le petit corps de sa chienne dans une couverture. Et hop, dans un grand cabas, direction la playa.

Au début, Antoinette ne posa pas trop de questions. Rose lui avait dit qu'il valait mieux que sa chienne reste désormais dans sa chambre pour se reposer. Pas plus qu'elle n'aimait les médecins, Toinette n'avait guère d'estime pour les vétérinaires et ne fit donc aucune suggestion à ce sujet. Parfois, par politesse, elle demandait à sa sœur « comment va Spéculoos ? » et immanquablement, cette dernière répondait « bien, elle dort ».

Au premier jour de neige, un dimanche aussi, Rose trouva sa sœur morte dans son relax devant Michel Drucker. Il avait eu sa peau !

Rose eut la même réaction qu'avec son chien et la serra dans ses bras en la suppliant de se réveiller.

— Tu peux pas me laisser toute seule, ma Toinetteke. Je t'ai élevée quand nos parents sont morts. Maintenant, tu dois revenir ! Allez, souris-moi !

Mais Antoinette ne souriait plus.

Rose resta toute la nuit, assise à côté de sa petite sœur, la tête sur ses genoux.

Elle avait pris sa décision.

Le lendemain, elle la traîna jusque dans sa voiture. Putain, qu'elle était lourde ! Et zou, direction Knokke-le-Zoute.

Mais pas chez le médecin de famille...

Bien sûr au début, les clients s'inquiétèrent.

— Ousqu'elle est la Toinette ? Elle cuve dans sa cave ?

Rose avait fini par leur dire que Toinette en avait marre du bistrot et qu'elle avait décidé de se retirer pour quelque temps à la campagne, chez une cousine. Les gens finissent toujours par vous oublier au bout d'un moment. On est peu de chose, et Antoinette ne fut bientôt plus qu'une place vide dans le café.

Rose continuait à mettre du rouge à lèvres et

à sourire étrangement quand on lui demandait si tout allait bien. Oui, elle n'avait d'ailleurs jamais été aussi heureuse ! Toutes ses économies y étaient passées, mais elle avait pris la bonne décision. Elle ne serait désormais plus jamais seule.

Et puis, il lui restait son rêve... Celui de revoir l'homme qui hantait ses pensées, incrusté dans sa peau tel un tatouage de vieux marin qui a bravé les tempêtes.

Il revint le mois suivant, un soir de lune rousse, alors que Rose s'apprêtait à fermer son bistrot puisque ses clients étaient partis se coucher. Elle lui lança : « Un café, comme d'habitude ? » Ça faisait « client qui revient souvent » et cette idée la réconfortait. Il se contenta de hocher la tête et s'assit à la même place que les autres fois, le regard rivé vers la rue. Ce coup-ci, elle posa un petit biscuit sur sa sous-tasse. Cadeau de la maison !

Il but une gorgée et se leva soudain précipitamment. Sortit sans payer.

Rose resta figée derrière son comptoir et attendit qu'il revienne.

Mais il ne revint pas. Et elle but le reste du café, du côté où il avait posé ses lèvres, savourant la chaleur qui pénétrait en elle, comme si c'était un peu de lui.

Elle aurait tout donné pour le voir réapparaître dans son beau manteau gris, couleur d'orage. Il allait lui dire :

— Je suis venu te chercher. Viens !

Et elle aurait tout laissé en plan pour le suivre. N'aurait même pas pris la peine de fermer le café. Il faut savoir partir sans se retourner sinon on trimballe des cafards. Les rêves, ça se mérite. Si t'es pas un tueur de souvenirs, laisse tomber, reste chez toi.

Mais Rose n'avait pas cette force-là. Elle allait le suivre puis lui dire qu'il fallait passer par chez elle, prendre « quelques affaires ».

Et s'il l'aimait, il comprendrait.

Le lendemain matin, la porte s'ouvrit. Et un étranger entra. Mais c'était pas l'homme qu'elle attendait. SON homme... Celui-ci était plus petit et râblé avec un léger embonpoint. Pas très élégant. Un vieux paletot à carreaux semblait avoir été oublié sur lui.

— Bonjour. Police... fit-il en montrant sa carte qui aurait pu être le portrait de Mickey, vu la rapidité avec laquelle il l'avait déployée et remballée.

Rose en avait vu des flics dans sa vie et c'est pas les poulets qui allaient lui faire peur. Elle n'avait rien à se reprocher. Quand elle était petite, sa mère lui avait dit qu'il fallait prier la Sainte Vierge tous les soirs pour pas aller en prison. Là-dessus elle était tranquille, elle avait même un bénitier au-dessus de son lit !

Le flic lui montra une photo. Celle de l'homme qu'elle aimait !

— Est-ce que vous connaissez cet individu, madame ?

Madame ! Personne ne l'avait jamais appelée

comme ça, tu penses ! Une fille de café, c'est pas une de la haute, ça ne frétille pas dans la crinoline, mais dans la mousse de bière...

— Non, répondit-elle sans hésiter, pensant que si les flics le recherchaient, c'était pas pour lui faire des mamours.

— Z'êtes sûre ? Regardez bien !

Elle fit mine d'observer encore la photo et assura que non, cette tête ne lui disait rien.

Elle espérait que le flic se casse, mais ce troufion se dirigea vers la table des clients et leur tendit la photo. Et bien sûr y a une truffe qui reconnut l'étranger.

— Il est venu deux ou trois fois ici. Un pas de chez nous, ça se voyait à son costume. Puis les ceusses qui boivent pas un verre, c'est suspect hein commissaire ?

— Oui, mais faut pas exagérer, fit le flic dont la panse ressemblait à un tonneau de bière.

Puis il se tourna vers Rose avec un air de reproche.

— Curieux que vos clients se souviennent de cet individu alors que vous pas !

— Oh vous savez, s'il fallait se rappeler tous les gens qui entrent dans ce café, depuis trente ans que je suis derrière mon comptoir, vous pensez bien que j'aurais une tête comme un seau !

— Il me semble pourtant que vous avez essentiellement une clientèle d'habitués, donc si un étranger entre, ça devrait vous frapper, non ?

— Non. J'suis pas observatrice, décréta Rose.

— Y a tant de touristes qui viennent ici ? demanda le flic à la tablée.

— Pff, fit Jef, une fois tous les 36 du mois ! Un égaré, oué. Qu'est-ce que tu veux que les touristes viennent foutre dans ce trou ? Hein ? T'as vu le kaberdoech[1] dis ? C'est pas un palace ici, en plus ça schlingue l'eau de Javel, t'as beau lui dire à la patronne, elle s'esquinte à laver son pavement avec ça.

— Faut bien décrasser toutes vos merdes, objecta Rose. Monsieur le commissaire, y en a des qui crachent par terre, et j'vous raconte pas le dégueulis dans les chiottes !

— Bon, fit le flic, je repasserai demain. Et tâchez d'ici là de vous souvenir de quelque chose qui pourrait faire avancer l'enquête.

— Qu'est-ce qu'il a fait ce peï ? demanda Dédé.

— Il a tué une femme dans cette rue, cette nuit. Toute la police de Belgique le recherche et il risque la peine de mort. Vous n'avez pas lu les journaux ?

— Non, j'ai pas le temps avec mon café, décréta la patronne.

— Eh ben voilà le mien, fit le flic en posant la gazette sur le comptoir. Comme ça, vous serez au courant.

1. Kaberdoech : bistrot, troquet. Lieux d'utilité publique en voie de disparition. Le jour où le clergé fera un bar dans les églises, y aura plus de fidèles.

Rose faillit s'évanouir en voyant le portrait de l'étranger en fuite qui s'appelait Marc Verdonck mais elle se retint à la pompe à bière. C'était pas possible, la police se gourait. Il n'avait pas pu faire ça. Elle l'aurait vu dans son regard s'il avait été un criminel! Les yeux, ça ne trompe pas. Le témoin l'avait sûrement confondu avec quelqu'un d'autre. D'ailleurs on savait bien qu'il y avait plein d'erreurs judiciaires, de condamnés dont on avait prouvé l'innocence parfois trop tard.

— Qui vous dit que c'est cet homme? Il a laissé sa photo près du cadavre, ironisa-t-elle.

— Y a un témoin. Un gars qui fumait sa clope à la fenêtre l'a vu sortir de chez vous, marcher vers cette pauvre femme et la poignarder. Me semble que c'est suffisant comme preuve, non?

Pour la première fois depuis des années, après le départ du commissaire, Rose pria ses clients de s'en aller et ferma son café, sans autre explication que « je suis fatiguée ». Et ceux à qui ça plaisait pas, c'était le même prix.

Elle rentra chez elle avec une bouteille de vin qu'elle posa devant sa sœur.

— Tiens, Toinetteke, je t'ai rapporté un beaujolais. La bois pas d'un coup hein? Tu sais qui est venu dans notre kaberdoech? Un flic de mes deux qui prétend que mon homme est un assassin. Non, mais tu te rends compte? Quel bête type çuis-là! Il a eu son insigne dans un paquet de chips.

Elle alluma la télé, posa la couverture sur les

jambes de sa sœur, comme elle faisait tous les soirs, pour pas qu'elle ait froid. Il lui sembla soudain qu'Antoinette la regardait avec gratitude et ça la troubla.

— Maintenant, on ne sera plus jamais séparées. Toi, moi et Spéculoos, on est ensemble pour toujours. Vous êtes ce qui m'est arrivé de meilleur dans ma vie. Je regrette, ma Toinetteke, de ne pas t'avoir dit plus souvent combien je t'aime. C'est parfois difficile de dire ces choses-là. On a bien eu des querelles, comme toutes les sœurs je suppose, mais je sais que toi aussi tu m'aimes. Je le vois encore dans tes yeux...

Puis elle monta dans sa chambre rejoindre sa petite chienne qui l'attendait, couchée sur son oreiller.

— Mon bébé, maman est là ! Demain, on va aller se promener.

Régulièrement, elle installait l'animal sur la plage arrière de sa voiture et partait faire un tour pour lui montrer les paysages. Parfois, dans le rétroviseur, elle surprenait des gosses qui faisaient signe à Spéculoos et ça lui mettait du baume au cœur.

Elle avait ramené le journal laissé par le commissaire, juste pour pouvoir regarder la photo de celui qu'elle aimait. Elle envisageait de la découper et d'aller chercher un beau cadre demain, pour la mettre sur sa table de nuit. Après, elle jetterait ce torchon dans la poubelle. N'envisageait même pas de le lire ! Elle était sûre que c'était un tissu de mensonges.

Il faisait encore jour et elle tira les rideaux pour occulter la lumière, puis se déshabilla et enfila sa robe de nuit en molleton. Avec l'âge elle était devenue frileuse et la mettait même en été. À force de dormir seule, elle avait eu besoin de sentir quelque chose de doux sur sa peau.

Elle se coucha et prit sa chienne dans ses bras. La caressa en pensant que l'embaumeur avait bien fait ça. Et pour sa sœur aussi. Au début, il avait refusé de s'occuper de Toinette. Mais vu le paquet de fric que Rose lui avait apporté – le fruit de toutes ses années de labeur à servir les avaleurs d'illusions – il avait fini par accepter.

Avant de s'endormir elle ne put résister à l'envie de quand même jeter un coup d'œil au journal. Et lut ceci :

Le cadavre de Lily Verbeeck a été retrouvé dans le terrain vague qui jouxte la rue des Coteaux. Elle avait de longs cheveux blonds et une robe bleue, tachée de sang…

Rose replia le journal, prit son cachet et ferma les yeux. Elle se persuada que quand elle se réveillerait, le journal aurait disparu et que cette histoire n'avait jamais existé. C'était juste un cauchemar.

Elle finit par sombrer dans un sommeil agité et rêva de lui. Ils marchaient main dans la main, dans les rues de Venise, où elle n'était jamais allée mais qu'elle avait vue à la télévision. Sa chienne les suivait en poussant des petits cris inquiets. Elle portait une jolie robe bleue tachée de sang…

★
★ ★

PS : au fait, Rose a gagné le concours du plus beau jardin ! Comme quoi, faut jamais désespérer dans la vie !

Cette nouvelle m'a été très librement inspirée du magnifique film de Richard Olivier (un des meilleurs réalisateurs de l'émission « Strip-tease ») Esther forever – l'histoire d'une femme qui vit avec ses chiens empaillés – en DVD chez Bach films, avec d'autres documentaires de lui, tout aussi savoureux, sous le nom de « La Belgique interdite ».

Romain PUÉRTOLAS

Le Premier Rom sur la Lune

Le premier mot que prononça le vénérable Rom Alexandrin Constantinescu en posant le pied sur la Lune n'en fut à proprement parler pas un.

Grmmpfffff !! s'exclama-t-il en trébuchant sur un morceau de roche, avant de s'étaler de tout son long sur le sol poussiéreux.

Un petit pas pour le Rom, un grand pas pour personne, se dit-il en se relevant et en époussetant son anorak. Car personne ne le voyait, personne ne l'écoutait, et personne ne l'avait envoyé jusqu'ici. Mais il se prit à imaginer que sa sœur Luludja et sa nièce Eva l'observaient, elles, avec une grande fierté, à quelque 384 400 kilomètres de là, depuis un centre spatial improvisé au beau milieu d'un bidonville de Bucarest.

Le Rom regarda autour de lui. Le paysage lunaire s'étendait à perte de vue. Ici, c'est clair qu'on ne viendra pas me déloger, pensa-t-il, comme on a l'habitude de le faire en France. Pour une fois, on ne pourra pas me dire que je ne suis pas chez moi. C'est vrai, Alexandrin était peut-être encore moins chez lui ici qu'ailleurs, mais ici, au moins, il n'était chez personne.

Il sourit, satisfait, et ancra bien profondément sa sandalette dans le sable lunaire pour marquer son territoire et y laisser une empreinte indélébile qu'aucun vent ne viendrait balayer. Il porta son regard vers le lever de la Terre, là-bas, tout au loin, et fut assailli par une profonde tristesse. Le spectacle était magnifique et tout aurait été pour le mieux dans le meilleur des mondes s'il n'y avait pas eu un problème. Un gros problème. Le genre de problème qui donne l'impérieuse envie de prononcer la phrase « Houston, on a un problème ! » ou « Bucarest, on a un problème ! ».

Car Alexandrin n'avait jamais voulu se rendre sur la Lune. Ce qu'il visait en décollant, c'était arriver à bon port.

Chez lui, en Roumanie.

C'était un jour spécial.

À deux égards.

D'abord, parce que c'était le 29 février, une date capricieuse qui ne tombait qu'une fois tous les quatre ans. Ensuite, parce que c'était leur anniversaire, à sa sœur et à lui. Même si leurs parents avaient pris l'habitude de le fêter le 28, les jumeaux s'amusaient entre eux depuis toujours à tricher sur leur âge en n'en comptant qu'un seul sur quatre. Ce soir, ils fêteraient donc leurs dix ans devant un bon gâteau.

Dix ans de bonheur. Dix ans de vie commune que seuls les voyages « professionnels » d'Alexandrin à la capitale française venaient séparer pour quelque temps. Lui avait un amour tel pour sa sœur que jamais il n'avait eu d'yeux pour d'autres femmes. Elle était sa moitié et il n'éprouvait pas le besoin de s'en trouver une autre. Ils s'autosuffisaient. Il n'y avait rien d'incestueux dans cette relation. Cela était certainement dû à leur gémellité. De son côté, Luludja ressentait la même chose. Que c'était bon de savoir qu'il y avait dans le monde un être qui vous comprenne à ce point, ressente les mêmes choses, quelqu'un qui vous complète comme les deux seules pièces d'un puzzle. Pourquoi chercher ailleurs une relation qui ne serait jamais aussi parfaite ? Leurs parents avaient bien essayé de remettre un peu d'ordre dans tout cela et l'on avait trouvé un époux dans la communauté pour la petite Luludja le jour de ses dix-huit ans, une véritable brute qui l'avait forcée à consommer le mariage avant l'heure durant une nuit inoubliable qui engendrerait à grand-peine la petite Eva.

Après avoir transformé à coups de poing la gueule du malotru en un Picasso, Alexandrin avait pris Luludja, nue, désarmée et sanglotant, dans ses bras et ils s'étaient enfuis loin de là, avant que la famille, humiliée, ne les répudie. Depuis lors, elle l'avait considéré comme un héros. Neuf mois plus tard, naissait Eva. Alexandrin l'avait aimée comme un père. Et un oncle. Deux pour le prix d'un. Alors, ils avaient vécu heureux tous les trois comme une seule et même famille.

Il sourit à l'idée de les retrouver ce soir. Le soir de leur anniversaire. Il ne l'aurait manqué pour rien au monde, et la France étant victime de la plus grosse grève de transports jamais vue, cette fusée avait été son seul objectif ces derniers jours et sa salvation pour tenir une promesse qu'il avait faite à Luludja quand ils n'étaient encore que des enfants. Souffler les bougies avec sa sœur chérie. Tous les ans. Quoi qu'il arrive.

Alexandrin Constantinescu considéra un instant l'engin qui l'avait amené jusqu'ici. C'était une espèce de grosse masse grisâtre composée en partie de tôles en aluminium et de plaques de cuivre ainsi que d'un chariot de courses de Carrefour. En somme, un gigantesque tas de ferraille, dont il aurait pu tirer sur Terre un bon paquet d'argent à la revente au kilo, le cours de ces deux matériaux ayant atteint ces derniers jours des sommets à la Bourse.

Il sourit en se rappelant la conversation à laquelle il avait assisté le matin même sur le parking d'un grand supermarché entre un enfant et sa mère.

— Maman, qu'est-ce qu'il fait le monsieur avec tous ces bidules ?

— Il nous vole le cuivre, mon chéri.

— Et pour quoi faire ?

La mère, occupée à ranger les sacs de courses dans le coffre de la voiture, avait pour la première fois porté et maintenu son regard sur cet homme sale habillé en survêtement et en anorak, et sur l'amas de déchets hétéroclites que contenait son caddie. On aurait dit que le simple fait de le regarder lui piquait les yeux. Finalement, elle avait tourné la tête et continué de ranger ses affaires.

— C'est vrai, mon chéri, je me demande bien ce que les Roms peuvent bien être en train de nous fabriquer !

Elle ne s'était jamais posé la question, à vrai dire, mais l'expression de son visage, déformé par une vilaine grimace, en disait long. Elle hésitait entre une tour en cuivre de trois cents mètres de hauteur à la gloire du peuple Rom et une arme de destruction massive pour détruire tous les Français et leur piquer leur maison.

Alexandrin, qui avait feint de ne rien entendre, avait parcouru en quelques secondes les mètres qui le séparaient d'eux. La femme avait sursauté et plongé, avec une nervosité évidente, la main dans son sac à la recherche de quelque chose.

— Une fusée pour aller sur la Lune, avait dit le Rom au petit garçon en s'accroupissant à ses côtés. Voilà ce qu'on fabrique. Une fusée pour aller sur la Lune.

Et des milliers d'étoiles s'étaient mises à briller dans les yeux de l'enfant pendant que les doigts de sa mère restaient crispés sur une petite bombe lacrymogène.

243

Il avait dit la première chose qui lui était venue à l'esprit. Pour un petit garçon, la Lune, cela faisait quand même plus rêver que la Roumanie. Même si pour lui, c'était le contraire. La Lune. Il avait dit cela sans penser une seule seconde que cela s'avérerait quelques heures plus tard.

Ça y est, il y était.

Sur la Lune.

L'homme s'approcha de sa fusée. Un des propulseurs avait été endommagé lors de l'atterrissage, la rendant inutilisable. Il lui faudrait plusieurs jours pour le réparer, si tant est qu'il y parvienne, car ici, on ne trouvait pas de pièces de rechange aussi facilement que dans la poubelle d'un atelier Mercedes. Or, il n'avait pas plusieurs jours à sa disposition. Ses réserves d'oxygène lui permettraient de survivre une heure tout au plus. Son voyage Paris-Bucarest en fusée étant censé durer, selon ses calculs, dix-sept minutes et quatorze secondes, il n'avait pas jugé nécessaire d'emporter bouteilles et victuailles en quantité.

Cette prise de conscience le secoua et l'excitation de la nouveauté laissa bientôt place à la peur. Il réalisa que, s'il voulait vivre, il n'y avait pas une seconde à perdre. Peut-être le satellite de la Terre recelait-il des ressources dont on n'avait jamais soupçonné l'existence ?

Il n'y avait qu'une seule manière de le savoir.

Devant lui, le paysage lunaire s'étendait à perte de vue.

Alexandrin Constantinescu se déplaçait en sautillant à la manière de ces amants qui, dans les films romantiques, courent au ralenti sur une plage déserte avant de s'enlacer tendrement. Mais ici, personne ne le prendrait dans ses bras. Alexandrin était seul. Désespérément seul. La seule qui aurait pu le prendre dans ses bras était Luludja et elle se trouvait à Bucarest. Ce n'était pas la plage d'à côté.

Après quelques minutes, il n'avait toujours rien aperçu de nouveau dans ce paysage monotone. Du sable, du sable, et encore du sable, que de petits morceaux de roche venaient quelquefois agrémenter. Même les plages du Havre, qu'il n'avait toujours vues que sur les vieilles cartes postales qu'il récupérait dans les poubelles et transformait en dessous de verre pour quelques centimes d'euro, semblaient moins ennuyeuses.

Il n'avait pas de grandes illusions sur la teneur en matériaux ou en produits utiles et comestibles de la Lune. Et encore moins en eau. Cela se saurait. Si tel était le cas, les habitations résidentielles pour gens fortunés y auraient déjà poussé depuis longtemps comme à Benidorm. Mais l'espoir faisait vivre, et c'était tout ce dont il avait besoin à présent. D'espoir. Et d'un réacteur en état de marche.

N'ayant pas de boussole, il avait décidé d'aller toujours droit devant. Une des techniques pour ne pas se perdre était de suivre une trajectoire et de s'y tenir. Car à quoi bon trouver une solution à son problème s'il ne réussissait pas à revenir jusqu'à sa fusée après ? Mais « droit devant » était une notion assez relative lorsqu'on n'avait aucun repère. Et à chaque mètre qu'il parcourait, Alexandrin déviait, sans s'en apercevoir, de quelques degrés. Si bien qu'au bout de deux kilomètres, son « droit devant » s'était transformé en un « carrément à l'est ». Perdu pour perdu, il réussit à se convaincre qu'en allant dans n'importe quelle direction, il retrouverait forcément sa fusée après en avoir fait le tour, ce qui était vrai mais éludait un facteur important : son périmètre était de 10 921 kilomètres...

Alexandrin continua de marcher encore un quart d'heure. Puis il stoppa net. Il regarda devant lui, puis à gauche, à droite et derrière. Mais, à son grand désarroi, tout se ressemblait. Il fallait qu'il se rende à l'évidence. Il était perdu.

Devant lui, le foutu paysage lunaire s'étendait à perte de vue.

Alexandrin Constantinescu jeta un coup d'œil à la jauge d'oxygène. Il lui en restait environ pour dix minutes. Cette vieille bouteille d'oxygène trouvée dans les conteneurs de poubelle d'une résidence gériatrique était tout ce dont il disposait.

Le Rom s'assit sur un rocher, telle une version spatiale du *Penseur* de Rodin. Puis, comme s'il était assis sur un tabouret de Photomaton, il pivota sur lui-même et se posta en face de la planète bleue qui flottait au loin. Il n'y avait plus aucun espoir désormais. Car même s'il trouvait dans les cinq minutes tout le matériel nécessaire, il ne pourrait pas réparer sa fusée portable et repartir d'ici dans les dix minutes. Cinq minutes, c'était peu. Et une fois ce temps écoulé, il avalerait la dernière gorgée d'oxygène. Il la dégusterait comme l'on boit une goutte d'eau dans le désert après trois jours de marche, et il mourrait, asphyxié. Asphyxié, sur la Lune, si loin des gens qu'il aimait.

Ces instants sur ce rocher étant les derniers, il repensa aux siens pour que cela soit plus supportable. Il se remémora le sourire de sa sœur Luludja, puis celui de sa jolie petite nièce Eva. Leur beau sourire qui lui avait toujours fait oublier les moments difficiles. Les jours où il ne trouvait pas assez d'argent pour leur offrir un repas décent. Car l'on trouvait de moins en moins de choses dans les poubelles. Les jours où il revenait de ses heures de manche avec de l'eau de pluie dans son gobelet. Parce qu'à Paris, on repartait plus souvent avec son gobelet rempli d'eau de pluie que de pièces de monnaie. Et l'on ne vivait pas d'eau de pluie. Non, n'en déplaise aux romantiques, on ne vivait pas d'amour et d'eau fraîche.

Et dire qu'il était parti en France parce qu'il pensait que les ordures françaises recelaient des trésors. En réalité, les poubelles roumaines n'avaient rien à leur envier. Peut-être y avait-il trop de pauvres maintenant en France ? C'était pour cela que l'on ne trouvait plus rien. Les poubelles étaient pillées. Surtout celles des supermarchés, de loin les plus convoitées. D'une certaine manière, comme les prostituées, Alexandrin faisait le trottoir. Avec son caddie. Tel un chevalier des temps modernes, il partait en croisade tous les matins, quittait son bidonville d'Aubervilliers, traversait le périphérique et s'engouffrait dans les méandres de la capitale.

Le manque d'oxygène l'arracha à ses pensées. Il regarda la jauge de la bouteille. La petite aiguille était descendue bien plus vite que ce qu'il avait pensé. Il prit peur. Il essaya de graver en lui encore une fois le sourire des deux femmes de sa vie, leurs visages d'anges, leurs belles tresses brunes qu'elles agrémentaient quelquefois de jolies fleurs. Il se sentait moins seul en pensant à elles. Et il ne voulait pas mourir seul.

Ironie du sort. Il allait mourir maintenant qu'il revenait à la maison avec de l'argent. De ces mois passés en France, il avait quand même réussi à en gagner un peu en revendant des objets trouvés dans les poubelles, et surtout en revendant des câbles en cuivre et des milliers de ces petites feuilles d'aluminium que l'on trouvait dans les paquets de cigarettes. Il fourra sa main dans la poche de sa combinaison et en sortit deux billets de cinq cents euros. C'était une belle somme. Luludja aurait été si contente. Joyeux anniversaire, lui aurait-il dit. Avec cela, elle aurait pu acheter des légumes frais et de la viande, elle aurait même pu s'acheter une nouvelle robe à fleurs, et pourquoi pas un aspirateur ? Cela l'aurait au moins soulagé de ses douleurs au bas du dos. Oui, cet argent aurait mis du beurre dans les épinards. Même s'ils n'en mangeaient jamais, des épinards. C'était trop cher. Et puis Alexandrin serait reparti à nouveau en France gagner un peu plus d'argent pour la prochaine fois. Ils souhaitaient acheter une maison. Dans cette région de la Roumanie, les habitations n'étaient pas très chères et ce serait toujours mieux que la cabane en tôle dans laquelle ils vivaient. Oui, ces mille euros auraient été le début de la richesse. Mais ils étaient là, avec lui, sur la Lune. Et il mourrait avec. Et ils ne serviraient à personne. Ils demeureraient là toute l'éternité, au milieu de ce silence assourdissant. À moins qu'un cosmonaute soviétique ne passe par là et ne les ramasse. Il les regarda une dernière fois et les remit dans la poche de son survêtement.

Alexandrin s'agenouilla et se recueillit face à la Terre.

Il mourrait face à elle, face à chez lui, ce chez-lui où on lui avait toujours fait sentir, à lui et à son peuple, qu'il était de trop, partout où il allait. Mais c'était quand même sa planète, car il y était né, car il y avait vécu. C'était sa planète et, dans quelques instants, il mourrait face à elle. Face à Luludja et à Eva, assises au milieu de leur bidonville de Bucarest, le visage illuminé à l'idée de revoir un jour sa petite moustache au pays. Pour une fois, il

ne tiendrait pas sa promesse et Luludja soufflerait
sur les bougies du gâteau toute seule.

Luludja retira la bassine pleine d'eau chaude du
lavabo et y jeta du gros sel. Puis elle la posa sur
le sol, devant une chaise de camping et enleva ses
sandales. Elle retira ses chaussettes et enfin ses bas,
libérant de beaux pieds blancs qu'elle plongea aussitôt dans le récipient.

Elle laissa échapper un soupir de soulagement.

— Ouuuuuuffffffffff.

Et sa fille Eva rigola en l'imitant. Ouuuuuuffffffff.
Avec quelques *u* et quelques *f* en moins. Puis son
visage se ferma.

— Ce s-a întâmplat, mamă ?

— Je suis inquiète, Eva. Ton oncle Alexandrin
devrait être arrivé depuis longtemps maintenant. J'ai
croisé Vilna il y a deux heures. Il a pris l'autobus
qu'aurait dû prendre tonton. Et il n'y était pas.

— Il a sûrement dû en prendre un autre.

— J'ai mal aux pieds, ma chérie. Et tu sais ce
que cela signifie... Les jumeaux sentent cela.

Oui, la petite savait ce que cela signifiait. Cela
signifiait qu'il était arrivé malheur à l'oncle Alex.

Devant lui, le foutu paysage lunaire s'étendait à
perte de vue.

Le foutu paysage lunaire et deux êtres semblables
à deux grandes sphères orange, sans bras ni jambes,
mais avec deux yeux et une bouche.

Alexandrin pensa que le manque d'oxygène lui provoquait des hallucinations. Il jeta un coup d'œil à la jauge de la bouteille périmée de la résidence gériatrique et vit que l'aiguille caressait le 0. Ce n'étaient pas des hallucinations, il était mort, voilà tout. Et ces deux grosses oranges étaient les anges qui étaient venus le chercher pour l'emmener au paradis des Roms.

Il n'y avait plus d'oxygène dans la bouteille mais il respirait encore. Il voyait encore, il entendait encore. Mais jusqu'à quand ?

Hallowearemdhejdeesteplanetawho…

Un des extraterrestres venait de prononcer une suite de sons parmi laquelle Alexandrin crut identifier de l'allemand, de l'anglais et une pointe d'espagnol. Parlait-il esperanto ? La créature semblait chercher la fréquence d'une radio en balayant les ondes. Après quelques secondes, il tomba sur des mots en romani.

— Vous parlez le romani ! s'exclama le Rom abasourdi.

Incroyable ! Même sur la Lune, on le comprenait mieux qu'en France !

— Le langage des Terriens, bien que multiple, est assez basique, dit l'un des deux extraterrestres en roulant un peu plus vers lui. Vous êtes bien terrien, n'est-ce pas ?

— Euh, oui.

— Roumain de surcroît ?

— C'est exact !

— J'ai gagné ! s'exclama l'extraterrestre orange

251

en se tournant vers le orange, enfin, l'autre orange.
Tu me dois un *Baki*.

L'extraterrestre orange, pas le premier, le dernier,
enfin, le second, sortit une espèce de chewing-gum
de sa bouche et, à contrecœur, embrassa l'autre
extraterrestre orange, le premier, enfin, celui de
couleur orange.

— Les chaussettes et les sandales… ajouta-t-il.
Impossible de se tromper.

— L'autre fois tu t'es pourtant trompé ! souligna
l'autre. C'était un astronaute allemand !

— C'est vrai. Les Allemands aussi mettent des
chaussettes dans leurs sandales.

— On ne s'y retrouve plus.

Le Rom regarda ses pieds.

— Qu'est-ce qu'il a y de mal à mettre des chaussettes avec des sandalettes ?

— Rien du tout, dirent les deux extraterrestres
en chœur.

— Je suis mort ? demanda Alexandrin. Vous êtes
des anges ? Vous m'emmenez au paradis des Roms ?

— Il y a beaucoup de questions en une seule
ligne de dialogue, dit l'extraterrestre orange, enfin,
l'un des deux extraterrestres orange[1]. Tout dépend
de ce que vous entendez par « mort », par « ange »
et par « paradis ».

1. Je comprends qu'il y ait quelque peu d'ambigüité entre
ces deux personnages de nature similaire, mais il en sera ainsi
jusqu'à ce que nous le nommions, pour plus de clarté.

— Car ce sont des notions qui n'existent pas ici-bas, ajouta l'autre. Enfin, ici-haut.

— Car, dans l'espace, il n'y a ni haut ni bas, reprit le premier.

— Ça, c'est bien vrai, dit Alexandrin. Sur ma planète, les conceptions d'hémisphère Nord/hémisphère Sud ne reposent que sur des conventions d'hommes blancs décidés un jour à avoir la tête à l'endroit.

— La mort aussi est une notion qui n'existe pas ici. Ce n'est qu'un changement de statut. Une canette de Coca-Cola meurt-elle après avoir été bue puis jetée à la poubelle ? Peut-être meurt-elle en effet en tant que canette de Coca-Cola, mais après avoir été recyclée, elle devient une autre canette de Coca-Cola…

— … voire de Pepsi-Cola. Ce qui est encore plus drôle.

— Ou bien, des baleines de parapluie, des résistances pour ordinateur, des cadres de fenêtres, un arrosoir en zinc qui arrosera de jolies fleurs dans un jardin.

— Enfin, ce n'est pas à un Rom que nous allons apprendre ce qu'est le recyclage…

— Dites donc, vous en savez des choses sur les humains, souligna Alexandrin. Vous connaissez Coca-Cola et Pepsi-Cola ?

— Comme quoi, leur campagne de marketing est bonne… plaisanta l'un des deux extraterrestres. On connaît Nike aussi.

— On vous observe, dit l'autre sur un ton plus

253

sérieux. Vous êtes passionnants à regarder. Si... si primaires... On en fait des émissions de téléréalité.

— Oui, on a des télescopes géants et des caméras braqués sur votre planète et on émet les vidéos aux heures de grande audience. Cela s'appelle *La Vie des Terriens*.

— En prime time. À trois heures de l'après-midi.

— Je ne savais pas, dit le Rom.

— Vous ne savez pas grand-chose, vous, les Terriens. À propos, nous ne vous avons même pas demandé votre nom. Excusez notre manque de politesse.

— Constantinescu. Alexandrin Constantinescu.

— C'est un peu compliqué à prononcer. Si cela ne vous dérange pas, nous vous appellerons Whsjcltoacjdirñahcpahhgirckslqswpzpzps.

— Ou X24, proposa l'autre extraterrestre.

— Va pour X24, dit Alexandrin, pas du tout rassuré par le premier nom qu'on lui proposait. Et vous, quel est votre nom ?

— X24.

— Comme moi ? demanda Alexandrin, surpris.

— Si vous permettez, c'est vous qui vous appelez comme moi, s'offusqua X24, le orange, pas le Rom.

— Dans ce cas, c'est un honneur, dit le Terrien. Je suis flatté que vous m'ayez baptisé de votre nom. Et vous ? demanda-t-il en se tournant vers l'autre extraterrestre.

— X24.

— Aussi ? Dites donc, c'est une manie chez vous !

— Tous vos noms sont-ils uniques sur Terre ? Je veux dire, n'y a-t-il aucun autre humain nommé Alexandrin, comme vous, sur votre planète ?

— Si, si, bien sûr, mais…

— Eh bien, alors !

— Non, c'est juste que je trouve que cela fait beaucoup de X24 au mètre carré. Mais ce n'est pas un problème.

— Bien, je vous propose de continuer cette conversation à la maison, dit X24, le premier, le orange[1]. Nous y serons plus à notre aise.

— Nous avons des tas de questions à vous poser, expliqua l'autre X24 orange. Vous comprenez, c'est la première fois que l'on approche un Terrien.

Alexandrin sourit et suivit ses nouveaux hôtes. Quelle ironie ! Sur la Terre, on ne voulait pas de lui, et voilà que, sur la Lune, il devenait aux yeux des extraterrestres le nouvel ambassadeur de la race humaine.

Dans un centre de contrôle spatial à Kourou, l'agitation était à son comble. Un groupe de jeunes geeks à lunettes et à cravate en laine s'affairait à déchiffrer, en la tournant dans tous les sens, la

---

1. Finalement, le nom des extraterrestres n'ajoute aucune clarté quant à l'identification de chacun des personnages. Vous m'en voyez désolé.

dernière photographie que venait de leur envoyer leur robot *Shakespeare Moonwalk*. Soudain, un scientifique plus intelligent que les autres sauta en l'air en éclatant de rire, arracha de la main de ses collègues le cliché format A4 et se précipita dans le bureau du patron.

— Monsieur, notre robot en place sur la Lune vient de nous envoyer quelque chose de très intéressant !

L'homme d'âge mûr, les cheveux coupés en brosse et la moustache taillée au millimètre près, savait, après quarante ans de loyaux services à la NASA, que rien d'intéressant ne croiserait jamais plus son chemin. Sceptique, il tira de la poche de poitrine de sa chemisette un Bic six couleurs, sceptre ultime des vieux singes de l'agence spatiale.

— Une photo ? *Shakespeare Moonwalk* ne se déclenche-t-il pas que lorsqu'il y a de l'activité autour de lui ? Or, je vous rappelle, jeune apprenti, qu'il n'y a aucune activité digne de ce nom sur la Lune. On n'y a envoyé personne. Et les Russes non plus. La guerre en Ukraine leur bouffe tout leur budget. À moins que vous ne croyiez aux petits bonshommes verts !

Il partit dans un fou rire.

— Regardez, monsieur.

Le jeune homme tendit le cliché au patron. Celui-ci fronça les sourcils et, comme la bande de geeks à ses ordres, il tourna la photographie dans tous les sens, ne paraissant en trouver aucun à ce qu'il voyait.

— C'est comme cela, monsieur.

Le jeune au Bic quatre couleurs se permit de remettre le cliché de la bonne manière entre les doigts de l'homme au Bic six couleurs. Après quelques secondes à observer l'image, le visage de son chef se crispa.

— Mais ce n'est pas possible, on dirait...

— Oui, monsieur, compléta le jeune. On dirait un caddie de chez Carrefour.

Bientôt, Alexandrin et les deux extraterrestres arrivèrent dans ce qui aurait pu s'apparenter à une ville. Il y avait là des bâtiments construits dans un métal que notre expert en cuivre n'avait jamais vu. Il fut pris d'une envie soudaine de tout démonter pour aller revendre les pièces à la casse du coin. Simple déformation professionnelle.

Il y avait devant eux une multitude de petits êtres occupés à différentes tâches, roulant de part et d'autre sur ce qui ressemblait à une route. Au contraire de ceux qui l'avaient sauvé, leurs congénères étaient de toutes les couleurs. Des boules rouges, des jaunes, des orange, des noires et même des bleues, semblables aux ballons de Pilates. Oui, les petits bonshommes verts étaient en réalité de toutes les couleurs.

— Voici notre peuple, dit l'un des deux extraterrestres.

— Vous n'êtes donc pas tous orange ?

— Bien sûr que non.

— Et vous vivez tous ensemble. Je veux dire, toutes couleurs mélangées ?

— Oui, pourquoi ?

— Non, pour rien, j'ai pas l'habitude. Vous n'expulsez personne ?

— Expulser ?

— Oui, renvoyer les gens chez eux.

— Mais cette planète est à tous. Tout le monde est ici chez lui. Même vous.

— Sans exception ?

— Sans exception.

— Même les... Noirs ?

— Les Noirs ? Quelle question ! Bien sûr.

— Vous êtes sacrément en avance sur notre civilisation alors...

— On vous avait prévenu.

— Vous avez une police ? demanda Alexandrin.

— Ça sert à quoi, la police ?

— À arrêter les Roms.

— ...

— Et accessoirement les gens qui tuent d'autres gens ou qui leur font du mal.

— Pourquoi voudriez-vous que l'on se fasse du mal ?

— Il n'y a pas que ça. Ils arrêtent aussi les gens qui volent.

— C'est quoi, « voler » ?

— Prendre ce qui ne vous appartient pas.

— Je ne comprends pas.

— Par exemple, si je repartais de votre planète avec tous vos câbles en cuivre et vos canalisations…

— Ce n'est pas du cuivre, dit l'un.

— Ce serait idiot, dit l'autre.

— Oui, ce serait idiot, mentit le Rom, s'imaginant déjà riche. C'était juste un exemple.

— Ici tout appartient à tout le monde.

Alexandrin n'aurait jamais pu imaginer que les extraterrestres soient communistes. Quand il raconterait cela à Vilna !

— Il y a bien des riches et des pauvres ? demanda-t-il. Ça existe même dans les sociétés communistes.

— C'est quoi, un riche ? demanda l'être orange.

— C'est quoi, un pauvre ? demanda l'autre être orange.

— C'est quoi, une société ? reprit le premier.

— C'est quoi, un communiste ? reprit le second.

— C'est quoi cette manie que vous avez de vous agglutiner serviette contre serviette sur la plage ? Pourquoi les Chinois mangent avec des baguettes ? Pourquoi il pleut toujours à Londres ? Pourquoi les hommes ne baissent jamais la lunette des W.-C. ?

Les questions tournèrent dans la tête du Rom comme le linge dans une machine à laver. De plus en plus vite. Programme essorage. Soudain, un bruit sourd résonna dans ses tempes qui semblèrent imploser et il chancela, s'écrasant lourdement sur le sol poussiéreux, la bouche ouverte comme un poisson hors de l'eau.

Tout devint noir.

Lorsqu'il rouvrit les yeux, il était assis sur un bout de trottoir mouillé et dégueulasse. Il pleuvait encore sur Paris. Luludja et Eva étaient blotties contre lui. Elles grelottaient sous leur foulard et leur robe à fleurs, sous les cartons de déménagement qui leur servaient de couvertures. Autour d'eux, les gens passaient, vaquaient à leurs occupations, mangeaient leur pain au chocolat sans leur jeter un seul regard.

— T'étais encore dans la lune ! s'exclama sa sœur en claquant des dents. Ça t'arrive de plus en plus souvent. Tu devrais prendre ton médicament.

Elle lâcha le carton qui la recouvrait et, d'une main tremblante, fouilla la poche de son manteau bien trop grand pour elle et tendit à son frère une petite plaquette de gélules de toutes les couleurs sur lesquelles était inscrit le mot X24.

— Au moins, quand je suis là-haut, je n'ai plus froid, répondit-il.

Alexandrin réalisa que quelqu'un venait de déposer une orange dans le panier à ses pieds, au milieu des quatre petites pièces de monnaie qu'ils avaient gagnées ce matin-là. Il la fit rouler entre ses doigts et sourit en repensant aux deux petits extraterrestres. Puis il la pela délicatement pour l'offrir à Luludja. « Joyeux anniversaire, sœurette.

Je t'aime. » Ils feignirent de souffler sur une bougie imaginaire et s'embrassèrent sur la joue. Il faisait peut-être froid ici-bas, mais Alexandrin avait tenu sa promesse. Et cela lui réchauffa le cœur pendant quelques secondes.

Bernard WERBER

Jumeaux, trop jumeaux

Je me demande à quoi ressemble Raphaël. Est-il possible, vraiment possible que nous soyons identiques ? En tout cas ce qui est probable, c'est qu'il ne peut pas penser comme moi. C'est même certain. Ce n'est pas parce qu'il est mon frère jumeau qu'il doit forcément...

*
* *

Je me demande à quoi ressemble Gabriel, je suis sûr qu'il est différent. De toute façon, même si nous avons un physique similaire – comme ils me l'ont dit –, nous ne pouvons pas avoir exactement la même manière de penser. C'est même certain. Ce n'est pas parce qu'il est censé être mon frère jumeau qu'il doit précisément...

*
* *

Les deux avions atterrirent à deux heures d'intervalle à l'aéroport de Minneapolis.

L'avion de Raphaël venant de Los Angeles, Californie.

Puis l'avion de Gabriel venant de Boston, Massachusetts.

Ils furent guidés avec leur escorte policière et leurs avocats respectifs vers la grande université de Minneapolis.

Après avoir franchi plusieurs couloirs ils entrèrent dans une pièce remplie de photos de couples similaires.

Et il y avait déjà un comité d'accueil.

La femme qui se présenta en premier était jeune, brune, maigre, les cheveux relevés en chignon. Elle portait une veste et une jupe bleues.

— Bonjour, je me présente, Hélène Warner. Je suis psychologue et la directrice de ce centre. Je suis à l'initiative de cette rencontre qui a notamment pour but d'aider à élucider l'affaire Raphaël Ramirez.

— C'est vous qui nous avez trouvés ?

— Non, c'est la banque de données génétiques gérée par Madame Anderson.

À côté d'elle se trouvait une autre femme plus âgée et plus ronde, en robe rouge à fleurs.

— Bonjour, je suis le professeur Anderson, généticienne. Je vais essayer d'apporter une approche plus scientifique. Je ne vous cache pas que je ne partage pas le même point de vue que ma collègue

Warner. Nous allons ensemble filmer cette entrevue qui pourra servir à l'enquête. Êtes-vous d'accord ?

Les jumeaux approuvèrent.

— Je sais que tout ceci peut vous paraître étrange, mais croyez bien que je l'ai souhaité dans l'intérêt des parties, de la vérité et de la justice. Et je vous remercie d'avoir accepté, dit la brune.

Tous s'observaient.

— Bonjour, prononça timidement le premier, fasciné par la vision de son frère.

— Bonjour, répéta le second exactement dans le même état.

Tous les gens autour remarquèrent qu'en plus d'avoir les cheveux roux et d'être habillés pratiquement à l'identique avec leur jean et leur T-shirt noir, ils avaient quelque chose d'intrigant, une particularité : ils battaient des cils de manière exactement synchrone.

★
★ ★

C'est incroyable, j'ai l'impression de me voir dans un miroir. Il a exactement mon visage et il se tient comme moi. J'ai envie de le prendre dans mes bras. Mais bon sang, il y a ces maudites menottes.

★
★ ★

267

C'est étonnant comme il me ressemble. Il a la même forme de lunettes. Il a la même coiffure.

Oh comme j'aimerais le serrer contre moi. Quel dommage que j'aie les mains entravées.

*
* *

Les langues finirent par se délier.

— Je suis si heureux de te rencontrer, dit Gabriel, ne pouvant retenir une larme.

— C'est un grand moment pour moi, répondit Raphaël contenant aussi difficilement son émotion.

Hélène Warner fit signe aux policiers de les libérer de leurs menottes, mais ils refusèrent, arguant qu'ils étaient dangereux.

*
* *

Je savais. Je le savais qu'il existait. Je l'ai toujours su. Mon inconscient me l'a toujours dit. C'est comme si nous nous connaissions depuis toujours.

*
* *

Maintenant c'est évident, j'attendais ce moment car j'ai senti qu'il existait, qu'il était là quelque part. C'est comme si nous nous connaissions depuis toujours.

★
★ ★

Hélène Warner expliqua la démarche peu coutumière qui les avait amenés à cette situation exceptionnelle.

— Comme vous l'avez sûrement compris, vous êtes ici à Minneapolis, au CRMEJ, le Centre de Recherche du Minnesota, spécialisé dans l'Étude des Jumeaux. Vous nous intéressez car vous êtes ce qu'on appelle couramment de vrais jumeaux, c'est-à-dire des monozygotes, issus du même œuf. Vous avez été séparés à la naissance et élevés chacun de votre côté dans deux villes différentes. Vous êtes exactement pareils tous les deux : vous possédez le même code génétique et – ce qui est beaucoup plus rare – les mêmes empreintes, le même électroencéphalogramme. Vous êtes, en quelque sorte, plus que des frères, plus que des jumeaux, excusez-moi l'expression : vous êtes des « clones humains ». Mais, ce qui nous intéresse, c'est que vous avez été éduqués dans deux environnements différents. Raphaël à Los Angeles, au soleil. Gabriel à Boston, le plus souvent sous la neige ou sous la pluie. Raphaël dans une famille plutôt pauvre. Gabriel dans une famille relativement aisée.

Les deux frères s'étaient assis et ne pouvaient pas faire autre chose que s'observer.

Ils se fixaient du regard tels des amoureux. Hélène

Warner et les autres personnes présentes le sentaient mais n'osaient rien dire. La scientifique poursuivit :

— Ici, au CRMEJ, nous sommes évidemment à la pointe du débat sur l'influence des gènes et du milieu. Je ne vous cache pas que c'est un sujet passionnant, délicat et très politiquement controversé. Est-ce notre naissance ou notre éducation qui influence notre manière de penser et d'agir ?

Elle désigna les photos de jumeaux qui étaient accrochées autour d'eux.

— Nous avons 100 000 gènes par individu, dit la généticienne. 80 000 sont similaires chez tous les humains et… en tout point identiques à ceux des grands singes. Ce sont les 20 000 restants qui ont un impact sur notre singularité et notre personnalité. Les chances que ces 20 000 gènes se ressemblent sont nulles sauf pour vous, les vrais jumeaux.

Ce fut à ce moment que la porte s'ouvrit et que quelqu'un entra.

— Lieutenant Mac Pherson, se présenta l'homme au ventre proéminent. Enchanté.

Il salua tout le monde et s'assit sur le siège placé au milieu, face à la table.

— Vous croyez vraiment que cela peut servir ? s'enquit-il. Enfin, je participe à ce débat mais sachez que je suis sceptique.

Hélène Warner continua sans lui prêter attention.

— Dans votre cas, messieurs Ramirez et Kingsley, je dois avouer qu'il y a une sorte de… disons d'interrogation légitime.

Le policier fit un geste d'agacement et se mit à lire à haute voix.

— Donc voilà vos dossiers... Raphaël Ramirez. Gabriel Kingsley. Vous êtes nés à Denver, dans le Colorado, le 11 juillet 1977. Votre mère était Amanda Martin et votre père était Conrad Martin. Il s'agissait d'un couple de chômeurs alcooliques vivant dans un quartier pauvre du centre-ville. Quand votre mère a appris qu'elle attendait des jumeaux, elle a paniqué. Elle a pensé qu'elle n'aurait pas les moyens de subvenir aux besoins de deux enfants. Et surtout elle n'avait pas le désir d'être mère.

★
★ ★

C'était donc ça.

★
★ ★

Voilà donc mon secret.

★
★ ★

Le policier tourna une nouvelle page du dossier.

— Vous avez donc été adoptés contre une somme d'argent...

*
* *

J'ai été vendu !

*
* *

Mes propres parents m'ont vendu à des étrangers !

*
* *

— ... par deux familles différentes. Les Ramirez
en Californie. Et les Kingsley à Boston.

Il poursuivit :

— Pour que vous ne puissiez pas retrouver leur
trace, vos parents n'ont laissé aucun document,
aucun moyen pour vous donc de savoir qu'il avait
un frère jumeau. Votre père a même détruit vos
dossiers à l'hôpital. Tout aurait pu dès lors fonc-
tionner normalement... En fait tout a fonctionné
normalement. Mais je laisse la parole à Hélène qui
a enquêté très précisément sur vos deux trajectoires
et recoupé les informations.

— Comme l'a dit le lieutenant Mac Pherson,
vous avez grandi « normalement ». Vous avez tous
les deux grandi dans des familles différentes mais
vos parcours scolaires sont très similaires. J'ai ici

vos bulletins et, de manière étonnante, pour chaque année... vous aviez pratiquement les mêmes notes, la variante provenant du degré de dureté de vos professeurs respectifs. Vous partagez ainsi la même mauvaise disposition en langue, en littérature et en mathématiques. Les mêmes bonnes notes en histoire, géographie, dessin et sport.

Hélène Warner laissa un temps puis continua :

— Vous avez connu tous les deux votre premier rapport sexuel assez jeune, à quatorze ans.

*
* *

Amusant.

*
* *

Surprenant.

*
* *

— Vous avez tous les deux fait des études de droit, Raphaël à l'université de Los Angeles et Gabriel à l'université de Boston. En parallèle, tous les deux vous pratiquiez le football au sein des équipes de votre université. À vingt et un ans, vous vous inscrivez dans des groupes politiques anarchistes. C'est à ce moment-là que vous avez commencé à être suivis par la police. Cette période de « révolte » n'a pourtant pas duré. À vingt-huit ans, Raphaël devient notaire et se marie avec Mary Dosantos, étudiante comme lui. La même année, Gabriel devient également notaire et se marie avec Virginia Buchanan, étudiante elle aussi en droit.

— On peut penser qu'il s'agit là de simples coïncidences, intervint l'avocat de Raphaël. Vos sous-entendus sont quand même ridicules.

— Bien entendu qu'il s'agit d'une série de coïncidences, surenchérit l'avocat de Gabriel. Il y a beaucoup de gens qui ont fait les mêmes études, l'âge moyen des premiers rapports sexuels est quatorze ans ; à vingt et un ans, on a envie de faire de la politique pour dénoncer le vieux système, et l'âge moyen des mariages est vingt-huit ans. Ils sont justes des représentants de leur génération !

— C'est ce qu'on appelle le cycle des sept ans. De un à sept ans, on aime sa mère. De sept à quatorze, on aime son père. De quatorze à vingt et un, on se rebelle contre la société. De vingt et un à vingt-huit, on essaie de s'insérer dans la société, ajouta l'avocat de Raphaël. Tout le monde est comme cela.

— Si nous poussons l'analyse plus loin, le métier de notaire doit sûrement être lié à leur sentiment confus par rapport à leur héritage, compléta son collègue. Ils ne savent pas de qui ils ont hérité leurs gènes donc, inconsciemment, ils veulent tout savoir sur ce qu'un héritage représente.

Cependant Hélène Warner poursuivit :

— Mais vous n'avez pas d'enfants, ni l'un ni l'autre, et à trente-cinq ans vous divorcez. Tous les deux.

— Le fait que nous n'arrivions pas à avoir d'enfants avec mon ex-femme a fini par nous rendre nerveux. Nous nous disputions beaucoup, reconnut Raphaël.

— Moi aussi, dit Gabriel. C'est une situation courante.

Hélène Warner ne tint pas compte de ces remarques :

— S'est ensuivie une période de « papillonnage » si l'on peut dire, l'un et l'autre vous vous cherchez dans plusieurs relations, l'un et l'autre vous mettez à boire, et l'un et l'autre vous devenez colériques.

— Cela arrive, interrompit l'avocat de Gabriel.

— Je suis sûr que, dans cette pièce, il y a des gens qui ont connu exactement le même parcours, dit Raphaël.

— Probablement, mais là où cela devient... « troublant » c'est qu'alors que Gabriel Kingsley a quarante-trois ans, il a une altercation avec son patron de l'office notarial et l'étrangle. Il reconnaît les faits et est dès lors condamné à perpétuité à la prison de Boston. Or, la même année...

*
* *

Non ce n'est pas possible, songe Gabriel Kingsley.

*
* *

Cette fois-ci, le lieutenant Mac Pherson prit la parole :

— La même année, Raphaël Ramirez... a une altercation avec son patron. Suite à quoi, alors qu'il n'y a aucun témoin, un incident étrange survient. Le corps du patron est retrouvé en bas de l'immeuble. L'enquête n'a pu prouver que Raphaël Ramirez a jeté son patron par la fenêtre de son bureau, et celui-ci a toujours nié. L'enquête piétinant, Madame Warner nous a proposé cette entrevue. Précisons que...

— Si à Boston, dans l'État du Massachussetts, la peine de mort a été abolie, à Los Angeles dans l'État de Californie, celle-ci est encore effective. Donc s'il est prouvé qu'il s'agit d'un crime, Raphaël Ramirez risque d'être condamné à la chaise électrique.

Un long silence s'installa et tous se jaugèrent.

Gabriel n'arrivait pas à quitter des yeux son frère jumeau qui l'observait lui aussi. Les deux hommes battaient à nouveau des cils de manière synchrone.

— Vous vous rendez compte de ce que vous êtes

en train de sous-entendre ? dit l'avocat de Raphaël. Que des jumeaux ayant eu des vies distinctes mais similaires auraient pu commettre le même crime chacun sur une côte opposée des États-Unis ! Et ce, parce qu'ils ont les mêmes gènes ! C'est du pur délire. Et c'est très grave. Très très grave.

— Évidemment, reconnut Mac Pherson, nous ne pouvons considérer comme une preuve le fait d'avoir un frère jumeau ayant une vie similaire à la sienne et ayant assassiné un homme de sang-froid. Cependant, comme l'a signalé Hélène Warner, les éléments corroborants sont suffisamment nombreux pour que nous nous posions la question.

— Donc si cela ne peut être un facteur incriminant, pourquoi sommes-nous là ? demanda l'avocat de Raphaël.

— Parce que j'ai voulu le rencontrer, répondit Gabriel.

— Moi aussi, ajouta Raphaël.

— Nous de même, dit le lieutenant, nous avons voulu qu'ils se rencontrent enfin après tant d'années pour voir s'il allait se passer un « événement » cathartique qui pourrait d'un coup débloquer l'enquête d'une manière ou d'une autre.

— Attendez ! Vous vous rendez compte de ce que vous êtes en train de sous-entendre ! Vous pensez qu'il peut y avoir une sorte de lien génétique qui fait qu'on peut commettre le même crime ? s'énerva l'avocat de Raphaël qui semblait le plus motivé pour défendre son client.

*
* *

Il l'a fait. Raphaël a tué son salopard de patron, comme moi. Et probablement pour les mêmes raisons. Quand je pense que notre rencontre, pour la première fois de notre existence, risque de le condamner à mort. Je vais participer à la perte de mon frère parce qu'il me ressemble !

Il faut que je leur montre que nous sommes différents, ainsi il sera innocenté et aura la vie sauve !

Il faut que je les persuade de cela. Je vais leur dire je ne suis pas comme mon frère… songea Gabriel.

*
* *

— De mon point de vue, l'esprit est séparé de la matière, expliqua la généticienne Anderson. On pourrait comparer cela à la différence entre un ordinateur et un programme. L'ordinateur, c'est le corps : on peut avoir le même appareil avec les mêmes composants électroniques. Par contre, les programmes sont le « soft », l'esprit, et peu d'ordinateurs ont les mêmes. Enfin, en considérant qu'ils aient malgré tout des programmes similaires, cela ne signifie pas qu'ils aient des fichiers, des textes, des images ou des films identiques.

— À moins qu'il y ait une connexion Wi-Fi qui

permette aux deux ordinateurs de s'harmoniser en permanence, intervint Hélène Warner. C'est la théorie de la « connexion invisible entre jumeaux monozygotes », que nous tentons de mettre au point actuellement.

— À quoi pensez-vous précisément, docteur ?

— Aux rêves. Il y a la théorie du grand nuage où sont connectés tous les rêves des humains. Ce serait comme Internet, c'est-à-dire un lieu où les esprits sont réunis en dehors de leur situation géographique, sur toute la surface de la planète.

— Un nuage ? Vous voulez dire comme l'atmosphère ?

— Techniquement, il y a un terme pour définir cette « atmosphère » comme vous dites, où les inconscients se branchent durant leurs rêves : la Noosphère. J'imagine tout à fait que les esprits de Gabriel et Raphaël se soient connectés au moment des faits. Et l'ont toujours été, dit la psychologue.

— Selon vous, ils auraient pu décider inconsciemment de tuer tous les deux leurs patrons en même temps ?

— Oui. Durant leur rêve. Comme s'ils se réinitialisaient. En fait, selon moi, ces jumeaux ne se sont jamais quittés. Ils se sont toujours aimés dans le monde invisible et ils ont tenu à avoir la même vie.

— Vous vous rendez compte qu'avec ces propos vous risquez de condamner Ramirez à mort, docteur ?

— Je me rends compte de la beauté que peut avoir un amour entre frères jumeaux.

— L'homme n'est pas que le fruit de son code génétique, s'exprima enfin l'avocat de Gabriel, il est aussi façonné par son milieu : sa famille, fût-elle adoptive, sa ville, la météo, ses amis, ses rencontres. Les jumeaux Martin ont beau avoir exactement le même code génétique, ils sont forcément différents. Si on accordait n'importe quel crédit à cette discussion, cela impliquerait que tous les jumeaux monozygotes ont le même comportement l'un que l'autre ! Pourquoi pas dans ce cas...

— Je reconnais que je l'ai tué, lança Raphaël. C'était un meurtre. Je l'ai jeté par la fenêtre parce que je ne le supportais plus.

Il y eut comme un flottement. Quelque chose de déterminant était en train de se dérouler sous leurs yeux.

C'est Gabriel Kingsley qui brisa le silence en saisissant d'un geste rapide l'arme du policier à côté de lui, directement dans son étui. Malgré ses mains toujours menottées, il brandit l'arme et menaça l'entourage.

— Tout le monde par terre, à plat ventre.

Gabriel fouilla les poches des deux policiers et récupéra les clefs de leurs menottes pour se libérer de leurs entraves d'acier.

Les jumeaux rouquins prirent Hélène Warner en otage et s'enfuirent en courant. Les policiers se précipitèrent à leur poursuite. Mais les jumeaux étaient déjà loin.

Une fois qu'ils eurent réussi à quitter l'enceinte du centre d'étude, ils prirent de force les clefs de voiture du professeur Warner et l'obligèrent à les suivre.

*

* *

Gabriel nous a sauvés ! Il est formidable.

*

* *

De toute façon si Raphaël venait à mourir je ne pourrais pas m'en remettre. J'ai tenu tout ce temps parce que je savais au fond de moi qu'il existait. Sans lui ma vie n'aurait plus de sens.

*

* *

Ils roulèrent jusqu'à la sortie de Minneapolis. La grande autoroute du Nord était déjà encombrée des milliers de voitures fonçant vers la frontière canadienne.

— Vous allez me libérer ? demanda Hélène qui, étrangement, ne semblait pas apeurée.

— Vous allez nous servir de protection le temps

que nous puissions rejoindre Winnipeg, répondit Gabriel.

Hélène observa les deux frères et se dit qu'elle venait enfin de trouver la paire de jumeaux mono-zygotes parfaite, celle qu'elle avait toujours cher-chée, des êtres connectés à tous les niveaux, même si les circonstances de leur rencontre étaient pour le moins particulières.

Elle remarqua à nouveau ce tic qu'avaient les deux frères : battre des cils ensemble, de manière parfaitement synchrone, mais surtout elle sentit une énergie, invisible, qui les reliait. Une énergie d'amour pur entre deux êtres qui s'étaient tou-jours recherchés sans le savoir et qui s'étaient enfin trouvés. Grâce à elle. Elle était fière d'avoir contri-bué à ces retrouvailles.

Une fois la frontière canadienne franchie, ils s'arrêtèrent à une station-service. Ils tinrent leur promesse : Hélène était libre.

En les voyant s'éloigner, Hélène Warner se dit que, pour la première fois, elle venait d'assister à quelque chose d'extraordinaire. Ils représentaient ce que pourra être un jour la connexion parfaite entre deux êtres humains évolués, une sorte de pensée à l'unisson, qui fait qu'ensemble ils sont plus forts. Elle craignait simplement que les circonstances macabres qui les avaient réunis les empêchent de poursuivre cette fusion d'esprit en toute sérénité.

Elle se doutait pourtant que Gabriel et Raphaël finiraient un jour par être retrouvés, jugés et condamnés (peut être même que Raphaël serait exécuté), mais ce qu'elle voyait à cet instant c'était juste deux êtres heureux car enfin « complets ».

Et elle se disait qu'un jour peut-être, sans qu'il s'agisse de clones, ou de jumeaux, les humains arriveraient eux aussi à atteindre un tel niveau de complicité et d'empathie. Un jour, non pas deux, mais dix, cent, mille, un million, un milliard d'humains pourraient être comme ces frères jumeaux monozygotes.

Alors on entrerait dans quelque chose de nouveau, un stade supérieur de la conscience collective. Il n'y aurait plus de peur car on se réaliserait à travers les autres.

En voyant leur voiture disparaître à l'horizon, elle ne put s'empêcher de les envier.

REMERCIEMENTS

Chers lecteurs,

Nous tenons à remercier les équipes d'Univers Poche et tous nos partenaires solidaires de la chaîne du livre et de sa promotion, ayant permis à cette belle opération de voir le jour :

Pour l'aide juridique :
SOGEDIF

Pour les textes :
Les auteurs et le traducteur de ce recueil

Pour la fabrication :
SOGEDIF

Pour la photocomposition :
POINT 4
NORD COMPO

Pour l'impression :
MAURY Imprimeurs
CPI Brodard et Taupin

Pour la distribution et la diffusion :
Interforum

Pour la promotion :

Outils de communication : Agence Stéphanie
Aguado / Les Hauts de Plafond
Radio : Europe 1 / Nova / RFM / RTL / OÜI FM
Presse : *L'Express* / *L'OBS* / *Le Point* / *Télérama* /
ELLE / *Le Figaro Littéraire* / *Society* / *LiRE* /
Le Parisien Magazine / *Libération* /
Grazia

Pour l'affichage :
Metrobus
Mediagares
Mediakiosk
Insert

Ainsi que :
Agence DDB
Agence Oculture
Piaude Design graphique

Et tous les libraires de France !

L'équipe éditoriale des éditions Pocket

Vous découvrirez ici la liste de l'intégralité
de nos partenaires solidaires.

Composition et mise en pages
Nord Compo à Villeneuve-d'Ascq

Imprimé en France par CPI
en octobre 2015

POCKET – 12, avenue d'Italie – 75627 Paris Cedex 13

N° d'impression : 3013554
Dépôt légal : novembre 2015
S26373/02

This was no sexy

"I want you," she said.

She didn't touch him. Or act desperate or scared or tough.

"I know exactly where we are and who I'm with. I want you. I would like to have something good happen tonight. Something I choose. I would like to remember this day not for losing an opportunity, but for taking the opportunity to connect with someone I like. Who I admire." She grinned. "Who I think is really hot."

He grinned at her in return as he pulled her down onto the bed.

"This doesn't have to be the worst New Year's Eve ever," he murmured. His mouth teased her lips, then started a downward trail as his hold on her tightened.

She pushed herself against him. An unmistakable message. His answer was in his arousal, in his low moan.

Oh, yes, this was sexy—and definitely not a mistake!

Blaze™

Dear Reader,

How fun to do a threesome for Harlequin Blaze! No, not that kind of threesome. Three short stories all in one book, which is more fun to write than you can imagine. I hope you enjoy my ENCOUNTERS!

It all kicks off on New Year's Eve. Three sexy, spirited women all hoping their lives will change after a career-making audition for a hot new Broadway show. All three lives do change, but not in the way any of them dreamed.

The sparks fly when each encounters a gorgeous man.

Detective John Greco… Duty bound and forced to face the family that betrayed him. Only actress Bella can make things right.

Dr. Flynn Bradshaw… Off for a much-needed vacation from his residency until he crashes into dancer Willow.

Colin Griffith… An Englishman who turns to his best friend, singer Maggie, when his brother goes missing.

All three relationships deepen as the clock ticks past midnight to bring them not only a new year, but a new life…together.

Happy holidays, and as always, much love,

Jo Leigh

Jo Leigh

SEXY MS. TAKES

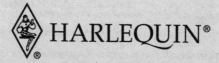

HARLEQUIN®

TORONTO • NEW YORK • LONDON
AMSTERDAM • PARIS • SYDNEY • HAMBURG
STOCKHOLM • ATHENS • TOKYO • MILAN • MADRID
PRAGUE • WARSAW • BUDAPEST • AUCKLAND

Recycling programs
for this product may
not exist in your area.

ISBN-13: 978-0-373-79520-8

SEXY MS. TAKES

Copyright © 2010 by Jolie Kramer

www.eHarlequin.com

Printed in U.S.A.

ABOUT THE AUTHOR

Jo Leigh has written more than forty novels for Harlequin and Silhouette Books since 1994. She's thrilled that she can write mysteries, suspense and comedies all under the Harlequin Blaze banner, especially because the heart of each and every book is the love story.

A triple RITA® Award finalist, Jo shares her home in Utah with her cute dog, Jessie. You can chat with Jo at her Web site, www.joleigh.com, and don't forget to check out her daily blog!

Books by Jo Leigh

HARLEQUIN BLAZE

Once again, this is for Debbi and Birgit, who, as always, have my back.

Ms. Cast

1

"TAXI!"

Yet another Yellow Cab passed Bella Lacarie, this one stopping half a block up for an older, well-dressed man. She kept her curses soft but vehement as she fought the urge to look once again at her watch. She wasn't late. Yet. But the traffic was insane. Yes, it was New Year's Eve Day, but it wasn't technically a holiday until tonight, and that meant midtown was a mad mix of jostling pedestrians and unruly vehicles all coated with black slush.

Another cab came, numbers lit, and this time she stepped right into the gutter, threw her right hand in the air and whistled with her left. The combination worked, and the taxi pulled up, spraying her coat with a fine mist of mud.

"520 Eighth Ave," she said, climbing in, then immediately spilled the entire contents of her tote bag on the floor. She would *not* take this as an omen. For all she knew, spilling an overloaded huge purse was the best luck ever. Still, it was hard not to sigh as she bent to collect her belongings.

Just as she picked up her hairbrush and lip gloss, she heard the driver's door open and a man yell, "Get out!"

"What the hell?" came a high-pitched, accented voice that had to belong to the driver. "Who are you? What do you want?"

Fear froze Bella as she listened to the scuffle.

"Don't shoot, don't shoot!"

Oh, God, that was still the driver. The taxi rocked.
She reached for the door handle, but before she could
grab it, the cab shot forward, throwing her back.

She stilled where she landed. If she sat up, the as-
sailant would see her. He had a gun. He'd shoot her. But
she wasn't all that well hidden, and the floor was big
enough to hold tote bags, but not bodies.

Okay, she had to breathe. Stay quiet. He'd get where
he needed to go and then run away, because the cabbie
would certainly call the cops, right? So no reason to
panic. Especially if she couldn't identify the man
behind the wheel.

The cab turned a sharp corner, sending her and everything on the floor into the door. She squelched a cry, but
not completely. Oh, God. The only good sign was that
she wasn't seeing a montage of her life flash by.

He sped up, cursed, then said, quite calmly, "This is
Detective Greco. My car's been disabled on Church and
Leonard, it'll need a tow. I'm currently in pursuit of—"

Bella bolted upright. *"Detective?"*

The car swerved into oncoming traffic and the detective cursed her roundly as he struggled with the
wheel. "What the hell?"

"You're a detective? A police officer?"

He looked at her in the mirror, his brown eyes wide,
then he cursed again and took a hard left that sent her
back down onto the seat.

"Hey!"

"Where'd you come from?" he asked.

"I was here," she said, sitting up again, "when you
hijacked the cab."

"Great. Jesus. Just great."

"I'm not thrilled about this, either. Let me out."

He said nothing, just stepped on the gas, narrowly missing another car.

She clutched the seat. "Detective! Let me out."

"Can't."

"What? You have to. You can't take an innocent person on a car chase." Besides scaring the crap out of her, she was pretty sure this was illegal. She stared at the back of his dark head, wondering if she should try to knock him out, although that might get them both killed. "Did you hear me?"

"If I stop, I lose 'im."

They drove way too close to a black SUV and she squeezed her eyes shut, waiting for impact. Seconds later, she opened her eyes. "Can't you radio for help?"

"Yeah." He snorted. "I will. I just can't lose him. Hold on." He took a sharp left, cutting off two other cars, and throwing her against the door.

She groaned at the force of the door handle jabbing into her side. That was going to be a nice bruise.

"The scumbag is going to jail if it's the last thing I ever do," he muttered. But at least he flipped open his phone.

"I don't need it to be the last thing I ever do. Pull over."

The detective didn't seem to hear her. "He's right over there. In the old Caddy. Bastard isn't even stopping at the lights."

"Detective Greco, I'm going to have you arrested if you don't let me go." She looked in her tote, but of course, her cell wasn't there. "Now."

"Look, ma'am, I'm sorry. I'll let you out. I just need to—"

"The only thing you need to do is stop this car." This was the most important audition of her life. It could change everything. She'd worked very, very hard for this chance, and she wasn't going to let anyone blow it. Not to mention get her killed. She lifted a shaky hand and shoved the hair away from her face. "I mean it."

He cursed again.

"Yeah, that's going to help."

A MINUTE LATER, John pulled the car to the curb, trying not to go ballistic as he grimly watched Sal get away. The prick had been right there, and if he hadn't slashed his tires...

His passenger hadn't even opened her door. He looked at his phone, but calling in was useless. Sal would be long gone by the time another unit could be dispatched. He turned to his unwilling passenger only to find her bent over the backseat. Great. Now he'd have to pay to get the cab cleaned. He didn't hear anything, though. "Ma'am?"

"What?" she asked, surly as hell.

"I've pulled over."

"Your reckless driving tossed my bag all over the floor. You'll sit there and wait while I get it picked up."

He turned back to the wheel. Anger flared again as he realized he'd have to come up with a way to explain all this to the captain. As a rule, they frowned on cops commandeering a working hack to go in pursuit. Especially one with a passenger on board.

"Dammit, I can't find my cell phone. Look under your seat."

She didn't sound like a native, but her attitude was pure New York. "Yes, ma'am."

He bent, awkwardly, and fished around for the cell, knowing he wouldn't find the damn thing. Not the way this day was going. "Nothing."

"My whole life is on that cell. It has to be here."

"What's the number?"

She was silent for a moment. Then she gave it to him, her voice slightly mollified. Maybe even impressed enough not to report him.

He dialed and a tune rang out. Jesus, the opening notes from *A Chorus Line*. Shaking his head, he turned to give her a hand. That's when he saw the gun. Sticking in through the window. Pointed at her.

John dropped his cell and went for his weapon.

"Uh-uh, Johnny. I don't want to hurt the pretty lady, but if I have to, I will."

John stared at the beefy man, slowly showing him his hands. Clearly he knew who John was, but John didn't recognize the guy. He wasn't from the neighborhood, even though he had a trace of an Italian accent. Was this even about Sal? Or another case John had been working on?

"You wanna go down with Sal?" he asked the man, who smiled calmly as if he knew John was fishing.

"Pass me your gun. Nice and easy."

Shit. John picked up from where he'd left it on the seat and slowly handed it over his shoulder.

"Excuse me. Sir?"

His passenger's voice was remarkably steady, given the circumstances. John finally got a good look at her. She was pretty, all right. A damn knockout. Long, silky, brown hair. Red lips, pale skin. But her eyes, they were light blue, aquamarine. Doe eyes with dark lashes.

She turned to the guy with the gun. "I don't know this man," she said. "I'm just trying to get to Eighth Avenue, so if you don't mind, I'll just slip right away and leave you two to work this out."

"Sorry, doll. I can't let you do that."

The woman faced John again. "You've got to be kidding."

"Let the lady go. Whatever this is about, she has nothing to do with it."

"No can do, Johnny." He opened the back door and stuffed himself into the rear seat, forcing the woman to slide over. She reached for the door handle, but the guy's thick hand stopped her. "Unless Johnny here does something stupid, you'll be fine. So sit back, relax, and before you know it, you'll be where you need to go."

"I'm already late for an audition. This is a callback for me. I'm so close. I know the director wants me and I'll be the lead ingenue. Please, try to understand my position."

The big man sighed, and Johnny could swear he smelled garlic. "You seem like a nice lady, but I don't got a choice here. Shut up and you'll be all right." Keeping his gun pointed straight at his target, he said, "Drive."

"Where?"

"Just go straight till I tell you to turn."

John put the car in gear and took off, slowly, down the street, trying to think of a way to get Blue Eyes out of this. "You wanna be in the cell next to Sal's, is that it? So he won't be lonely?"

"He's not goin' to jail, Johnny, and neither am I. Turn right."

"Sal's crazy if he thinks I'm gonna let this go." John's mind raced. The guy hadn't denied knowing Sal. But how? What had that idiot gotten himself into?

"Yeah, well, we'll see who's crazy. Take the second left."

John's gaze darted between the road and the rearview mirror. Maybe there was something familiar about the guy's thick black brows and the droop to the left side of his mouth. But John still couldn't place him. Shit, he'd probably seen him in a mug shot.

"Another left at the light."

John's hands tightened on the wheel as he realized where he was heading. "What is this? Some kinda joke? You takin' me to the neighborhood?"

"You're really a very attractive girl," the man said. "So what are you, an actress?"

Bella, who'd held her breath at every bump and turn, terrified the gun would go off, looked up in surprise. She'd hoped the detective and the maniac would get so caught up in the conversation that she'd have an opportunity to get out of this stupid car. "I do my best," she said, channeling the ballsy babe she'd played in her last stint off Broadway. "But you gentlemen seem determined to keep me away from the biggest audition of the year."

"Given this is the last day of the year, that can't be too bad, right?"

"It was an expression, somewhat hyperbolic, but close enough."

"Hyper what?"

"Never mind. What is this neighborhood you're dragging me to?"

The man gave her an oily smile instead of an answer, and met John's eyes in the mirror.

"Is this neighborhood in the city?"

"It's not far."

"Then you'll let me go?"

He shrugged. "It's not up to me. What's your name, sweetheart?"

"My name is inconsequential. Just think of me as the innocent bystander. The one who's done nothing whatsoever that would cause anyone to shoot me."

He laughed. At least she thought it was a laugh. It could have been a cough. The man had a very thick neck, topped by a couple of chins. His face had that ruddy, unhealthy look, as if one more plate of spaghetti would send him to the hospital. Counseling him on his eating habits probably wasn't a good idea. She just hoped he didn't have a stroke before he stopped pointing that gun at her.

"You can call me Vince," he said, his gaze going to her chest.

She pulled her coat closed.

"Where you takin' us?" The detective glanced back at the big man. "A warehouse? That field by Tony's? You don't want to kill a cop. That's life, buddy. Hard time."

"Shut up. I'm talkin' back here."

"No, no," Bella said. "Feel free to discuss whatever you want. I'm not even listening. I'm humming quietly to myself." She bit her lip. Why did she have to babble when she was nervous? If she'd just stay quiet, do what he asked… Oh, God, if she could just not throw up…

"You're damn cute." He lifted the gun a bit. "Where are your people from, huh? France, maybe?"

"My people are from Arizona. Tempe, to be exact."

"Naw, I'm talkin' about your *famiglia,* your ancestors."

She wasn't going to tell this cretin a thing. Not a true thing, at least. But she didn't want to piss him off, either. "Yes, France and England. That's where my ancestors are from. Are we almost there?"

He looked front, and she stole a glance at the door handle.

"Turn right, next block."

The detective started swearing a blue streak. "You're takin' me to Sal's house? Where his mother and his grandmother live? Right under his roof?"

"Pull into the garage. It's empty. Oh, and Johnny, you better hand me your cell phone, 'cause this ain't no joke."

"No, shit. I kind of figured that out when Sal shot me."

Bella tensed again, and was pretty certain she was going to be sick all over her best dress. They were taking her to a man who'd already shot a cop, who had no qualms about letting his family know. Maybe if she fainted, they'd take pity. She was good at fainting. Best in her class.

With the gun pointed at her like that, she couldn't act anything but terrified.

2

BEFORE HE'D EVEN PUT the cab in Park, the garage door closed. In the dim light, John thought about how he was going to get the actress clear so he could shoot Vince with the gun he had stashed in his ankle holster.

The door that connected the garage to the old two-story brick house opened, and there was Sal himself, pointing not his beloved Sig Sauer but a friggin' double-barreled shotgun.

"Put your hands out the window, Johnny. On top of the car."

"You know what you can do with that shotgun, don't you, Sal?" The idiot kid always had to have the biggest toys. John couldn't believe he'd given Sal the time of day, let alone tried to help him get into community college. Sal took after his mother's side. He was as thin as a rail and dressed like an extra on *Miami Vice*.

"Just do as I say." Sal's gaze went to the woman. So did the barrel of his shotgun. "Who the hell is she?"

"Put the fucking gun down before you shoot some-body." Vince sounded exasperated, and to John's surprise, Sal backed up a step and lowered the shotgun.

Which made John even more curious about Vince because the kid was too hotheaded to back down for anybody. Behind him, John heard the door opening, felt the cab rock heavily as Vince got out, then the door shut again. A moment later, his peripheral vision caught the hostage walking toward Sal. Handcuffs held her wrists behind her back and even in the puffy down coat, her arm was dwarfed by Vince's burly grip.

"Johnny. I ain't got all day."

He should refuse. Dive down and get his other gun. Shoot and pray he didn't hit the girl. But she hadn't done anything except turn up in the wrong place at the wrong time. He really didn't want to go to hell for killing her. Not that he wasn't going anyway, but still. This was all his fault, not hers.

He put his hands on the cab's roof and watched as Sal slyly inched the shotgun toward him. John stared him down, holding the kid's hateful gaze. No way John would give him the satisfaction of showing that he gave a damn about the shotgun. But then Sal swung the barrel so it pointed at the woman. Not just pointed. Touched. John knew exactly what would happen to her if those two shells went off.

Vince came back to the cab and cuffed John's wrists. John stood still as a statue as he was frisked, as his gun was pulled from his ankle holster. Vince snickered, and it took all John's willpower not to knee the fat man in the groin.

Vince had everything now. John's weapon, both cell phones, even the girl's tote bag from the backseat. All neat and tidy. John had to wonder how this would have played out if she hadn't been in the cab. Someone would have died, and it wouldn't have been him.

"Let's go," Vince said, poking him in the back with his pistol.

"Va fungule sfacime."

"Watch your mouth," Sal said, snorting. "Remember your girlfriend here."

"Let her go, Sal. She ain't involved in this."

"She is now, Johnny. Come on. We have things to discuss."

"Like how you shot me?"

"Be careful," Vince said, his voice lower, closer.

"What?"

Vince hissed at him. "Just shut up. It'll be okay if you just shut your mouth for five minutes."

The urge to mess up this *gavone* was so strong it made every muscle in John's body tense. He kept his gaze on the shotgun, jerking forward when it met the woman's coat.

Vince noticed and gave Sal a warning look. The whole thing made John nervous. Sal had been getting in trouble for a while, but mostly small stuff. Vince not only wasn't from the neighborhood, but he sounded as if he was from the old country. If Sal had somehow gotten mixed up with the Mob, this wouldn't end well.

And thanks to John, the woman was now in it up to her pretty little neck.

Sal pushed her inside, but not far. The door to the basement was open and he prodded her down. Vince did his own urging and soon they were in the basement of the Molinari family home, only things had changed since John had last been there.

For one, the new door at the base of the stairs. It looked weird. Not just because it was steel, but because it had a slot in the middle, as if it had been made for a psychiatric lock ward. It had to have cost a fortune, but Sal had probably gotten a deal from his uncle's cousin Nick, who owned a place out in Jersey. Or maybe this was a new Family addition. "What's with the door?"

Vince poked him on. "What did I say about keeping your mouth shut?"

"Be happy to help you with that there, Johnny," Sal said, forcing all of them inside the room.

A brown velvet couch dominated the basement itself. The TV was gone, so was the table it used to sit on. No books. No radio. Only a dingy floor lamp. The place looked like a tomb.

"Sit down."

Johnny stood his ground. "Take the cuffs off."

"Yeah, right. Sit down." Sal didn't push at him, but he did push the girl. The fear on her face when she turned was enough to get John moving.

The couch was even bigger than he'd guessed. He sank into the lumpy cushion. "So, I'm sittin'."

"You and me, Johnny, we have a deal to make."

"The only deal I'm interested in is the one where you and your mook friend here end up doing five to ten."

"Okay, so we won't talk now. That's cool. Sweat it out. I don't give a shit."

John heard movement upstairs, reminding him where he was. "Where's Nonna?"

Sal shifted nervously. "Don't worry about her."

"Jesus, Mary and Joseph, Sal, you didn't hurt her?"

Shock and then anger contorted Sal's features. "Fuck you, Johnny. What do you think I am?"

"Good question. I don't know anymore."

Sal made a move toward him. Vince stopped him. "Enough already."

"I want to talk to her." John pushed himself forward on the couch. "Right now."

Sal made a one-armed gesture. John hit him with curses that would make Nonna, who was ninety-two last San Gennero's, light enough candles to torch the Bronx.

"Sal." Vince motioned with his gun. "Get out."

"The cuffs," John said, preparing his posture to charge.

Sal didn't answer. Instead, he walked backward, the shotgun still pointed at the woman, until he reached the door. The two men slipped outside and closed the door so hard the reinforced frame shook. A moment later, the slot opened, and Vince said, "The girl first."

John stood, and so did she. He cocked his head toward the door. "It'll be a lot more comfortable."

"I'm not getting out of here anytime soon, am I?"

He winced at the fear in her eyes. "Not yet."

She looked at him a few more seconds, then went to the door and turned to offer her wrists.

A minute later it was John's turn. If he thought it would do a bit of good he'd grab Vince by his goddamn jacket and smash his face in the door. Instead, he decided to leave that option for later and concentrate on the woman.

BELLA STEPPED BACK AS John's handcuffs were unlocked and the door slot closed. She still couldn't believe this was happening. Of course she understood that the Mob existed, but even living in Manhattan she'd never dreamed she'd be in any way involved with them, especially not as a hostage. It should have been a good thing to have a detective with her, but he was the one who'd gotten her into this mess, so no points there.

No windows, a steel door, lunatics with guns, no phone. Her chance at stardom shot to hell. And she had to pee.

"Look, I don't know what to say." John met her eyes. "Sorry obviously doesn't cover it."

Bella blinked at him, not sure how to respond. Especially since his *GoodFellas* accent had suddenly disappeared. She headed for the other side of the room, hoping against hope it had a bathroom. Thank goodness it did. A stall shower, a pedestal sink and god-awful wallpaper, but infinitely better than a bucket.

She closed the door behind her, then locked it and promptly fell apart. Leaning against the door she tried to breathe, but only managed a few labored gasps. She shook so hard her teeth chattered and for a long moment she thought she was going to faint for real. Finally, her heartbeat calmed enough for her to take off her coat and put it on the hook on the door. One look in the mirror at her pasty face and she straightened up. She might be an innocent victim, but she wasn't going to lie down and wait to die. She focused on pulling herself together, using all her sense memories to project strength and calm. Thoughts of the audition almost derailed her. Just remembering how long it had taken her to dress, to make up, to do her hair this morning made her eyes well with tears. She'd been so excited. So certain that this was going to be her best New Year ever.

She all but had the part. The director had told her he just needed to convince the bean counters, and she'd be the lead. Nothing this big had ever happened to her before and now it was all going down the tubes. She couldn't even call to let him know why she wasn't there.

All she could hope for was to live to see January 1. She'd rarely thought about her own death, not seriously. To never have another audition. Never see her parents again. Or her best friend. She didn't want to die. Not today. Not like this. The whole situation was impossibly unfair. A regular Greek tragedy, only no gods were going to swoop in and save the day.

As she washed her trembling hands she tried to find something to hold on to. He was a cop. A detective, although she didn't know what kind. Killing a cop was huge. They wouldn't do that, right? Vince had said she'd be fine. Sal had said they needed to talk. If the plan was to leave no witnesses, they'd be dead already.

She did a relaxation exercise she'd learned from yoga class. No Greek gods were going to save her, and more than likely the cop wasn't, either. Which meant she'd better get on with it. Save herself.

First, she looked in the vanity drawers. Surprisingly, next to several unopened toothbrushes was a half-full box of condoms. A shudder stole through her at the thought. No guns or knives or even razor blades. She did find a hair brush that looked reasonably clean, a box of bandages and some superglue, but none of that would do her any good.

There was nothing in the trash, nothing in the shower but soap and shampoo. The towels might have helped to strangle someone, but they were awfully thick, besides, the only person she could get close to was the detective.

Finally, though, she had to leave the safety of the small room to face the reality out there. She opened the door and walked right smack into the detective. She yelped and he grabbed her by the shoulders. With her heart thudding like a bass drum, she looked into the man's dark eyes, but he seemed as surprised as she was.

"Sorry," he said. "I didn't mean to—"

"What in hell are you doing?"

He licked his bottom lip, then glanced quickly to the toilet.

She felt herself blush and she looked away, her gaze landing on his chest. He let go of her shoulders and she realized just how tightly he'd held her. He was stronger than she'd imagined, which was a good thing. Now if he was half as capable.

He rushed inside the bathroom and closed the door behind him, making her blush deepen. If this were a play, he would clearly be her hero, but in real life, heroes were in short supply. She walked away from the door, rubbing her arm. It wasn't sore, not really.

To her amazement, her stomach grumbled, and she looked at her watch. No wonder, it was after two. The auditions were still going on, and she had no doubt some other ingenue had caught the director's eye. It had been too good to be true, anyway. As if to mock her, a wave of nausea hit hard and she pressed a hand to her belly.

Trying to take her mind off of the play, she wandered around the sparse room, wrinkling her nose at the layer of dust lining the baseboards. Thank goodness the bathroom had been clean because the rest of the place needed a good vacuuming and...

On the floor next to the couch was a dirty plate topped by a crumpled paper napkin. Her repugnance was cut short as she noticed a silver handle peeking out. A knife? Please, God. She hurried over and used the toe of her shoe to move the napkin. It was a fork. Better than nothing. She could keep it tucked in her waistband. She bent to pick it up.

"At least the towels are clean."

Bella straightened and spun to face Detective Greco, and then quickly moved away from the fork. The sudden movement reminded her of the nasty bump she'd suffered in the cab. She didn't think there was any real damage to her ribs, but it hurt.

"Sorry, didn't mean to startle you. Again."

"I—" She forgot her snippy retort as it hit her how improbably handsome he was. Black hair, cut rather short on the sides, but longish on top. Thick black eyebrows that totally worked over dark brown eyes. His jaw, already peppered with a five o'clock shadow that didn't hide his cleft chin, was square and strong. Her gaze moved down past a broad chest to narrow hips. His dark suit had been cut well, and his taste in ties wasn't horrible, although wardrobe would have picked out something in red.

"Uh, ma'am?"

That brought her right back to snippy. "Just how old do you think I am?"

It was his turn to be startled. "I meant no offense."

"I'm twenty-five. I'm not married. I'm not anything but trapped here with insane mobsters and…you." Her voice cracked. "That guy, Sal…you seem to know him. Are we going to—" She cleared her throat. "I don't want you sugar-coating anything."

His lips curved in a sad smile. "Look, if I'd known you were in the back—"

"We had that discussion. I don't accept your apology. Aside from losing my audition, I'm probably going to be killed in this stupid basement. With you. I don't even know you."

His jaw flexed. "What's your name?"

"Bella."

"Bella?"

She looked at him. "What's wrong with Bella?"

"What's your last name?"

She didn't want to tell him. But she supposed he'd need it to notify her next of kin. "Lacarie. Why?"

"Listen to me, Bella Lacarie." He took her hands in his then met her gaze, his dark eyes serious. "Nothing bad is going to happen to you, understand? I'm sorry about your audition, and for getting you involved in this mess. I'd change things if I could, but I can't. What I can do is protect you here and now. You have my word, on my mother's life, that you're safe, and you'll continue to be safe. Are we clear?"

Bella felt the knot in her stomach tighten, but not from fear. She stepped out of his grasp, paced to the other side of the room and thought about his promise. She wanted to believe him. She did believe that he meant what he said. Still, she'd grab the fork as soon as his back was turned.

3

JOHN STUDIED HER REACTION. He needed her to trust him. She was clever, he could already tell that, but he needed her to be quick, too. Terrified people often made bad choices at the worst times. Knowing Sal, he was terrified, too, and he made bonehead choices in the best of circumstances.

Bella folded her arms across her chest and continued staring at him. A little pink came to her cheeks, but she didn't look away. Finally, she nodded. Once.

Good. One problem solved. Bigger issues remained. Like how he was going to get them out of this.

"None of this makes sense," she said. "Why would the Mafia want to make a deal with a detective? Why didn't they just kill you when you went to get in your car? Or when we were in the garage?" She looked at the door. "Was that...?"

John followed her gaze, listened, but he didn't hear anything.

When he turned back she was staring at him again, waiting for his answer. "Just because they're Italian, it doesn't mean they're Mafia."

"You're right. The kidnapping and the guns mean they're the Mafia."

"Good point, but not accurate. Sal's a wannabe. He

watched *The Sopranos* when he should have been going to school."

"Which reminds me. Who's Nonna and how do you know she lives here?"

He shrugged. "She's part of the neighborhood. Everybody knows everybody."

"What about Vince?"

John hesitated. He owed her the truth. "He isn't part of the neighborhood, and I don't know what he's doing here. My gut tells me he doesn't want us dead, but I'm not certain."

"Okay. Thanks for being honest." With a calm she wasn't buying, Bella headed toward the couch. "Even if they're not officially in the Mafia, they still have to deal with me. If they buy you off, I'm a witness. I was kidnapped at gunpoint. I leave here, go right to the cops and report it." She sat on the ugly couch, almost lost on the cushions.

He hadn't realized how tiny she was, probably because she was tall. But she was slender, small-boned. "I told you, they're not going to hurt you."

She sighed, looking miserable. "And you were doing so great in the honesty department."

"I'm not trying to placate you. As long as we're here, we'll be okay. If they'd taken us to some deserted warehouse, I'd be sweating it." A half-truth was better than scaring her out of her mind. He was still sweating it, all right, only because he didn't remember who the hell Vince was. This had something to do with Sal, and as much as John wanted to kick the kid's ass right now, deep down he knew Sal wouldn't hurt Nonna. And he wouldn't be stupid enough to pull anything in her basement. As far as Vince was concerned, he didn't strike John as part of one of the local crews. Smarter than Sal, but then, who wasn't?

He glanced over at Bella again, who was nervously licking her lips. "They leave any water for us?" he asked, glancing around the room.

"I didn't see any," she said quickly, stiffening.

He frowned at her odd reaction. Of course she was tense, but there was something else… Maybe not. Maybe he was just jumpy, considering she was his responsibility and anything that happened to her would be on his head.

Even with her strained smile, she was really pretty. "Maybe you could ask them for some?"

"Sure." Fair enough request, but no, something was off with her. He left the couch and at the door, yelled for Sal. He didn't get a response, but the steel was so thick he wasn't surprised. His fist alone wasn't going to be enough. He needed something to hit it with, something that would carry.

"Here," Bella said.

He turned to see she'd apparently come to the same conclusion and had taken off one of her high heels. It wasn't quite a stiletto, which was a pity. That could've done some damage to Sal's thick skull. Yet it wasn't her shoe that had snagged his attention. She crossed her leg to remove her other shoe, and the view was real nice. So was watching her walk to him in her bare feet.

"Thanks." He took the offered heel. "I break it and I owe you a pair."

"Damn right." Their eyes met, then he saw her throat convulse. "As soon as the stores open tomorrow."

"On New Year's Day?"

Fear lurked in her eyes, but she lifted her chin. "The day after, then."

"Day after tomorrow. Check." He smiled and touched her cheek.

She didn't flinch, only blinked and nodded. Poor kid. She was handling this better than he had any right to expect.

He turned back to the door. "Sal," he yelled again, and then used the heel to give the door a couple of hard whacks.

Within a minute, he heard someone thundering down the stairs. "Jesus, Johnny." It was Sal. "Can't you just shut the fuck up?"

"We need water, Sal."

"Use the damn tap."

"Come on. Don't make the lady drink that crap." John heard more movement on the other side, then Vince's deep murmuring.

"Hey, Vince, that you?" John glanced at Bella and winked. She was a bundle of nerves and probably wouldn't eat, but he wanted her to have the option. He also needed her to calm down. "How about some food, maybe a bottle of vino, huh?"

Sal cursed loudly.

"Yeah, okay. We can do that," Vince said after a pause. "Hold on."

"Are you serious?" Bella said as soon as they heard the men leave and returned to the couch. "You can eat at a time like this?"

He shrugged. "Maybe. More importantly, if they'd planned to kill us soon, they sure wouldn't worry about feeding us."

Her perfectly arched brows rose. "Ah." For the first time, a hint of a smile tugged at the corners of her mouth. "Good to know."

"Not that I think they plan on killing us at all," he

said quickly. "You have to believe that. Oh, here." He handed her back her shoe.

She sighed. "I was looking forward to getting a new pair."

"Consider it done."

"Be careful of making promises you can't keep, Detective," she said grimly, and bent to slip on both shoes.

His gaze followed the perfect curve of her calves and he wondered if she did some dancing as well as acting. He almost asked, but then thought better of reminding her that he'd totally screwed up her important audition.

Another few minutes and someone was back at the door. It was Vince, not Sal. Good. Except he was more careful than Sal might have been, making John and Bella wait in the bathroom while he hastily set down a box and a couple of bottles of Chianti just inside the room before again bolting the door.

John ran to the door. "Vince, wait." Dammit, there was something familiar about the guy. Where the hell had he seen him before?

"Patience, *il mio amico,* no one has to get hurt. *Capice?*"

John glanced at Bella, her hands tightly clasped. "Just tell me where Nonna is."

"Playin' bingo." The man paused. "She made cookies. They're in the box. Now shut up, Johnny. Last warning," he said, his voice trailing as he'd begun to climb the stairs.

It wasn't the accent that was familiar. It was… Shit, he couldn't remember.

"Admirable that you're worried about Nonna," Bella said, coming closer. "But jeez, we're not exactly sitting pretty here."

"Yeah, I'm worried about her, but if she knows we're down here that tells me something, too."

"She won't let them kill us?" Bella said hopefully.

John smiled. "Something along those lines." He peeked in the box. There were amaretti cookies, a loaf of bread, some cheese, two glasses, a knife. Plastic. Interesting that Vince had brought two bottles of wine, though. Probably figured if they got him drunk, he wouldn't be so apt to kill them both. "Her cookies, that's another matter. I wouldn't touch them. Those suckers could take you down in minutes."

Bella's lips parted in surprise, and then she smiled. That made a knot deep in his chest unwind. "Are you sure you don't just want them all to yourself?"

"Sadly, no. They really are terrible. Don't get me wrong, she's a great cook, even at her age, but a lousy baker."

He filled a glass with wine, handed it to her and then took the other glass and bottle with him to the couch, hoping she'd follow. A few glasses of the Chianti might just keep her smiling. He hoped so. Not only would it mean she was relaxing, but it was nice. Her face changed with it. She must be good on the stage. A chameleon.

He waited until she sat down, got comfortable and took a sip, or rather a gulp. "You need to know, Sal's got his problems, but he's not a killer."

"He shot you."

John paused before he poured a small amount into his glass. "He didn't intend to kill me."

Bella shook her head, and he knew she didn't believe him. Why should she? But he'd be damned if he'd tell her the entire humiliating truth. In fact, before she could question him further, he went for the distraction. "Lacarie. That's what, northern Italian?"

"Yep."

"That's it? No story, no family history?"

"My family isn't like that. My folks are third generation, and they assimilated long ago."

"They named you Bella. You could have been called something boring like Jessica or Tiffany."

Her stare turned icy. "My first name is Jessica. I use my middle name because of my job."

John cleared his throat. "Jessica's nice. Bella's better."

She took the bottle from his hand and refilled her glass.

"I can't imagine what it's like not to be steeped in the culture," he said. "Around here, it's everything, and has been since the early 1900s."

"My father is an attorney, Mother volunteers and my sister, Andrea, is a stay-at-home mom. They belong to the country club and they donate to conservative causes. They're as Italian as their new Mercedes."

"You weren't curious about your heritage?"

"I try to catch the fashion highlights from Milan."

He smiled. "Do me a favor. When you meet Nonna, lie."

"What, she'll have me shot for being a bad Italian?"

He shrugged. "Maybe not shot."

"Well, that's one of them."

Sighing, he pretended to take another slug of wine and when he put it down he made sure Bella was looking him in the eyes. "Hand to God, I don't know what crazy plan they've cooked up, but it doesn't include us being shot."

From what he could see, Bella wanted to believe him. All she needed was a little more wine and he could relax about her doing something stupid while he came up with a plan.

"We okay now? You feel better?"

"Marginally."

"We're gonna get out of this, and you're gonna be fine. I swear."

"I believe that you believe it."

He couldn't argue with that. "You know what? I'm starving. I'm gonna get something to eat."

"Good for you."

"You don't want any?"

She shook her head. "Eating would divert my attention from drinking."

He got up, thankful at least that she wasn't going to inhibit the alcohol with food. The bread would take care of the token sips he was taking in order to keep her drinking. He didn't want her drunk, though, just less...

When had she taken off her coat? It must have been when she went to the bathroom. He liked that the silky blue dress was a shade or two darker than her eyes. And those legs. Another time, other circumstances, he'd have done something about it.

"Is there a problem?" she asked.

He looked up. "No. Just... No." It was definitely time to put something in his stomach. Maybe then he could figure out what his next move was, and stop thinking about those worried blue eyes.

BELLA SHIFTED THE FORK she'd managed to snatch off the dirty plate so it wasn't poking her in the butt. She wished she had pockets, but this would have to do. Her gaze never left John in his dark suit and white dress shirt. He certainly had nice hands. Nice shoulders, too. Neither distracted from her certainty that he wasn't telling her the whole truth.

Something was terribly off. That Sal was dumb wasn't hard to believe, but Vince seemed to be on the ball. That weird door had her concerned. She'd never seen one in a house before. Or anywhere, for that matter. The guns were as real as it got, and being kidnapped wasn't a joke. Had John lied about being shot? Or about his belief that Sal hadn't meant to kill him?

The whole plot seemed too far-fetched and weird to be anything but a farce, and yet there was nothing funny about any of it. Black comedies never ended well for everyone, and her role here was a bit player. Expendable. A red shirt on the planet Bronx.

John turned with a hunk of bread and some cheese in his hand. "The morons forgot plates or napkins. But the bread is fresh. You sure now?"

She nodded, trying to see past his handsome features to the man inside. "You married?"

"Nope," he said, as he joined her back on the couch. "I was engaged once. It didn't take."

"The women of Little Italy must be rending their garments. Letting someone like you get away."

He smiled as if he'd heard that a thousand times. "You'd be surprised."

"I am. You're young, handsome and a detective. What's not to like?"

"Plenty." He took a manly bite of a hunk of bread slathered with soft white cheese.

"For example…?"

"I haven't confessed in years," he said, after he swallowed. "I'm not going to start now."

"You drink?"

He brought his glass up from the floor. "Sometimes."

"Smoke?"

His dark eyebrows lowered. "No."

"Gamble?"

"Not with money."

"It must be women, then."

He paused with his glass halfway to his lips. "I like women."

"Too much? Or not in that way?"

He sighed, then took another bite. "I'm not a dog and I'm straight as an arrow."

"So come on. What's wrong with you?"

"If we're baring all, then you're going first."

Bella shook her head before she took another drink. "No way. You owe me. I'd never even be here if—"

"I work too much," he said, cutting her off.

"Ah, that old chestnut. It doesn't fly. Women fall in love with workaholics every day."

"And cheat when they never see the object of their affections."

"Why do you spend so much time at work?"

He looked at her curiously. "Why the third degree?"

"I'm supposed to trust you to save my life. How can I unless I know who you are?"

He took the last bite of bread, dusted his hands and reached into his back pocket for his wallet and his badge. He handed them to her. "Peruse."

She flipped open his NYPD badge and ID. Damn, he even took a great picture. She had to focus a little harder to read the print. Everything seemed legit, including him being thirty-two, but it didn't tell her anything about the man. "I'll take down your badge number in case I have a complaint. Now tell me why you live for your job." She opened his wallet. No pictures, however, there was a little foil packet tucked away.

"It's a big city. Lots of criminals."

She leaned back. "You'll never catch them—" The fork poked her right in the butt. She jumped practically on top of John and he had to do some fancy juggling to keep her wine from spilling.

"What's wrong?"

She had the fork in her right hand, but she was still leaning on him, holding on to his arm with a death grip. Damn it. "I'm sorry," she said, lowering her voice and her lashes. "I guess I just got frightened."

"Frightened?"

She nodded, while trying to come up with a way to distract him. "I couldn't help but notice that you take good care of yourself." Squeezing his arm a little, she tried to give him a flirty smile.

He returned his wallet to his pocket, careful not to disturb her hold. "You okay?"

"Yes."

"No epilepsy or tremors?"

So much for acting. She pulled away from him, careful to put the fork where it wouldn't attack her again. "No. I may, however, be a little drunk. Not to mention terrified. So excuse me if I'm not the perfect guest."

The look he gave her said he wasn't buying it. But what was he going to do? Lock her up for lying?

He picked up his glass, glancing at her in quick intervals as he took a long, slow sip. Bella had to move, just so she wasn't on the other end of his stare.

She'd played the scene horribly, yes, but what bothered her just as much was the realization that she'd felt better leaning on him, holding his arm, than she had since she'd gotten in the taxi.

Nothing bothered her so much as feeling weak and helpless. It also bugged the crap out of her that she'd turn so girly at the first hint of trouble. But it was true. She was scared and the only plan she had to save herself was a stupid fork.

She stood up, gripping her pitiful weapon tightly as

she did so. When she looked up, he was right in front of her, close. Really close.

"What, exactly, do you want to know about me?" he asked.

Bella could see tiny gold flecks in his eyes. Feel the heat from his body. She should step back, regain her personal space, but she didn't. "Why should I trust you?"

He stared directly into her gaze. "I give you my word I'll keep you safe."

She shook her head, which made her just the slightest bit dizzy. "How many times have you said 'I love you'?"

He leaned forward, just enough for her to get his scent. Not just his breath, which was surprisingly not bad, but the way he was clean. No cologne, no smell of fear. "Only once," he answered. "And I meant it."

"So you're an honorable man, are you?"

"Mostly. I've made mistakes, but this won't be one of them. I can handle Sal and Vince. You're inconvenienced, not in danger."

A shiver ran up her spine. "I'm not so sure about that."

His lips parted slightly and for a moment she thought he was going to kiss her. "I am," he whispered. "No one will touch you."

"No one?"

He smiled, and in that smile was all manner of promises of a different sort. Then he took a step back and walked away.

4

JOHN TOOK IN A BIG BREATH as he got some distance from Bella. The alcohol had already begun it's job on her, which was great in a number of ways. Not just to keep her relaxed, but if he didn't get too close to her, it would help him keep focused. He wasn't the kind of guy who wanted a woman to be less than her best. It was important when things got intimate that intentions were clear. No misunderstandings and no regrets. Now was no time to get sidetracked. His reassurances to her were real, but that didn't mean the situation couldn't turn ugly. He needed to be sharp, think things through. He couldn't do that with a hard dick.

So Sal, the genius, had come up with a plan. Something the family not only knew about, but had agreed to. Vince hadn't come out and admitted Nonna knew what was going on, but the thing was, it was hard to get away with anything secret in the neighborhood. That, more than anything else, encouraged John.

The family also knew there was no way in hell he was going to let the shooting go. Accident or not, there were legal repercussions. Maybe they were hoping for reckless endangerment charges instead of attempted murder. That might have made sense if he wasn't a cop. No way his captain would agree. There was too much at stake, especially in this city. It wouldn't matter that Sal was his cousin, that Sal had tripped as he'd tried to run away.

Two months ago John had caught him in a chop shop, stripping a BMW. Sal, having to act like a big man, had waved his gun around, and when some of the others made a break for it, Sal had, too. Only the idiot had tripped on a tool box and his weapon had gone off. John had been hit, the bullet leaving a minor flesh wound.

All the lawyers in the country would hop right on that big old "accident" wagon and there'd be the devil to pay.

Even if Nonna herself asked him, John would have to tell her his hands were tied. The law was the law, and Sal had shot a police officer. Which would piss off every mother in a ten-block radius. Christ, the whole damn family would be all over his ass.

He turned and looked at Blue Eyes, still standing where he'd left her. Her gaze met his, and that same sly grin was just as distracting from a distance. It would have made things so much simpler if he'd gotten in an empty cab. "What about you, fair Bella? You must have a full dance card."

She slowly shook her head, causing her hair to shift on her shoulders. "Nope. Nary a name."

"Why not? No way you haven't been asked."

She shrugged. "I have other priorities."

"Such as?"

"Whenever I'm not at my job, I'm taking classes or auditioning. When I get a break, I sleep."

"Is that so? Gee, I could have sworn you were all up in my face about that very thing not two minutes ago."

"It's entirely different. I'm not trying to save the world."

He grunted at that. Save the world. He'd be lucky to hold on to his job. One thing he did know, though, was that he could save her. He had to. She was something else. Not like the girls from the neighborhood, but not like the Manhattan brigade, either.

He liked her. He didn't want to. All liking someone did was get him in trouble. So he kept his pants zipped around his precinct, didn't dally with the nice, or not-so-nice, Italian girls. The farther away from the Bronx he got, the better.

He changed the subject by setting the box of food aside and turning to examine the area around the steel door. There wasn't much room to maneuver. Not a nook to hide in, not a closet. If he tried to jump them, the second the door opened, Sal would see him. His gaze moved to Bella, even though there was something happening in the back of his mind. "What do you do?"

"Act," she said. "Oh, you mean at my day job. I'm a research assistant."

"What kind of research?"

She took in a deep breath, then let it out slowly, and that poked a hole in his determination and his train of thought. It was that dress. She had a gorgeous body, including beautiful breasts. Not too big, not too small, and more than tempting given that he was able to make out the small bumps of her nipples under the silky material.

"I'm a fact-checker for newspapers, magazines, and I do research on whatever for writers of all kinds. It's interesting, for the most part, and my hours are flexible."

"Uh-huh."

"Detective?"

His gaze jerked up to her face. "Yeah?"

She nodded down, and he followed her look to see that if he took so much as half a step he would've tripped over the box and ended up on his ass. Well, humiliation was also a good way to keep his mind on business.

She took another drink, then saluted him with her almost empty glass. "Let's hear it for the theater of the absurd. I'm actually thinking that despite your calm demeanor and reasonable arguments, that if this is my last night on Earth, I've sure picked a lousy place for it. A hotel room would have been better. Somewhere with great sheets, a flat-screen TV and room service. I'm not talking about a box of inedible cookies, either. While I don't mind Chianti, there should be champagne, don't you think? Something more dramatic and appropriate for the final curtain?"

"I agree, a hotel would have been much better. Say, at the Pierre?"

She grinned. "So what's the deal with the accent? When the goombas are around, you talk like someone out of *The Godfather*. With me, you sound like a high school English teacher."

He shook his head. "That's low. You could have at least said college professor."

Her laughter was low and sexy, just like her dress. "If I tell you something, Professor, will you promise not to make a big deal out of it?"

"I can try."

She took another sip of her drink. "I had plans for tonight. Good ones. Celebratory. With a very good-looking bartender. He's going to think I stood him up on purpose, and I'm…I'm going to be here."

"What kind of celebration?"

She opened her eyes in a dare. "The horizontal kind." Shit. Too much information of the wrong kind.

"You can make it up to him. If you need to, I'll back up your story. My badge will help."

Bella shrugged. "He'll be fine. I'm sure he won't go lacking. He never does."

"So, he's not—"

"He's a friend. One who doesn't expect too much."

"Funny thing. I was hoping for the same kind of evening."

The look she gave him could have been an invitation. She let her gaze move down his body before bringing it back up the same path. But more likely, it was that heady combination of booze and terror.

"I don't know," he said. "There's not much here, but we could make a party of it. See who can eat more of Nonna's cookies before they cry uncle."

She sank back down on the couch. "I have a feeling if I continue to imbibe I'm going to sleep right through the night. You can wake me when the big door opens." She picked up the Chianti bottle and stared at it a long moment before she poured herself another half glass.

The steel door made a noise. A scrape and a thunk, and then it was open, and Sal was inside. John reached for his gun that wasn't there, then rushed to block Sal from Bella. Sal had traded his shotgun for his Sig Sauer, but the damn thing was pointed at her, and that was going to stop right now.

He got straight up in Sal's face, the gun in his chest the only thing stopping him from taking Sal down hard.

"Back off, Johnny. I just want to talk."

"I don't talk to people who point a weapon at a hostage."

"All right, all right. Go sit down, huh? I won't point it at her, and we'll have a conversation, okay? Okay?"

John nodded and he backed up a step, then another. Watching. Waiting. Sal started to lower the gun as John took his third small step. As soon as it was no danger to

Bella, he flew at Sal, knocking the other man back into the door, one hand gripping Sal's wrist, the other at his neck.

The bastard kicked him in the shin, hard, then got him in the gonads, not hard, but it didn't take much to hurt like a bitch. He took Sal by the neck and twisted him around, pushed him toward the couch. "You son of a bitch. I ought to shoot you right now and be done with it. All I've ever done is try and help you, and what do I get in return, huh?" His hand squeezed down and Sal squealed. Then Sal kicked his heel into John's kneecap.

Pain blossomed in his gut, which hadn't recovered. He cursed as Sal slipped out of his grasp, but John didn't let go of the prick's wrist.

They spun around, and John caught a look at Bella at the door, banging on it with her fist. Then there was another fist right to the stomach, and he'd goddamn had it.

He slammed a right into Sal's face. Blood spurted out of his nose and his howl could have woken the dead. John gripped the gun with his other hand, but so did Sal.

"Stop it! Both of you!"

Together, he and Sal froze where they were, Bella's voice close and desperate. John kept his hands where they were and turned to find her just a couple of feet away. She looked fierce with the flush of anger on her face, and she held a weapon of her own. A fork.

Sal laughed. "You gonna fork me?" Sal asked, and then he laughed harder.

John stared wordlessly. She didn't look tipsy at all, just serious and brave. She wouldn't get anywhere, but still...

"You think I can't hurt you with this?" Bella moved even closer. "You like having two eyes, do you, Sal? Drop the gun and open the door, or I swear I'm gonna—"

Sal laughed again. "I think you'd better go sit down before you get hurt."

He kicked out at John again, but this time, John was ready for him. He twisted, then pushed hard at Sal to get him off balance. The two of them almost went down, but John had the upper hand, which he used to finally get the gun. He brought it up and aimed at Sal's bloody face. "Thank you, Bella," John said, not taking his eyes off of Sal.

"Oh, crap," she said in return, which didn't make sense until he heard the big door slam again.

"Put it down, Johnny," Vince said. "You, too, miss. Put it down and walk away."

John didn't lower the gun, but he did look back to see Vince pointing his weapon at Bella. She threw the fork and it almost hit Sal, making the man jump.

"The gun, Johnny."

He had no choice. Not with Bella a target. He gave up the Sig Sauer.

Vince intercepted the gun before Sal took it from John. "Goddammit, Sal, didn't I tell you to stay away from him?"

"I just wanted to explain."

Vince muttered something in Italian, his brows drawn together, dipping into a V, and John finally figured out where he'd seen him before. "You couldn't wait until tomorrow." Vince tilted his head a bit, staring at Sal. "He break your nose?"

Sal's hand went to his face, and he hissed as he touched it. "Goddammit."

John needed to regroup, to process what he now knew. He went to the couch, grabbing Bella's hand on the way. She gave him a look that could have singed his eyebrows, but she sat with arms crossed, legs crossed and spitting mad. John thought she looked great. Better

than great. That fork thing, she'd meant business. She
was brave, he'd give her that.

Sal went to the bathroom to clean up, while Vince
shook his head. "I don't get you, Johnny. Sal's your
cousin. He's family."

"He's your *cousin?*" Bella turned on John and he
knew all the goodwill the Chianti had bought him was
now history.

"I probably should have mentioned that."

"Oh, my God," she said. "You're insane." Then she
faced Vince. "I suppose you're related, too?"

Vince pressed his thick lips together.

"Yeah, he's related," John said, which earned him a
wary look from Vince. It had been four years.

Bella put her face in her hands. "I don't believe this."

Sal came out of the bathroom holding one of the big
white towels up to his face. "You broke it, you *ciuccio.*
I'll kill you for this."

"Shut up, Sal," Vince said. "Just tell him the plan."

Sal gave Vince a stare, but eventually, he brought the
towel down. "We catch a flight tomorrow," Sal said. "To
Uncle Tuccio's."

"You can't leave the country. Your passport's been
flagged. You're under a felony warrant."

"It's all been worked out," Sal said. "Nonna put her
foot down. She don't want me goin' to jail, but she says
I gotta work for Tuccio, learn the business."

Vince didn't look too thrilled about it. "He can't
come back until he's got his own sales territory and gets
married."

John let out a breath, staring at the two of them.
Knowing the family, he was sure that whatever passport
and papers they'd rigged for Sal would get him on the
plane. Working for Tuccio was actually pretty smart.

The old bastard sold wine across Europe, and if Sal took so much as a sip of the goods, Tuccio would have his ass. The kicker, though, had to be Nonna's doing. Sal had to get married? That could take a while. No woman in her right mind would marry that *giamope.*

But none of that mattered. If he let Sal go, the whole department would know. They'd think he had something to do with it because Sal was family. "I can't let that happen, Sal. You know I can't."

"That's why you're gonna stay here until he's out of the country," Vince said. "You got no choice."

"When, exactly, are you leaving?" Bella asked.

"Tomorrow afternoon."

She struggled to her feet, the couch doing its best to keep her still. "Surely you don't have to keep me until then. It's New Year's Eve, and I don't care if you go to Italy. I don't care about any of you."

"Sorry, sweetheart." Vince did look sorry, but the gun didn't waver. "You just keep Johnny from hurtin' anyone, okay?"

Sal gave Johnny as much of a sneer as his nose would allow. "He didn't hurt me. He thinks he's so friggin' smart with all his degrees and crap."

"Shut up, everybody." John stood. "Even if this works, and I can't stop you, I'm gonna charge you, Vince. Out of respect, I'm gonna leave Nonna out of this, but not you. You'll never be able to step foot in this country again. Is that what you want?"

Vince winced, but the gun still didn't move.

"Not for a wedding or a funeral, you're never coming back here. You understand?"

John tensed as he watched Vince's gun hand move. First he'd need to get Bella out of the way, but he was sure he could take that gun and end this farce.

He took a half step, prepared to move fast. Then Bella's hand was on his arm and she jerked him back, hard.

"What the—"

"Get out," she said, to Vince and Sal with her eyes locked on John's. "Both of you. Now."

The two men froze. Long enough for John to make his move. So why didn't he? Bella's hold could never have stopped him. But the way she looked at him, her eyes begging even as her back straightened with pride. That, he couldn't ignore. He stayed. He let Sal and Vince go. For her.

5

THE DOOR SLAMMED and Bella stared at the hand on John's arm as if it belonged to someone else.

"Bella?"

She looked into his eyes again. "I don't... I..." She let him go as her cheeks heated.

"I could have gotten the gun," he said softly, as if he didn't want to upset her. "I made sure you weren't in the line of fire. There won't be another chance. We're stuck in here until tomorrow. Those two will get clean away."

"Maybe they should," she said.

"What?"

"He didn't shoot you on purpose. You told me that. Or was that all bull?"

"Doesn't matter. He shot a cop, Bella. In New York."

"But you said it was an accident. Besides, it seems to me he'll be more rehabilitated in Italy than he would be at Leavenworth."

John shook his head. "And what about me, huh? How am I supposed to tell my captain that the man who shot me, my damn cousin, got away? You think he's not going to assume I was in on it? That I gave him a pass? I'm already the laughingstock of the department."

"Why?"

His gaze shifted before returning to meet her own. "My cousin shot me. That's not enough for you?"

He was hiding something. She'd been a detective once in a play and part of her research had included learning the eye movements of liars. She didn't understand the first thing about this insane family dynamic or what John's motivations were. "You can tell your captain the truth. That you were hijacked and Sal skipped the country."

"Yeah. He'll probably clap me on the back and give me a damn cigar." He shook his head as he went to the couch. "I had a good reputation before this. I was on the fast track. Now…"

She sat next to him and took his hand, not caring about the drying spots of blood left from his fight with Sal. "I can't believe this one incident is going to ruin your future. We've just met and I know you're a good detective. The people who work with you must know that, too."

"No offense, but you don't know anything about it."

"Explain it to me."

He looked at her for a long moment. Finally, he said, "It doesn't matter. There's nothing I can do about it now."

Bella sat back—actually sank back—on the couch. She still didn't understand why she'd stopped him. Self-preservation was the easy answer, but that explanation didn't sit right. Something in her had changed during those few minutes of arguing. Not about Sal, God no. And while Vince was smarter, he was still on her shit list. Her reaction had been all about John. Maybe it was as simple as her not wanting him to get hurt.

"Hell, Bella," he said, his voice low, his hand squeezing hers. "I'm just sorry you got caught up in all this. I hope you're convinced that no one's going to hurt you."

"I'm leaning that way, but frankly I won't be convinced until I'm safely at home. It would have helped, FYI, if you'd mentioned those two jerks were your cousins."

He grinned. "That's not an easy thing to admit. Besides, technically Vince is Sal's cousin, not mine."

She sighed and rubbed her temple. "I do feel better."

"So why don't you have something to eat, and I'll fill up your wineglass. We're here for the duration."

Now that she wasn't nauseous with fear, she felt she should eat something. "I'll get out the rest of the bread and cheeses while you go clean up."

He seemed a little surprised to see the dried blood on his hands and clothes. And a little pleased. He was such a guy.

NEW YEAR'S EVE IN a basement somewhere in Little Italy. Bella sighed as she broke off a hunk of bread, then laid it back on the cloth napkin it had been wrapped in. It was really fresh and smelled great. Wine, bread and cheese, a disgruntled detective, the world's most horrible couch. Sadly, except for missing the audition, it wasn't her worst New Year's Eve. Not even in the top ten.

Thank goodness there was another bottle of wine left. Her buzz was long gone, and she wanted it back. No matter what she'd told John, she was still scared. She'd be crazy if she wasn't.

The bathroom door opened and a somewhat cleaner John joined her on the couch where she'd spread the napkin. "The bread's good. They make it fresh every morning."

She held up her piece. "It smells wonderful. I tend to live on salad and chicken breasts, so having no choice about eating carbs is pretty cool."

"If Nonna saw you, she'd force-feed you for a month, at least."

"You think I need to fatten up?"

He smiled at her. "I think you're beautiful."

A little flutter that wasn't hunger danced in her tummy. "Thank you. I think you're beautiful, too."

He sighed. "Beautiful, huh? Great."

"Oh, stop. I was being fetching. You're ruggedly handsome and all man."

"That's better. If I didn't have my hands full, I'd adjust myself and grunt."

"Thanks for putting that image in my head."

"Sorry." He slumped and she could tell that he did feel sorry. For himself.

Something would have to be done. After all, she was stuck with him for the foreseeable future. More importantly, she understood. He was afraid he'd lost his chance. No one knew the feeling more acutely. She supposed his situation was worse. After all, he was a detective in the NYPD. He saved lives. Even if she'd gotten the part, it wouldn't have saved anyone's life but her own.

She studied him, not sure what her approach should be. Flirting had its merits, but in his current state she wasn't sure it was appropriate. It wasn't easy to cheer up a stranger. She had no idea what would bring him around. Alcohol seemed her best bet.

With his elbows on his knees, he bit into a piece of bread and chewed as if it were a penance. Not good.

She reached for her half-empty glass. "I think it's time to crack open bottle two."

He picked up the open Chianti and shook it. "Nope."

"Great. Now all you need to do is catch up."

He eyed his glass on the floor, still almost full. "You can have that. I'm not in the mood."

"Get in the mood. The sun's almost down, and since we won't be going out dancing, or watching the ball drop in Times Square, we'll need to entertain each other."

He didn't react.

"I know there's a sense of humor in there somewhere."

"Nothing's very funny."

"I wonder…"

He finally looked at her. "What?"

"I bet I can make you laugh."

He almost rolled his eyes at her, but stopped just in time. "Don't bother."

"Is there something you can do to change the situation right now?" she asked.

"You know there's not."

"Then get over it."

His mouth opened, but no words followed.

"Seriously. People change their moods all the time. Look at me. I've lost my shot at stardom. I'm trapped in a lunatic's basement with a depressed cop. You don't see me moaning about it."

"You've been moaning since the cab."

"With good reason," she snapped. But no, she wasn't going to go there again. "For now, the only thing I can control is me. I choose not to wallow. I choose to eat bread and cheese, drink wine and try for a few laughs. I might even eat a cookie."

"Right. You're one of those people."

He wasn't making this easy. "What's that supposed to mean?"

"Nothing. Eat."

She put a bit of cheese on a bit of bread. The combination was as delicious as advertised. Another bite seconded her opinion, and she ignored the sourpuss next to her as she tried to practice what she'd just preached.

By the time she'd finished her half glass of wine, she'd made a decision. It was bold. It was crazy. But what the hell, right? She was the master of her destiny, and dammit, she was going to have a good New Year's Eve if it killed both of them.

JOHN FINISHED OFF HIS food, then picked up his wine. Being drunk, for all its hazards, seemed like a better idea than being sober. There was enough vino to help him forget everything about this screwed-up day, but he'd stop before that. Even when he was being held hostage, he couldn't let go of the job. And that made everything worse.

He watched Bella as he drank. She looked better. Not so pale, and she wasn't shaking anymore. He wished he could explain things to her. How terrible he felt causing her to lose her big chance. How he understood, because he'd lost his chance at stardom, too. His own family had effectively derailed his career. He'd had plans. Not just in the department, either. He'd given serious thought to politics. He didn't have to bother now. This stain wasn't gonna wash out.

"Why'd you become a cop?" Bella sipped her own wine and then leaned forward a bit, waiting for his reply.

"Temporary insanity?"

"Come on. I'm serious. Is your father a cop?"

"Nope. No one in my family. Mostly, the Grecos of the Bronx are in transportation. Trucking, to be exact. My father, my grandfather and some of my smarter cousins own a small fleet. Mostly milk runs from up-state."

"But you decided driving wasn't for you?"

"Never saw the appeal."

"Why police work?"

He shrugged. "I had an idea about what it would be like. A friend of mine from Our Lady of Mercy, his dad was a homicide detective. We thought it was exciting and like the TV shows, you know? As I got older and saw what was happening here, all the crime and the drugs, I decided being a police officer wouldn't be such a bad life. It's nothing like the TV shows, just so you know. Nothing."

"Very little is," she said. "If you knew what you know now, would you make a different choice?"

He snorted. "Hell, yeah."

"Really? What would you choose?"

"I'd be born to rich parents," he said. "Into a sane family. And I sure as hell wouldn't spend my days getting shot at, that's for sure."

"It's also complete bullshit."

"Hey."

"I'm the one who should be insulted. We're in a hostage situation and you can't even bother to tell the truth."

"What truth? I'm a civil servant who used to have unrealistic ambitions. I've been schooled. The end."

"If this is all it takes for you to run off with your tail between your legs, then it's probably a good thing. People might have counted on you."

John stood, wishing like hell he could get out of here. He went to the door and banged it so hard he felt it in his teeth. "You don't know, Bella. My family, they're all screwed up. I got so many aunts and uncles and cousins, and they all want something. Or they need something. I've been called to my aunt Francesca's to scare my nephew Alex into eating his vegetables. She wanted me to take out my gun. Can you believe that shit?"

"No." Bella walked over to him. "I can't believe any part of your family. I have no frame of reference for it, except for those unrealistic TV shows. There isn't one person in my family, including my parents, who would kidnap anyone for me, let alone a cop. Sal may be a first-class jerk, but even he has people who care.

"As for you, John Greco, I have the distinct feeling that this whole arrangement is just as much for your sake as it is for Sal's."

"What, they're doing me a favor by destroying my career?"

"No. They're putting themselves at risk so that you don't lose your family."

"Wow," he said. "Don't get me wrong. You're a hell of a brave woman and you're real bright, but you couldn't be further off the mark. They're all scared of Nonna, that's all. Scared she'll curse them and then she'll die. It's got nothing to do with me. I can guarantee not one person in my family considered the consequences I'd face because of this fiasco."

He frowned. "They sure didn't give a shit when the bastard shot me. I was the laughingstock of not just my precinct, but the whole goddamned NYPD. Greco's moron cousin shoots him in the ass, isn't that the funniest thing you ever heard? Shot in the ass trying to take down a chop shop. We're not talking about drug dealers or bangers. A chop shop, and my own cousin, who I helped all through high school, shoots me so I can't sit down for a month. And now this. I let the idiot get out of the country, and I can forget about promotions, let alone politics. I'm a joke. That's what my family has done for me. A joke."

Bella's eyes didn't soften. From what he could see, the story hadn't affected her at all. She didn't blink or shrug or laugh. Nothing. Until she put her hand on the back of his neck and pulled him into a kiss.

6

BELLA DIDN'T HAVE TO wait more than a second for John to kiss her back. He took her mouth fiercely, thrusting his tongue between her lips and teeth. As he claimed her, his hands gripped her shoulders too tightly, but she didn't whimper.

She understood his anger. His pain. There was a price to be paid for living with his family, one she'd never have to experience.

Which was worse? The disappointment when things went wrong, or knowing no one cared?

Her parents loved her, but always from a distance. They were much more interested in the law firm, in the country club. Their bridge and tennis tournaments seemed to light them up more than any of her good grades or acting awards.

But that didn't mean John didn't have a right to be angry. Let him hold her arms too tightly. Let him punish her with his kiss. She could do that for him. For tonight.

He pulled back and then moved his lips to her jaw, to her neck as his hands released her, only to press down her back. She touched him in return, running her fingers into his hair as he nibbled and nipped her sensitive skin.

It wasn't just altruism. She wasn't that nice. Yes, she liked him, but kissing him had been as much for her own benefit as his. She wasn't scared anymore. Okay, a little scared. But come on. This day hadn't just sucked for John. She'd lost a lot, who knows how much? She'd had a shot at the brass ring. She'd been scared out of her mind, embroiled in an insane plot that still wasn't over. No one knew where she was. If she died tonight...

She wasn't going to die right now. Right now, she was going to take all the comfort she could find. And try to give comfort in return.

John's mouth moved to her lips, more gently this time, the madness dampened a little. Well, that wouldn't do. She needed to feel this.

She pushed herself against him. An unmistakable message. His answer was in his erection, in his low moan.

HE SHOULD BACK OFF. Now. Before the situation got completely out of hand. He had no business taking advantage of her. Hadn't she been through enough today? She was vulnerable, and he hadn't helped anything by whining about his problems. Not after what he'd done to her.

If he'd pulled right over, the second he'd seen her in the back of the cab, maybe none of this would have happened. She'd have made it to her audition, and who knows? She could have been a star. Instead, she was trying to make him feel better. It didn't matter that she was doing it right. Too right. God, how she felt to his hands, to his cock. He kissed her again. Just one more minute and then he'd step away. Tell her why this was a bad idea.

It was Bella, instead, who pulled away. Not far. Just enough so he could taste her warm breath. "It's okay," she murmured. "I want this."

Shit. Guilt hit him square in the gut. He got away

from her, halfway across the room before he knew he was safe. "It's not okay. You're scared. You're a hostage. I may not have a future, but I'm still a cop tonight. I won't do this and have you regret it when we get out of here. And we will get out."

She lowered her head a bit and looked at him with those big blue eyes. "That's very sweet, Johnny. Seriously, I'm really glad you said every word. It makes my decision feel even better."

"Decision?"

She nodded. "Can you come here?"

He tilted his head, waiting to see what she had in mind. "Bella…"

"Come on. I won't bite. Just come here."

He couldn't refuse her, but he'd have to be careful. Remember what was important and what was right. The closer he got to her, the harder his task became. Jesus, she was beautiful. Even in the murky light of the old lamp, she knocked him out. Her hair, her eyes. That damn sexy dress and what was under it. "I'm here. Now what?"

"I want you," she said. She didn't touch him. Or act desperate or scared or tough. "I know exactly where we are, who I'm with and who's outside that door. I want you. I would like to have something good happen tonight. Something I choose. I would like to remember this day not for losing an opportunity, but for taking the opportunity to connect with someone I like. Who I admire. Who I think is really hot. This doesn't have to be the worst New Year's Eve ever. Honest. So I'll say it one more time, and then you have to make your decision. John, I want you."

The breath went out of him along with all the reasons he shouldn't. She was right. There was a chance for something good here. That they both could choose.

Something in his body must have told her what his choice was, because she was in his arms in two steps and her eyes were closing before his head even dipped. Her lips parted the second his mouth touched hers. He took his time, enjoying each second, each touch of her tongue, the hint of wine he tasted, the soft way she breathed. No need to rush. This would be a slow dip in a warm pool, and he planned on thinking of only her and how they could make each other feel good.

When he ran his hands up her back to the zipper of that blue dress, she stopped him. He wasn't worried, though. It wasn't for long. She just led him to the couch, and then she leaned over to turn off the ugly lamp.

It didn't make that much of a difference. The basement had been growing darker by the moment, and now, at least, there were no concerns about prying eyes. Besides, he was a big fan of touch. Giving and receiving.

Bella's hands found his chest and made their slow way up his shirt to his collar, where she deftly loosened his necktie. A moment later and he felt it slip away. She took care of the top couple of buttons, then pushed his jacket off his shoulders until it joined his tie.

"Your turn," she whispered.

He smiled as he decided to multitask. Taking her mouth first, he savored that pleasure for a bit. Then he moved his hands over her back, down to her waist, then back up her spine following the trail of her zipper. He reached the top of her dress and ran his fingers across the skin right above the neckline.

She must have liked that if her thrusting tongue was any indication. When he began pulling her zipper down, she continued to show her approval. He liked this game and her willingness to play it. It made him very hopeful for a long and satisfying night.

Finally, the zipper would go no farther. Now he could retrace the path on bare skin. He barely touched her. He wasn't sure, but he thought he could feel the goose bumps he caused and he knew he felt her tremble.

Mixing it up a little, he didn't hesitate at all when he reached her neck. He dropped her dress where she stood, picturing it pooled around her feet. God, he'd like to see her in the light, even if it was just for a minute. It was unbelievable to picture her in her high heels with nothing on but panties and a bra. Which he had yet to explore.

Her hands on his right wrist told him it was her turn once more. It wasn't easy to relinquish his quest, even if it was only temporary. But he let her have her way. She unbuttoned his sleeves and then his shirt, her little brushes of nail or skin enough to keep him hard without making him too crazy.

When his shirt fell, he stopped breathing as he waited for her hands to touch his chest. She didn't make him wait long. He hoped she wasn't one of those women who wanted mannequins instead of men, because he had hair. Not nearly as much as some of the apes he knew, but there was no mistaking that he was Italian.

Her hands skimmed along his chest just above his skin. No one had ever done that before and the movement felt good, if a little weird. On the other hand, her soft little gasp of delight was great. Oh, God, her palms brushed over his nipples, and the sensation went all the way down to his cock. He grabbed her wrists, so small, and held her right there while he struggled to regain his control.

BELLA SHIVERED AS HE held her steady, the feel of his strong hands holding her driving her right up the wall.

In a good—no, the best—way. Combined with his utter maleness, she was lost. It was so tempting to finish this agonizingly wonderful stripping and get down to it, but no. They had all night. There was no rush. Just prolonged pleasure, and wasn't that something. No thoughts wasted on who would go home, when to leave, what to say after. The door would open when the door opened, and not a second before.

A bed would have been good, but what the hell. A couch had its own charm.

His fingers released her and found her breasts. There was no squeezing them as if they might beep, which had happened too often, thank you. But then, John Greco was a grown man, not a boy in a man's body. She liked that very much. Loved that he could appreciate this magnificent torment.

Ah, he had discovered the lace that bordered the cups. This bra had cost a pretty penny, but she loved it, and the matching panties. Silk and lace, together again in a rare public appearance. He couldn't even see how beautiful they were, but he might deduce their charm with his touch.

Slowly, slowly, he circled her breasts with his index fingers, moving between the lace and the silk. Each rotation drew him closer to her very hard nipples. Two more trips, max, and then what would he do? Stop? Tweak?

Neither. Just as he swirled his fingertip over her left areola, his mouth went to her right, where he captured the erect bud between his teeth and flicked the tip with his tongue. Even through the silk—maybe because it was through the silk—the sensation made her rise to the balls of her feet, let her head fall back as she moaned with a pleasure so unique, so specific, she would remember it for the rest of her life.

He played her with exquisite precision, as if he had studied only her body for years in preparation for this night. "Oh, my God," she said. "If you can do this with only my nipples…"

He laughed. She hadn't even realized she'd spoken aloud. "No, don't stop."

"I thought we were taking turns."

She took in a couple of breaths, coming back from the stratosphere. "Right. Yes. Just give me a second."

That mouth of his came down on hers. It was a lovely segue. When he pulled back, he whispered, "Hey, I was kidding. We can do whatever you want. Whenever you want it. I could probably get off just kissing you."

"Oh, that's so sweet. A lie, but really sweet." Her hands snuck between them and moved down his pants. She frowned at how thoughtless she'd been. "Poor baby. You must feel so…constrained."

"I can't deny there's been some pressure."

"Let's see what we can do to ease the situation."

He kissed her forehead. Not on purpose. He hadn't realized she was moving south. Unbuttoning and unzipping as she made her slow way.

Once his pants had fallen to the ever-increasing mound of clothing on the carpet, she didn't wait another second to send his boxers down with them.

He gasped his surprise, but just waited. Her hand encircled the base of his cock and her mouth did the same to the crown.

Now *that* was a gasp of surprise.

SHE SMILED AT HIS IMPRESSIVE girth and swirled her tongue as she explored him. She was glad to find that while he was unquestionably male, he was also considerate. Everything was trim and tidy, very much the same aesthetic she preferred for herself.

"Why are you giggling?" he asked, but only after he'd cleared his throat.

She hummed to let him know she wasn't laughing at him, letting her mouth prove it.

He touched the back of her head very softly. Clearly he didn't want her to worry that he would get carried away. No problem, because she couldn't stay in this crouch much longer. She wanted to be naked, and she wanted him to take off his own shoes and socks. That was too much of a gray area for her.

She left him with a big lick all the way from root to tip.

Then she was on her feet, reaching back to undo her bra.

7
___

As erotic as the teasing had been, John hoped like hell she wanted to get to the main course. It actually hurt to be this hard, not that he was complaining. What she'd done to him. Good Lord.

"Hey, Johnny. In about two seconds, I'm taking off my heels. I suggest you be naked by then, or I'm starting without you."

Way to take the edge off. He grinned as he fumbled over his clothes to the couch. His shoes came off next, followed by his socks. He wished there were a blanket, though. He wanted everything to be perfect for Bella. No choice but to go with the flow.

She kicked him, but it was with her bare foot and didn't hurt at all. "Ah, you're here."

"Oh, yeah." He pulled her into his arms, groaning when he felt her naked against him. While he liked the touching part, he missed the visuals. Of course, that would be taken care of in the morning.

"You feel good," she said. She kissed his chest, nipped him on the right pec, making him flinch, but then she licked over the hurt.

"Okay, now we either have to get down on the couch or find a wall because I don't think I can wait."

"Uh, aren't you forgetting something? In your wallet."

"Ah, shit." Hating that he had to leave her, if only for

a minute, he found his pants and thank God he knew just where to find the condom. Sadly, there was only the one, but that was better than nothing. "Got it."

"Then put me where you want me."

She was easier to find, and he wasted no time. He swept her up into his arms, touched the couch with his shins and carefully laid her down. No complaints meant he'd judged the space well, but before he joined her, he touched her face so he could kiss her. Then he ran his hands down her nude body, loving the feel of her breasts and her skin, softer than any silk, learning her.

Carefully, he climbed on the couch, straddling her legs. He wasn't going to stay like this, but he took the time to put the condom on his aching cock.

Then he gently moved between her legs, touching her wherever he could reach. Cradled by her thighs, he put his hands down on the couch, just above her shoulders. Another kiss, this one long and sweet.

She whimpered and lifted her hips. He lowered himself so his weight was on one bent arm, and stroked her opening. She made these soft sounds and each one made his cock jump with anticipation. She was already wet, and that made him ache even more. "Bella," he said. *"Bellisima."*

"Grazie," she whispered back, as she pushed down on his fingers.

As nice as that was, he wanted more. He took hold of his cock and guided himself inside her until there was no need for help. In one strong stroke, he entered her all the way. They both groaned as he stilled there, wanting this to last.

Both her legs lifted, and he felt her heels run up his thighs until he was wrapped in soft heat. His body moved back and in, slowly at first, but she felt so damn good, he lost his control.

Her hands were on his back, pulling him closer, urging him on. Each thrust came faster and harder, but still he was able to read her, to listen to what she wanted. Her fingers in his hair brought his mouth to hers. She cried out even as they kissed, noises he'd remember forever. The darkness made it all new, magnified every sensation.

The feel of her nails running up his back. Her bare heels digging into his thighs. Her wet heat killing him with pleasure. Something shifted inside him, and the thinking stopped. Nothing existed except his cock in her pussy, his tongue in her mouth.

She broke from the kiss, gasping and meeting each thrust. He couldn't restrain himself, driven by her need to take him deeper, harder. The roaring started in his ears as his balls tightened, as he lost his rhythm and his mind.

SHE WAS GOING TO COME. Her whole body was part of it, part of the orgasm that started deep inside, that was stoked by his every touch. She was surrounded by him, and she surrounded him, and it was all too much. One second she was on the precipice, the next she was arching and crying out and trembling.

He kept riding her, jerky hard thrusts that shook the couch, that stretched her orgasm impossibly. With one last push, he stopped and she could feel his body tense as he stretched his head up with a feral cry.

Time slowed around her thudding heartbeat, as white spots flashed in front of her eyes and the sound of him dimmed with the blood rushing in her ears.

It dissipated slowly. The last thing to calm down was her heart.

John collapsed next to her, pressed against the back of the couch. One leg and one arm crossed her body. He really didn't have enough room, but she couldn't move, not yet.

"Give me a second," she said.

He grunted in reply, and she smiled, understanding. The sound of their breathing was loud in the basement and she wondered if it was midnight. If they'd shattered the old year away. Birthed the new year with their sex.

Eventually, she shifted over, turned on her side to face him. He kept his leg and arm around her, which was just exactly the right thing.

He kissed the tip of her nose. "I'm done for. You've broken me."

"Excellent," she said. "When I can move again, I'll pat myself on the back."

"No, that's my job. God, that was amazing."

"Yes. It was. Is."

His fingers rubbed against her back, the gentlest touch, but still far more than she could pull off. It felt wonderful.

"I was thinking," he said. "No way Sal could have put this whole plan together. Vince was the brains behind this. He must have come up with the idea to bait me into chasing Sal. Getting me out of my car so they could slash my tires. He had to have known that I wouldn't give it up. That I'd follow him, even if it meant taking a cab."

Bella grinned. She didn't mind. It was good for him to talk it out now, when he was exhausted and sated. "He knows you."

"But he doesn't. I haven't seen Vince in four years, at least."

"So Sal filled him in?"

His fingers stilled. "Sal? That *gavone* couldn't find

his dick with both hands. No. It had to have been a group effort. Sal's mother. Nonna. Hell, for all I know my own parents pitched in. Had to be."

She reached over and touched his temple, then stroked his hair. "It's going to be all right, you know. I may not be a police officer, but I'm a hell of a witness. I'll tell them all that you had nothing to do with the escape. They'll believe me."

"Some will."

"It doesn't matter. They'll react to your signals. If you behave as if you're innocent, go on being the best detective in the precinct, this will all fade away. People who aren't your family don't hold on to stuff for long unless there's a reason. If you put it behind you, they'll get caught up in their own dramas. Trust me. It's human nature."

"You trying to tell me the world doesn't revolve around my problems?"

"No. That's your family's job. They'll lord this over you till you die. You might as well just suck it up."

"For a woman with cold fish for parents, you sure do know a lot about large Italian families."

"I'm a quick study. Especially when I'm a little envious."

"Of my family? Whoa. That's hard to get my head around."

"That's because it's all you've ever known. I'd decided long ago that I wanted a big family. A close family. That I would annoy the hell out of my kids and interfere and generally be a pain. I'll make sure they all come to me for the holidays, at least most of them. I'll go to all the recitals and school plays and I'll embarrass my kids in front of their friends." She pressed her face against his chest. "Sorry," she mumbled. "I get carried away."

"That's okay. You'd be good at that. Hell, you'd fit with my people better than I do."

She didn't say anything while she tried to picture it. Nonna's bad cookies. All that Italian macho crap. Dinners with too many people, everyone talking at once. John sitting next to her, holding her hand under the table.

"Bella?"

"Yeah."

"I just wanted to— You know. Uh. I'm still so damn sorry about your audition, but…"

"I know," she said. "Nothing's turned out the way I thought it would today. But only parts of it were really bad."

"Yeah?"

She nodded, stroking his hair again, wishing she could see his dark eyes. "Some parts were pretty great."

His leg wrapped around her tighter. "I was thinking, if you were amenable, that maybe after we're out of here, we could, uh, keep in touch. See each other."

"Well, we already know you're buying me a pair of shoes day after tomorrow."

"Right. Shoes."

"And you should probably take me to dinner. Because, come on. It's the least you could do."

"I see you're gonna lord that over me for the—"

"For the rest of your life? You never know. Stranger things have happened."

He kissed her, and once again it was completely new. There was hope there, and promise.

"It's a damn shame we only had the one condom," he said.

"Huh."

"What?" She could picture his face, how he'd look at her.

"Some detective you are. There's half a box of condoms in that dinky little bathroom."

"Are you serious?"

"I wouldn't joke about that. But then, there are quite a few things I wouldn't joke about."

"Oh, really?"

She scooted down the couch as gracefully as possible considering the cushions had practically swallowed her. "Yep. And I'm going to let you discover each and every one all by yourself."

"Some journeys…" John said, his voice a lot more serious than a moment ago. "Some journeys are meant to be taken slowly. And totally worth each step."

* * * * *

Ms. Step

1

THE OPEN CALL FOR DANCERS wouldn't start for two hours, but Willow Hill's heart raced as if it was only moments away. She'd imagined herself there at least a hundred times, visualizing her perfect posture, the turn of her head when she landed a grand jeté. She could practically smell the powder, the sweat and the competition as every dancer in New York vied for a spot in the best musical since *A Chorus Line*.

Only the few, the proud, the unbelievably good would make the cut. She would be first in line.

Buried in her big blue coat, her tote slung over her shoulder and her eyes peeled for the next free cab, Willow inelegantly stretched her left foot despite her thick boot. At the eight count, she eased the stretch just as slowly. Before she could start on her right foot, she threw her free arm out to catch an oncoming Yellow Cab. Because this was her lucky day, the turning point in her life that would set the stage for the career of her dreams, the cab pulled up to the curb. The driver had enough sense and courtesy to avoid the worst of the puddle and stop a few feet ahead. That didn't happen often, at least not during rush hour. She hurried to the door, adjusted her tote and with one foot still on the curb reached for the handle. Before she made contact, something big and hard slammed into her side.

She fell in slow motion, with vivid snapshots of yellow and black and a long scream that echoed in her head. With a bone-shaking thud she found herself in the gutter, in the black sludge of old snow and grime.

"Damn. Are you all right?"

The deep voice was close above her, concerned, but she couldn't answer with no breath and no equilibrium. A hand touched her arm, another slipped under her head.

"Can you hear me? Are you hurt?"

She inhaled deeply, coughed, breathed again. "I'm fine." She wanted him to let go, give her room. The cab was still there, but if she didn't hurry someone else would grab it.

"Wait, don't," he said.

"Don't what?" Willow found a handhold near the tire and pushed up.

"Move. Don't move."

"It's fine. I'm fine." She shoved him with her elbow. "Go away."

"Not until I know you're okay."

Able to turn at last, she looked up into worried hazel eyes. "What do you want, a letter from my doctor?"

"That would be good, yes."

"Tough. Now either help me up or get lost."

He studied her, his brow furrowed and lips tight. "Let me do the lifting, all right?"

"If it will get you off me."

Carefully, he helped her to a sitting position on the curb, her butt slipping in the slush until he steadied her. Then he ran his hand over the side of her head where she'd hit.

"Hey!" She jerked away. "Bad touch."

"Doctor touch," he said, not letting her escape.

"Not likely."

"True, nonetheless. So be quiet and sit still until I'm sure you haven't split your skull."

She huffed a sigh and gave him two seconds to finish groping her.

"All right," he said. "Let's get you to your feet."

"Finally."

Two sturdy hands lifted her with surprising ease. She meant to step clear of him, be done with this, but pain stole her breath and her balance. Her ankle gave out, and he caught her before she fell.

"What is it?"

"Ankle. Ow. Dammit. Ow." She looked for a place to sit, but there wasn't so much as a decent stoop around. "Open the door."

"What door?"

She looked at the doctor, if he even was a doctor, sharply. "The taxi."

"Oh, yes."

His hands still held her up as she hopped on one foot. This seemed to perplex him, and he looked from the cab door to her and back again. As she opened her mouth to tell him that it wasn't rocket science, the man slung her arm around his neck and picked her up.

"Whoa, whoa. What are you doing?"

"What you asked," he said, as if she were the idiot.

"Who the hell are you?"

"Not Superman. Let's get you in there. I need to look at your ankle."

Willow was surprised at how quickly he managed it. Even more surprised that he scooted in right behind her and immediately bent down to lift her foot.

"Ow!" She flinched and socked him in the arm. Not that he paid any attention. After a soft "Sorry," he had her leg up to his knee, forcing her to lean back against the far door, and was attempting to take off her boot.

It hurt. A lot. "Ow, ow, ow."

He stopped. "This isn't going to work."

"I told you, there's no problem. I stepped wrong, that's all. It'll be fine in a few minutes."

"I doubt it." He turned to the cabbie. "5141 Broadway."

The doctor held her calf in the palm of his hand. It was an awkward position for her, and though she knew he couldn't see up her dress, she felt exposed. Maybe that had something to do with the fact that he was a stranger taking her somewhere unknown. A very handsome stranger, but then Ted Bundy was supposedly good-looking. "I'm not going anywhere with you."

"You need to get to the hospital."

"For a turned ankle? Are you nuts? I've got an audition."

"Audition? For what?"

"A Broadway show, that's what."

His eyes widened a bit before he shook his head. "Unless the part is for someone in a cast, that's not going to happen."

"Cast? No." She vehemently shook her head, her heart plunging to the pit of her stomach. He didn't understand. She had to dance today. She'd come clear across the country, sacrificed everything for this opportunity. The taxi inched into traffic. "Stop." She tried to sit up straight, which was a terrible error. "My bag. It's still out there."

The doctor immediately banged on the partition and the cab stopped. "One minute," he said to the driver. His attention came back to her as he opened his door, carefully placed her foot on the seat, then slipped outside.

Before she had a chance to move, he was back, her tote in hand. Once again he did the ankle-in-his-palm thing before closing the door. The driver didn't waste a moment shooting into the stream of traffic.

"You okay?" He looked as if he actually cared about her answer.

"No. I'm not." Willow let out a breath. She'd danced through injury before. What dancer didn't? But never anything broken. "What kind of doctor are you?"

It took him several seconds to answer. "Orthopedic surgeon. Fourth-year resident. Dr. Flynn Bradshaw."

She let her head fall back against the cab window. "Crap."

"It might not be broken. Although, I don't think you should count on dancing anytime soon."

"This was supposed to be my big break." Tears stung her eyes. She blinked, trying to keep them from seeping. "And not the kind that leaves me crippled. Oh, man. I was sure it was my lucky day. The start of a whole new chapter in my life."

His free hand touched hers. "I'm sorry. Truly."

"It's not your fault." The silence that followed made her stomach clench. "Or is it?"

THE JIG WAS UP. He had to confess, let her know that it was his impatience that had gotten her into this mess, entirely his fault. Luckily, the cab wasn't far from the E.R. entrance, and he was able to deflect for a moment by getting out his wallet. But he could feel her stare.

Flynn ended up giving the driver a ten-dollar tip. It didn't make him feel better. He extracted himself from the backseat and found a wheelchair just inside the hospital entrance. When he got back to the car, her lips were pressed thin. Her watery eyes, a very pretty blue, signaled the end of his grace period. He had to tell her.

She didn't even squeak when he picked her up and

put her in the chair. She just turned her head so she
could glare at him.

"I did it," he said. "Not intentionally. I was in a rush,
on my cell phone, and I didn't see you and I lunged for
the door and crashed into you, and I apologize. I should
have been more careful. Watched what I was doing."

She didn't say anything. Not for the whole ride inside.
He stood by her as she gave the admitting nurse her information, only then realizing that he hadn't even asked
her name. Guilt made him want to pass her on to the at-
tending staff, but when she said she had no insurance,
there was no other option. "I'll be taking care of this."

The nurse looked up in surprise. "Dr. Bradshaw? I
thought you were going skiing in Vermont."

He shook his head. "Just put my name down as the
responsible party."

The nurse, whom he didn't know well, raised her
eyebrows, then went back to the paperwork. He didn't
dare look at Ms. Hill.

His new patient didn't acknowledge the exchange at
all. Her hands gripped the arms of the wheelchair tightly
and her cheeks flushed. No way she would forgive him,
and why should she? He'd been so looking forward to
his ski trip that everything else had disappeared. It felt
as if he hadn't had a vacation in years, and God knew
he needed one. But first, he'd take care of Willow Hill,
which meant his plans would change. He'd been on his
way to the ski shop to get a new jacket and goggles,
plenty of time to catch his six o'clock flight. He'd
planned on ringing in the New Year at a lodge filled with
young carefree revelers looking for a good time.

"Dr. Bradshaw?"

He brought his attention back to Ms. Hill. "Yes?"

"You don't have to stay with me," she said, her icy

voice chilling him quite nicely. "Really. Leaving your credit card will be just fine."

He looked at the nurse. "Where can I take her?"

"Seven's open."

"Thank you." He turned the wheelchair and headed down the corridor, past the waiting room, which was, as always, filled to bursting. Tomorrow, he knew, would be even worse. New Year's meant lots of accidents, lots of alcohol poisoning and, for some reason, a lot of babies being born ahead of schedule.

Ms. Hill wasn't any more conciliatory once they were in Exam Seven. He had no idea what would soothe her, and hoped like hell she wasn't thinking lawsuit. For now, all he could do was give her the best the hospital had to offer, including his services.

He helped her up and out of her big down coat, revealing a very slinky black dress covering a very beautiful body. Willow had more curves than he'd assumed. He didn't know many dancers personally, but he treated a lot of them for foot, ankle and knee injuries. They were all ridiculously thin. In Willow's case, she had a small waist, nicely flared hips and a hell of a rack.

After getting her situated on the exam table, he tackled the problem of her boot. "It's going to have to come off," he said.

"Will I need something to bite down on?"

"I'll do my best not to hurt you." He put his own jacket on an empty chair. "Are the boots expensive?"

"Massively. I got them at Tiffany's."

"Oh, that's a shame." He got out the scissors, the big ones they used to cut off clothing, including jackets and shoes.

Her eyes widened at the sight. "I didn't think you were serious. You have to cut them?"

"It's that or risk more damage to your ankle."

A heavy sigh told him she was resigned to her fate. "Do your worst."

Working carefully, he managed to keep his promise. Willow grimaced, but only squealed a couple of times. Her hands clenched tightly at the edges of the table, and she'd closed her eyes. Flynn only glanced at her when he'd put the ruined boot aside. He wasn't sure how to proceed. She'd worn thick tights and he didn't want to destroy those unless he had to.

Pausing for a moment, he looked at her leg, propped up by the tongue of the exam table. Her calves had muscles, but they didn't bulge. He thought she must do yoga or Pilates to get those lean, strong legs.

Her ankle, on the other hand, bulged quite a bit. Even through the material of her tights, he could see she was starting to bruise. "You want to try and take off the tights or should I cut them?"

She winced as she looked at the damage. "Is it broken?"

"We won't know until the X-ray. The ankle is tricky. It could be a sprain, or a torn ligament or tendon. Or it could be broken."

Another sigh. "You'll pay for a new pair of tights?"

He smiled. "Yes."

"I got these at Tiffany's, too."

"I had no idea Tiffany's had such eclectic offerings."

"You have to look in the back room."

"Ah," he said, gently tugging at the tights before he made the first slice.

She hissed through her teeth as he carefully peeled the foot of the tights away.

"We'll get you to radiology in a moment." He put the scissors down.

"When do we get to the painkillers?"

"It aches, huh?"

"Like a son of a bitch."

"We'll make sure you feel no pain. But don't count on anything too heavy-duty."

"You mean I won't get any of the good drugs."

He shook his head although he didn't stop his visual examination. "Probably not. I need to touch a few things first."

"Why?"

"Despite the miracle of X-rays, there are still things doctors need to do by hand."

"Well, be quick about it. I can't believe you did this and you're not even gonna give me good drugs. Some doctor you are."

Flynn caught her eye for a moment and she let him know with a look that she was kidding. Satisfied, he resumed his exam. "So you're an actress?"

"Dancer."

"Been in any shows I might have seen?"

"*Lion King,* maybe. *Rent.* Mostly off Broadway and in reviews."

"It must be exciting."

She hissed again. "I know you're trying to distract me, but maybe we could talk about something other than my now nonexistent career?"

It was his turn to wince. Usually he had a good bed-side manner, at least that's what he'd been told. "Right. You a native?"

"Nope. Californian."

"What part?"

"Bakersfield."

"I don't know it."

"You're not missing much. What about you?"

"Born and raised in Manhattan."

"You don't sound like it."

He put her foot down, got her chart and made some notes. There was a possible fracture in the lateral malleolus, but even if it wasn't broken she was going to be off her feet for a while. "I can talk New York when I need to. Mostly, it was frowned upon."

"By your parents?"

"Yes. Now come on. Let's get you to X-ray. Put your arm around my neck and I'll take your weight."

As she let him help her, her breast pushed against his side and he had to focus on the fact that she was a patient and that he had no business thinking of anything but her ankle. She didn't make it easy, though. Just putting his arm around her waist was an unusual distraction. Maybe because he was already in vacation mode. Whatever, it was inappropriate at the moment.

Finally, she was in the chair looking small and vulnerable. Crap. "Ms. Hill? Willow?"

She looked up at him. Tears again filled her eyes. She blinked and looked away.

Damn. He thought he was immune. Patients cried all the time. "Do you have someone?"

"Excuse me?"

"To take care of you."

She seemed surprised by the question. "Not really. Why? Am I going to need help?"

He wheeled her out the door as he compiled a mental list of who he'd need to call to change his plans. He'd really been looking forward to celebrating tonight. No obligations, no rushing to the hospital in the middle of the night. He would have been free to ski, but more importantly to find a like-minded lady who wanted to party. Instead, he'd have to make sure his new patient was settled and taken care of, which meant he couldn't fly out until tomorrow morning.

"Doc?"

Oh, yeah. The patient. "Yes, I think you will need help. But don't worry. I've got you."

2

FOUR AND A HALF HOURS after the fall, Willow was still trying to digest the fact that while she hadn't broken her ankle, it was still screwed up badly. Very badly. A second-degree sprain. Recovery from four to six weeks. No dancing. No working out. No auditions. To add insult to injury, even then she might require surgery if the ligaments didn't heal properly.

Once more in a taxi, Dr. Bradshaw beside her, they pulled up to her apartment, just a few blocks from Marymount Manhattan College. Thinking about using the crutches to climb the stairs made her feel sick, not that she would admit it. Dammit. She wasn't going to cry again. That's all she'd done since he'd given her the bad news.

He'd tried to make things right. He'd never left her for a minute. He'd not only taken X-rays but also an MRI. Gotten her a coffee and a treat from the nurses' lounge. Put a pillow behind her back. Touched her, rather a lot. Then there was the big one—taking care of the medical costs. But she was grateful to be home. She hated feeling weak. Vulnerable. She'd never liked being fussed over, especially not by the man who'd gotten her into this pitiful position.

"All right." Dr. Bradshaw had gotten out of the cab and held out his arm. "Ready?"

She frowned. "You're not going inside with me. I'll be fine. I can still hobble."

He frowned back. "But you shouldn't. At least not for a few days. You've got injured ligaments and tendons, and you should be lying down."

"I will. I promise."

After a brief shake of his head, which sent a lock of his hair falling across his forehead, he got out of the cab, but not before he told the driver to wait.

"You don't have to stay," she said. "I told you—"

"I'm going to get you inside, and there's not a damn thing you can do about it."

She stared up at him, angry and frustrated. "I'm perfectly capable of taking care of myself. You've done more than enough."

"Please don't argue. I'm tired, and you must be, too."

Okay, he was right about that. She was exhausted. She let him help her out, avoiding the slush at the curb, then slung her arm around his neck. It was already a familiar position. After he'd put her tote over his shoulder, the two of them made it to the stoop, looking as if they were in the world's lamest three-legged race. The ice pack stayed on well as he practically carried her up the two steps and into the small lobby.

Still holding on to her, he swiveled his head to look all around the room. "No elevator?" he finally asked.

"Nope. It's student housing. And ancient."

"What floor are you on?"

She didn't want to tell him. Knowing him, though, he'd follow her up, so there was no use lying. "Sixth."

"What?"

"Sixth. It's the one right above the fifth."

He looked at her as if she'd moved there on purpose. "There's no way you're climbing up six flights of stairs."

"Yes," she said, "there is. That's where I live. All my things are up there."

He shook his head. "This isn't going to work. Don't you have someone who could take you in? Someone who lives on the first floor?"

"Well, excuse me for not having the right friends. I'm not from here, remember? And all the people I know are starving dancers, like me."

"Well, we'll just have to take first things first." Without giving her even a hint of a warning, he swept her up in his arms.

She almost dropped her crutches, and her dress moved up to the top of her thighs. "Hey!"

"Shush." He went to the staircase and began to climb.

Willow couldn't reach her dress unless she dropped the crutches. It was some comfort that she had panties on under her tights, but she still felt terribly exposed. "You can't carry me the whole way."

"Why not?"

"I thought you said you weren't a superhero."

"I'm not. But you don't weigh much and I work out."

"Tell me that again when we reach the sixth floor."

He slowed a bit as he met her gaze. "You really don't think I can do it?"

"I think you'll be the one who needs to lie down."

"How big's your couch?"

She snorted in a very unladylike way. "What couch? I'm sharing a shoebox with three other women. I'm lucky to have a twin bed."

He grinned at her, but he was concentrating on the stairs, not her sparkling wit. There wasn't much else she could do but scope him out. It was impossible to miss how good-looking he was. But on closer inspection she saw there was a ruggedness about him that surprised her.

His light brown hair, longish, thick and with a tendency to lick over his forehead, lured her into thinking he might be too pretty. Then she'd seen the small crescent scar at his right temple and the one on his chin. The capper was his crooked nose. Attractive crooked. Manly crooked. He could have been a street fighter in his younger days. She knew better.

In his attempt to distract her from the end of her life, he'd babbled about his credentials. Yale and med school at Cornell. Smart. Handsome. He must have a wife or a girlfriend. Absolutely no way he was single. Nope, he was taken. For sure.

He turned at the third-floor landing and didn't even hesitate on his way to the fourth.

"You getting tired?"

"Nope."

"Your face says you're lying."

"My face has said nothing at all."

Right. His breathing had changed and while she had to admit he was in wonderful shape, carrying her hundred and four pounds up this many flights would have been hard for anyone. Well, maybe not a fireman, but for the above-average doctor? Oh, yeah.

His steps slowed as they reached the halfway turn on the fourth floor.

"Dr. Bradshaw. Put me down. Please."

He stopped. "What's wrong?"

"I've got a cramp. I'd like to stand up for a minute."

He lowered her feet to the ground, letting her lean against the door and her crutches instead of him. "Where's the cramp?"

"It's nothing," she said, massaging her thigh even though she felt fine. "It's weird being carried. I think I stressed out a little, that's all."

"No problem." He wiped his forehead with the sleeve of his coat.

"You know, you could take that off and let me carry it."

He didn't hesitate. "Good idea. It's warm in here."

"Guess you don't have to go to the gym today." She took his jacket, then remembered. "Your ski trip."

"What about it?"

"You're missing it."

He shook his head. "Another time."

"What?" She put her bad foot down and winced. "It's off? Because of me?"

"Because of my own stupidity."

"No, no. Not gonna happen. Can you still make your flight?"

"It's all right. Maybe I can still catch a plane tomorrow."

"Dr. Bradshaw—"

"Flynn."

"Fine. Flynn. Are you insane? It's New Year's Eve. What about your wife? Or your girlfriend? Someone's going to be pissed. Even the nurse knew you had reservations. I appreciate all you've done, especially the medical costs because I'm broke and that would have been really tricky, but seriously. It's enough. I'm strong. I'm a dancer. Injuries are part of the game. You go on, get out of here."

He stared at her for a long moment. She'd thought his eyes were hazel, but now she saw they were green.

"Your cramp better?"

It took her a second to nod.

"Good. Then let's get you upstairs."

"You're not going to leave, are you?" she said flatly.

He moved closer to her. Definitely green eyes. And he smelled good even though she knew he'd been sweating. He put her arm around his neck and up she went into the cradle of his arms. Against that nice, solid chest. She wouldn't press him further until he'd gotten her inside, but then she was going to insist he leave.

As he continued up the never-ending staircase, she thought about the party she was going to miss tonight. It was at Tommy and Jenny's loft, and they always threw a hell of a bash.

She'd better come up with some reason she'd missed the audition and was going to skip the party. She couldn't tell her friends the truth, especially not Tommy and Jenny. If they knew she'd been hurt pure guilt would have them dropping everything to take care of her, which would have been unbearable. They were great, good buds, but man, longer than an hour with the two of them made her break out in hives. It sure would have been nice to have a boyfriend about now. A real one who stayed longer than a weekend. Someone who'd fetch and carry and worry, but not smother her. She'd have to settle for her roommates' help, even though they were never home.

She rested her head against Flynn's neck as he trudged up the final flight of stairs. God, he smelled good.

FLYNN PUT WILLOW DOWN, letting her balance on her crutches before he inserted her key into the door. Thank goodness it was only six floors. A couple more might have seriously dented his ego. He pushed open the door and froze at what he beheld. The small room was as overstuffed as his Aunt Theresa's ancient couch.

Two big chairs, a twin bed, a television, a stereo and three different coffee tables, each piled higher than the last, left only tiny paths between furniture. Every surface was covered in books and/or clothes, cups and plates. Something furry shifted on one of the chairs, either a big cat or small dog.

"I know," Willow said, her voice still stuffy from all the crying at the hospital. "So stereotypical. But no one's ever here, so it's not quite as disgusting as you'd think."

He turned to her, forcing himself not to shake his head as his father would have. It was a gesture that could make people crazy and he needed her compliant. "This is a problem."

"What is?"

"There's not enough space for you and the crutches."

"I don't stay in this room much. I have a room in the back."

"That's good, but do you also have a kitchen and bathroom in the back?"

"Not exactly."

"Then it's a problem."

She pressed her lips together and gave him a stern look. "I'll deal. Go catch your plane or whatever. Just go."

The solution was obvious, but he didn't blurt it out, especially after that rather unsubtle verbal shove out the door. "Let's get you back to your room."

He took his coat from her and stood aside, wanting to see how she managed. She certainly looked determined. Squaring herself on her crutches she struck out, but only made it past the first of the chairs before she stopped. She'd have to turn sideways to make it through, and it was hard enough to maneuver new crutches without an obstacle course.

Not that he was going to make her try. She'd probably fall and hurt the other ankle. Tossing his coat and her tote on a pile of books, he took the long way around until he faced her again. "Come on, Willow. Let me—"

"No. I can do this."

"But you don't have to."

"What, you're going to stay here and carry me for four to six weeks?"

"No, I've got a better idea. You're going to stay with me."

3

WILLOW REACTED PRETTY MUCH as he'd expected. He'd known she would argue. She didn't know him and certainly didn't trust him. The question, then, was how to prove he wasn't someone to be frightened of.

"You're out of your mind," she said finally. He had no doubt she would have backed away, thrown him bodily out on his ass if she could've. But he had her at his mercy.

Only one thing to do. He pulled out his cell phone, clicked on his contacts and held it out to her. "Call anyone. From any list. I'd go for the hospital first, because there's less of a reason for anyone to lie. Tell them you need to know if you can trust me."

"What?"

"Seriously. Call my boss, Dr. Jefferson. Ask to speak to nurses. They'll be honest. And if you don't want to use my numbers, if you think this is all some evil plot, use your own phone."

She stared at him as if he were crazy. He didn't blame her one iota.

"I suppose it would be less weird if I took you to my sister's. But she's gone and so is her staff. So that wouldn't be any better than you staying in my guest room."

"I need to sit down."

He had to give it to her—she was being very calm

about this. Hopefully, she'd end up seeing his logic. If not, well, he had to try, right? He owed her.

He held out his other hand for her crutches. It took a bit of maneuvering, but finally she had his phone, he had her, and they were inching their way to her bedroom.

Which turned out to be nothing more than a closet with a bed stuffed inside. Along with her clothes, a sort-of dresser, books and lots of dance posters on the wall.

After helping her off with her coat, she sat on the neatly made bed, her gaze on his, clearly befuddled.

"Make some calls," he said. "I want to check on your ankle. How's your pain level?"

"It hurts, but nothing I can't handle."

After a quick check of his watch, he saw he could give her another pill in an hour. He went to one knee and carefully lifted her leg. He undid the Velcro straps holding the ice pack on and put it aside. The swelling hadn't gotten significantly worse. It would be better when she could keep the ankle elevated.

"Yeah, Dr. Jefferson, please. I'm calling about Dr. Bradshaw."

He didn't look up, but he did smile. Good for her. If he had any chance of this working, she had to feel comfortable. As he put her ice pack back on, it occurred to him that he probably wouldn't be able to hire a nurse until after the holiday, and his housekeeper was on her own vacation in Wisconsin checking out her new grandson.

"Hi. This is weird, but I need to know if you'd trust your twenty-four-year-old daughter to stay with Dr. Bradshaw."

Now he looked up. What had he unleashed? He could just picture Jefferson's face. He was a crusty old bastard, but an honest one. He'd been more of a mentor than anyone else at the hospital, but that didn't mean he was going to tolerate this odd line of questioning.

"Right, but say you did. It's a hypothetical question." Willow paused. Rolled her eyes. "Sure. Hold on." She held the phone out. "He wants to speak to you."

Flynn took the phone as he stood. "She's hurt," he said with no preamble. "My fault. She can't stay at her home. I'll look after her at my place. Tell her she'll be safe. Or not." Then he gave her back the phone.

She put it to her ear and after about thirty seconds, she smiled. "Thanks." After she hung up, she clicked down his list of contacts until she found something she liked.

Flynn heard the ring, but not the voice that followed.

"Orthopedic surgery nursing station, please."

He tried to think who would be on duty. With the holiday, there was no way to be sure. They hadn't gone past that station earlier today, so it was a real crap shoot. He tried not to be an ass with the nursing staff, with any staff, but he didn't always succeed.

"Hello," Willow said. "I know you're swamped, but Dr. Bradshaw has offered me a place to stay for a few days when he gets back from vacation. While he's not around, I figured I'd call someone in the know who would tell me if this is a good idea or not."

Flynn wanted to take his phone back. Move closer so he could hear. This was worse than a peer review. Which was crazy.

And then it hit him. What he was doing. He didn't know this woman and except for his guilt he had every reason to leave her to her own devices. He didn't even believe in guilt. Not to this extent, at least. What's done was done, and he'd made his apologies along with financial restitution. Anything more was excessive. Taking a stranger into his home? Caring for her on his only vacation in more than a year? What the hell was he thinking?

Was it because she was attractive? No. He saw attractive women all the time and he only occasionally invited them home, never to stay long. But he had to admit there was something about her. She had guts and determination, no self-pity there. Sure, there had been tears, who could blame her? Instead of using them to play on his guilt and milk the situation, she'd put up a brave front. Maybe not a front at all.

"Really?" Willow said, her eyes widening as she gave him the once-over. "Is he like that all the time?"

He rubbed his hand across his face, his mind dueling the pros and cons of simply taking the phone back and ending this here and now.

"Do the rest of the team think that?"

Think what? That he was a jerk? That he was a decent guy who needed to lighten up? That's what his sister told him. Repeatedly. Easy for her to say, tucked safely away in the suburbs, raising her kids, doing her charity work. She didn't have a career haunted by the Bradshaw name.

"Okay, well, thank you. You've been very helpful. I'll let you know." She hung up the phone, not giving him any clue to the conversation. All she did was stare at him.

He broke first. "Well?"

"So it seems you're civilized enough. She didn't seem to think you were a mass murderer or anything."

"Who did you speak to?"

"Sorry. I promised not to say."

He wanted to press her. "Is that all? That I'm not a serial killer?"

"No. She said more."

He couldn't hold back. He stepped closer. She didn't flinch, so that was something. "And?"

"And I guess I should pack."

WILLOW FELT BETTER THAN she had since the accident. The power had shifted, giving her strength where there had been only vulnerability. If she could keep that look on his face for the next however-long, she could triumph. After all, what was life without adversity? Her heroes wouldn't let a small thing like a screwed-up ankle get in the way of their dreams, right? So she'd stay in the doctor's guest room for a couple of days. Make him fetch things for her. Of course, that wouldn't come close to making up for weeks of missed classes or any chance of an actual dancing gig.

Before she could stop it, her eyes welled with tears again. She wished she was alone so she could cry and scream and beat up her pillows. She didn't have much money, and there's no way she'd be able to keep her cocktail job at the nightclub or get disability. Her savings were supposed to keep her in New York until she hit the big time, but six weeks of no income would eat most of it up. How long would it take to heal and then get back in shape?

"Willow? You okay?"

She felt her lower lip quiver and willed it to stop. "Sure. Yeah. Why wouldn't I be?"

He sat next to her on the bed, close, but not touching. "I can see that's not true."

She pressed her palms to her eyes. Sniffed. Told herself to suck it up.

"I'll make sure you have physical therapy. That you get back to dancing as quickly as possible."

She looked at him, then realized he wasn't telepathic, just paying attention. Kind of nice. "It's a bit overwhelming."

"Not a bit. A lot. I've really screwed up your life."

"It's not as if you did it on purpose."

He didn't say anything. Just sat there looking guilty.

It wouldn't do either of them any good to keep this up. He could have just gotten in the cab this morning and driven away, and there wouldn't have been a thing she could have done about it. She needed to remember that. This could have been so much worse.

"Where do we start?" he asked finally.

Willow pointed to a cupboard above the dresser. "Duffel in there."

He turned to grab it, and she focused on one thing she knew was true. She was her own hero. She would believe that with her whole heart, despite all the evidence. She could get through this. Her parents hadn't believed she could make it in New York, but she'd proved them wrong. So far, at least. And now she had Flynn's help, as well.

Talking to the nurse had actually made her feel a lot better. The woman had three kids, no husband and worked ungodly hours. She'd told her that Dr. Bradshaw was one of the good guys, with only an occasional slip. Then she'd laughed. A real laugh, full of piss and vinegar. Then she'd explained that if she'd known Dr. Bradshaw was so generous with his guest rooms, she'd have signed up long ago.

If Nurse Ellen could laugh at life's twists and turns, then so could Willow. Torn ligaments and lost auditions were nothing in the face of true grit. Or even guilty doctors.

He held up the duffel bag. She smiled. "I'll need all of it."

He didn't even blink. Just got right to work, putting

the bag next to her on the bed. Then he pulled out the top drawer, the only drawer. The rest of it was shelves with folded clothes on top. He proceeded to take all her underwear and stuff it into her bag.

He packed efficiently and without comment. Probably still wondering about the mystery nurse. Maybe later she'd tell him who it was, but then again, maybe not. She'd wait to see how it all worked out. If it was hellish, she could leave. Or he could kick her out. But she doubted she'd have to be on her own before tomorrow.

"Anything else?"

She looked around, amazed at how much he'd crammed into the duffel. Even more amazed at how few things she owned. "Bathroom stuff," she said. "But I'll do that. It's too small for both of us."

"Tell you what. I'll carry you and your crutches in there and leave you to it while I take the bag to the taxi. If he's still there. If not, I'll call another. That should give you plenty of time to get your things together and take care of any phone calls you need to make. Sound like a plan?"

"A great one," she said.

"Will you need another suitcase?"

"Nope. Just my tote."

"All right, then." He bent at the knees until he was at eye level. "It's going to be fine," he said, his voice low and sure. "I promise you don't need to be frightened."

She touched his cheek with the back of her finger. "Neither do you."

FLYNN WAS SCARED TO DEATH.

They'd reached his brownstone. There was no turning back. He felt like an idiot asking a stranger to his home. Pasting a smile on his face, he left his front door ajar as he helped her from the cab. Seeing her so pretty with her cheeks flushed with cold made him even more uncomfortable. He would have liked to have met her in Vermont. She was a vacation kind of pretty. The kind where it didn't really matter what was beneath the surface because there were only a couple of days to play. Four to six weeks was a completely different kettle of fish.

"Would you like to lean on me?" he asked. "Or try the crutches?"

"Crutches," she said with a nod. "I just haven't figured out this curb business yet."

"Okay, that's easy enough to fix." He crouched, put his hands around her waist, then looked up to make sure she wasn't going to smash her head on the door, but he stalled at her eyes.

They were blue and curious and more scared than her smile wanted him to know. That made him feel a lot better. For several reasons. Only one of them was noble.

4

HE HAD A FOYER. No one she knew in New York had a foyer. Especially one with a marble floor and a round table with a huge vase of fresh flowers.

Willow looked at him again, suspicious now that this wasn't his house at all. "Do you live with your parents?"

He laughed. "No. Why?"

"That's a lot of flowers."

The doctor appeared flustered. "I didn't decorate the place."

"Ah. Wife? Girlfriend?"

"Decorator," he said, flustered again.

"Where were you when it happened?"

"Medical school. You need to put your leg up."

She bit down on a smile. "I think I need a tour first. I mean, I am going to be staying here for several weeks."

His face told her she might have gone too far on that one. But he looked good when he blushed.

"You can look around on the way to the guest room."

"Spoilsport."

He carried her bags as she practiced walking with her crutches into the house proper. The foyer didn't do it justice.

This was one of those Manhattan homes that appeared in magazines Willow never bought. Artwork graced the walls, and she, who had gotten a B- in humanities, recognized that it was Serious Art, despite the fact that she could identify the subjects. If memory served, he leaned toward the Impressionists.

The furniture was also Serious. Not as sedate as the marble had suggested, but none of it seemed to fit him. Or maybe she had him figured all wrong.

"Watch the carpet."

She stopped to look down. Sure enough, she'd almost hobbled into an epic fall. "Thanks."

He nodded curtly. Someone in radiology had told her he was one of their better orthopedic surgeons. From everything she'd heard about surgeons, he should have been full of himself and basically a jerk, and yet, here she was.

"It's this way," he said, nodding at a hallway. She carefully made her way past two wing chairs and a fireplace, more paintings and a whole wall filled with hardcover books. The hall led past the kitchen, which was twice the size of her apartment and fully decked out with copper pots and a row of living herbs at a bay window behind the sink.

She wanted to ask him a hundred questions, but he was already standing at the door of what had to be the guest room. Questions would wait. The need to sit was getting more urgent. Her ankle had awakened, no longer appeased by the ice pack.

He led her into the room, which, holy crap, was gorgeous. And come on, a king-size bed? This had to have been his grandparents' house. No one in his early thirties lived like this.

Maybe he was older than she thought. She watched as he bent to put her stuff down. He sure had the ass of an early thirties guy. At least with clothes on.

"So, did your decorator come here right after doing Windsor Palace or what?"

"I thought it might please you, Your Majesty."

"Hey. I see what you did there." She hopped over to the bed and sat on the incredibly expensive-looking spread. "Clever."

"Stop ragging me about it. I was in school. It's all family stuff, that's all."

"Some family."

"Yeah." Flynn glanced at his watch, then at her.

Willow hadn't missed the sarcasm packed into that one word, no matter how subtle. So the life of the rich wasn't so perfect.

"Where did I put your pills?"

"Tote."

"Right." He picked up the bag and brought it to the bed. "First, let's get you prone."

"Ooh. That sounds interesting."

He stopped. Dead. She blushed and wished she was one of those witty women who could turn a quick phrase. But she wasn't. She was a hopeful dancer from Bakersfield who hadn't learned to think before she spoke.

After clearing his throat, Flynn fluffed some pillows at the head of the bed. "Get settled. I'll bring you some water. I'm sure you can find the pills in your bag."

"You bet." She tried to smile as if she'd never suggested they should sleep together. "Absolutely. No problem."

His forehead furrowed and there might have been a tiny tic at the edge of his right eye, but she couldn't be sure because he left. Her gaze swept down his back as he did so, and while she tried to convince herself that the remark had been nothing more than a slip of the tongue, in her heart she knew a Freudian slip when she heard one.

CRAP.

Flynn cursed himself for being such an obvious twit. She had to know he found her attractive. More than just attractive. But she was still his patient, dammit. That technicality hadn't mattered to his father, but it did to him. Mattered all the more because his arrogant father had flaunted his mistresses. Not that anyone had talked about it. Calvin Bradshaw had been far too important and wealthy to be called to the carpet. But everyone knew. And everyone assumed like father, like son.

Hell, everything would have been fine if Flynn hadn't run into Willow. He'd have felt no remorse at hooking up with someone in Vermont. He'd even bought a new box of vacation condoms. He'd had every intention of using them all up, too, and now…

He turned on the kitchen light and went to the fridge. Once opened, he remembered that he hadn't stocked up on anything. There were a couple of bottles of water, some bacon, no eggs. Apples that had been there a long time. He shifted the mayonnaise jar, but nothing great was lurking behind it.

He'd have to shop. He hated shopping. And it would be crowded everywhere because of the holiday.

He cursed. Loudly. Then he took a deep breath, got a bottle of water and headed back to the guest room. Halfway there, he turned around, went back to the kitchen for a notepad and this time he made it all the way.

She had gotten herself comfy with her back against the pillows, but adjustments needed to be made. He opened the cap on the water bottle before he handed it to her, then he went to the closet and brought out a pillow and a comforter.

When he turned, she was still downing her pills. She

hadn't taken off her tights, but she had removed her other boot. Her dress had been tugged down demurely, but he remembered too well the sight of her in his arms on the steps leading to her apartment. The way her hem had come all the way to the top of her thighs, teasing him with what was still hidden. Had she known his breathing had changed because of that and not exertion?

"Here," he said, spreading the comforter over her legs. "Let's get that ankle elevated." He flipped back the cover so only the bottom of one leg was bared. "And I need to change your ice pack."

"I can do that."

"No, you just relax. There's a TV in that armoire. It's got cable. I have lots of books and I'm sure I can pick up any I don't have in my library." He took off the ice pack and put the pillow under her foot. The swelling looked about the same, thanks to the ice, but tomorrow the ankle would really blossom. "I don't have anything to eat in the house, so I'm going shopping. What can I pick up for you?"

She put the water bottle on the bedside table and didn't look back at him for a while. "I don't need much. Mac and cheese would be good. You know, the blue box? And maybe some noodle soup?"

"I guess you weren't kidding about being a starving student. We can do better than that."

She pulled the comforter up over her waist. "Actually, those are the opposite of foods I regularly eat. Being a dancer means mostly I eat vegetables. Fish. Some fruit. Basically, nothing fun."

"Mac and cheese is fun?"

"It's comforting."

He sat down on the edge of the bed, not wanting to disturb her leg, but this was better. Willow was more relaxed, which meant he could relax. At least for now. "You sure you want the blue box, huh? There's a restaurant a couple blocks from here that makes great noodles. I think I have a menu in the kitchen. And they deliver."

"Sounds wonderful."

He handed her the notepad and pen. "Write down everything you want. I mean it. I have nothing here. Soda, tea, coffee, milk, whatever. You might as well get what you like. I'm going to get another ice bag."

She nodded. As he walked away, he wondered if it was a good idea to leave so soon. The nervous energy was leaving her and she was going to crash. He'd seen enough patients to know the pattern, and letting her sleep uninterrupted would be the best thing for her. But he didn't know Willow. Maybe she'd get frightened, or be too upset to conk out. His instincts leaned toward letting her be while he shopped. He'd give her his cell number and make sure she knew she could call him.

Once back in the kitchen he traded ice packs, then stopped to check his voice mail. Of course Andy had called. Flynn dialed him as he put together a pot of coffee. He wasn't going to turn the thing on until he was back from shopping and by then he'd have milk.

"Where the hell are you?" His old college buddy and fellow resident was as direct as ever.

"Take three guesses."

Andy gave him the usual lecture about needing breaks and not being such a sap.

"It's complicated. Anyway, it means less competition for you."

And then came the Overachievers Burn Out Young Speech. Eventually, things got quieter on the phone and Flynn gave his friend the digest version of his day. Of course, that led to many, many sound reasons he was insane for asking a stranger into his home, and a chick at that.

"It was my fault. She can't work for weeks. What was I supposed to do, have the cab slow down near the hospital and shove her out the back door?"

"You're paying her medical expenses. Jeez, what else could she hope for?"

"An attorney could think of quite a few things, I'd imagine."

Andy sighed. "Is she hot at least?"

"She's a patient."

"So? Is she?"

It was Flynn's turn to sigh. "Yes, dammit, she is hot. But she can't do anything but keep her leg on a pillow. She's hurt. Nothing's going to happen."

"My man, it's New Year's Eve. I don't care if she's in a complete body cast, if you can't get some tonight, you're out of the club. Forever."

"I was never in the club."

"And this," Andy said, "is why."

"Go find a cold woman with a dark heart and leave me my dignity."

"Dignity be damned, man. You haven't been laid in months."

"Thanks for announcing that to the mountain."

"I'm in the lodge. Hold on."

Flynn heard more chatter as Andy did something with the phone. Then, from a slight distance, "I'm talking to Flynn Bradshaw, M.D. He hasn't been laid in months. Just so y'all know."

Andy came back on, and Flynn could practically see

his gloating grin. "Okay, then. My work is done. The woman is hot, you fool. Don't screw it up."

A click, and it was just Flynn and an ice pack and a hot stranger in his guest room.

5

WILLOW WISHED SHE'D CHANGED clothes before getting on the bed. Tiredness had swooped in like a wraith and stolen not only her energy, but her swagger, leaving her feeling awkward as hell.

She clearly hadn't thought things through.

The notepad was still empty. Charity, it turned out, didn't fit well. She didn't mind him paying for the medical things, but him buying her food? Him actually nursing her? Him in general? Too much. Too scary. Too intimate.

There wasn't really any *fear* fear. The scary part was that she was in his home, in his bed. Not where he slept, sure, but he did own the actual bed. Okay, that wasn't the scary part. Uncomfortable, yes, but not technically scary. The scary was that she liked him.

He was nice. And he'd cancelled his vacation. In spite of his excellent ass and being handsome, he was more than a decent guy. He was pretty terrific.

She wasn't used to more than decent. In her experience, the guys she liked the best tended to be gay. The men she dated—Greg, for example—hadn't been stellar. High school had been filled with a series of popular kids as she'd been more concerned with fitting in than fitting well. College had been Matt, the sax player. He'd been okay, just not very attentive unless sex

The Reader Service — Here's how it works:

was on the menu. Then came New York and actors. Whoa, talk about a learning curve. Turns out she wasn't a great sycophant. Who knew? So the auditions, the classes, the occasional hookup with a friend of a friend. The major lesson being that she needed to take care of herself.

Then this. Him. It was disorienting, to say the least.

He walked into the room carrying another ice pack. He seemed kind of dazed.

"Flynn?"

He sat down at the foot of the bed. "Yeah?"

"This is weird."

"What?"

"Being here. I can tell you're as uncomfortable as I am. We need to rethink this."

"I'm not uncomfortable," he said as he avoided her gaze. "I'm sorry you are."

"Want to try that again?"

"Okay, it's different." He flipped back the comforter and pointedly looked at her ankle. "I don't see an alternative, at least for now."

"I can go home."

"Nope. However weird this feels, it will be a lot worse if I let you do that."

"Noble, but unnecessary. I'll make do."

He put the ice pack back, circling her ankle, Velcrostrapping it in place. His hands were cold, but he was careful, gentle. When he put her foot down on the pillow, his palm brushed over her foot before he covered her leg. The gesture was sweet. Almost like a kiss to make it better.

He met her gaze this time, his face more relaxed. "Let's see how we feel tomorrow. For tonight, just think of this as a hotel room. Fill out your meal request and I'll get you the remote for the TV. Sleep. Heal. Bring in the New Year as well rested as possible. That's what I plan to do."

"One night. Then we regroup."

"Yep."

She could do that. "Then do me a favor." She held out the pad and paper. "I don't care what you get. I'll eat almost anything. Just no eggplant. Or cilantro."

His laugh sounded great, all relaxed and easy. "Nothing special?"

"Does this store have a bakery?"

"No, but the bakery next door to it does."

Her own smile was easy, too. Tired, though. "If that bakery had a chocolate éclair, that would be amazingly great."

"Ah. Pastry. Good choice."

"Not just any pastry." She held out her hand. Flynn took it, and she pulled herself forward so she could fix the pillow behind her head. When it felt right, she let go of him.

He didn't let go of her.

"What?" she asked, not at all sure how to read his current expression.

"You don't want to sleep in your dress."

Eyes widening, all she could think to say was, "Probably not."

He let go of her hand. "I just meant if you need any help before I leave…"

"Yeah, sure. I mean, if you could bring my duffel bag, I could get out my, you know…"

"Right."

A moment later, the big green bag was on the bed next to her. She turned to grab her nightgown, but it was awkward and she winced as her foot slipped off the pillow.

"Easy." Flynn grabbed her right wrist and eased her back to her sitting position. Then he straightened out her leg and the comforter. "Now, let me help you." He walked around the bed and dove into the duffel bag as if it contained presents.

"Bathroom, right?" He held up her makeup bag and her toothbrush case.

A nod, and he was gone into the connecting room. She hadn't seen inside it before and ducked her head for a look. It was as decked out as the rest of the house. She also realized she needed to get acquainted with the facilities.

He was back in a flash. "What else goes in there?"

"Uh, me."

"We can arrange that."

She grinned at the fact that while he sounded like it was no big deal at all, his darting eyes told the real story. "Just help me on to the crutches. I can take it from there."

He hustled to get her squared away, and she decided she'd consider this pampering—going along with the whole hotel metaphor. He was her Jeeves. She'd always wanted one. As she closed the door behind her, she wondered if he'd be willing to speak with a British accent. Just for tonight, of course.

It took a little more time than she was used to, but she managed to take care of business without breaking any bones or porcelain tchotchkes, of which there were many, including a tissue dispenser, a soap thingie, a dish that held cotton balls and another that held pot-pourri. Even the sink was porcelain. It reminded her of her grandmother, although thankfully nothing was painted with little hearts and flowers.

A gentle tap on the door almost made her lose her footing, but the counter came to the rescue. "Yes?"

"I have your nightgown here," he said. "I thought you might like to change while I'm still around, just in case."

"Oh, good idea. Hold on." She hopped the two steps to the door and opened it a crack. The nightgown appeared and her hand stilled inches from grabbing it.

It wasn't the nightgown she would have chosen. She had a flannel thing that was old and ugly and had a tear along the hem.

This one was definitely not flannel. It was red. Silk. Short. See-through.

"Is something wrong?"

He sounded innocent. But even he had to know this was a nightgown for sex, not sleeping. It was that damn comment she'd made earlier. That and the way she'd ogled.

The question was, did she mind? She'd gone back and forth so many times today she barely knew which end was up. There was no way she was going to make a sex decision while she was this wiped out.

"Willow?"

"No, nothing's wrong. Did you happen to bring my robe with you?"

"I'll go get it."

Problem solved, at least for the moment.

He was back in a sec with both garments. She ended up doing most of her undressing and dressing from a seated position, but finally she was safely tucked in her robe and ready for sleep.

She opened the door to find the bed turned down, her duffel bag put away, the TV remote next to her water and the foot pillow under the covers. Flynn stood near the armoire looking pleased with himself.

"Nicely played, Dr. Bradshaw."

"The Bradshaw Inn strives to meet all our guests' needs."

She used the crutches to cross to the bed. "Well, that'll have to wait till I get some sleep." Now that she was at the bed, she wasn't sure if she should take off the robe or wait for him to leave.

She turned to look at him, surprised to see him gaping at her. Cheeks flushed, right eyebrow crooked so high it almost met his hairline.

Then it hit her. What she'd said. *Shit.*

Putting on her most casual smile, she said, "You know, I'm good. I've got everything under control here, so hey, you go do what you need to and don't even think about…anything. And, um, could you make that two éclairs? No, three. No, two. Two is enough. More than enough. Two éclairs is a huge amount of…"

"Yeah. Two it is. Get some rest and I'll…"

She turned her back and winced until she heard him close the door. After counting to ten to make sure he'd really gone, she got out of her robe, made it under the covers and nearly wept with the effort it took to get her stupid leg up on the pillow.

All she needed was sleep. Sleep and a time machine. She closed her eyes, knowing she'd never sleep now. Dammit.

FLYNN PUT DOWN the two big bags of groceries he'd picked up at the corner market and took a number from the dispensing machine on the bakery counter. He'd dawdled while shopping, debating his moves upon returning to the house.

On the one hand, Andy was right. It had been a long time since he'd been with a woman. Hell, it had been a long time since he'd been with his good pal Lefty. Work had swallowed him whole, making him a very dull boy, indeed. Which he'd expected. He'd decided on surgery as his career with the full understanding it would mean putting his life on hold. Still, Willow was someone he'd have pursued if he'd had the time, if they'd met under different circumstances. And that scenario could have involved sex as a jumping-off point.

The fact that she was thinking along similar lines was a major plus.

On the other hand, she had a bad sprain, which he'd caused. She'd been exhausted, so nothing she'd said could mean anything, not really.

On the other-other hand, she was hot, she was nice and it was New Year's Eve.

His number was called and he turned to the harried woman behind the counter. "You have éclairs?"

"Yes," she said, and while her voice was steady and almost cheerful, her eyes begged him to hurry and go.

"I'll take a dozen," he said, throwing caution to the wind. "And a loaf of French bread."

The woman went off to box and bag and he laughed at his own stupidity. A dozen? Compensating much? Ah, who cared. It was pastry. He'd already splurged on champagne. Along with milk and eggs and other necessities, he'd picked up some good soft cheese and an assortment of fruit. Even if Willow slept until tomorrow, he'd treat himself to some goodies. This was his holiday, too. He wouldn't miss having sex so much if he was drunk and full.

The woman returned and he paid her in cash. He wished her a happy New Year, then headed back down the street, watching all the other pedestrians hurrying to get home, to get to parties, to get laid, to finish off the year with something that was special, something different. Maybe even to mark a new beginning, as well as a solid farewell.

An arbitrary date on an arbitrary calendar, but people gave it meaning. For him, it was another year of his residency under his belt. Another step taken toward his ultimate goal. No, make that career goal. His ultimate objective was a full, well-rounded life. A healthy marriage. A practice, sure, but one with reasonable hours and time for any kids that might come along. Flynn would be a good surgeon, perhaps even a great one. But not at the cost of his soul.

6

FLYNN LISTENED AT THE guest room door, unsure whether to knock or peek in to check on Willow. She needed to sleep and the siren's call of a nap tugged at him all the harder for thinking of it. He turned the knob and inched open the door until he could see the bed.

Ah, success. She had sacked out, and very prettily at that. Her right hand shared her pillow, curled in a loose fist, next to her jaw. That lovely, honey hair had spread around her peaceful face, and she looked so comfortable he was tempted to join her under the covers.

Instead, he quietly closed the door and returned to the kitchen to put away the groceries. First up was to refrigerate the champagne along with the pastries. He didn't even glance at the coffee, knowing he needed at least an hour of decaffeinated rest. Once everything was in order, he made the trek upstairs to his bedroom. His suitcase was still on the bed, ready for takeoff.

Without removing a single item, he tossed the suitcase on the floor and fell on the mattress like a dead thing. He had a moment to think of the woman downstairs, but only a moment.

IT WAS DARK when she woke. There was a handy clock on the bedside table, which told her it was just past nine.

If she hadn't believed it before, there was no doubt now that she'd lost her chance to be on Broadway.

How long would she be sitting on the sidelines, watching friends and people she really disliked getting gigs that should have been hers? Four to six weeks might sound okay on paper, but in her world that was an eternity. What about work? What about classes? No auditions, no ballet, no jogging in the park. Impossible. She was an athlete, for heaven's sake, and a serious one. Her life revolved around her physical self. She'd never been sidelined like this before, never.

There had been dance classes, gymnastics and jazz and cheerleading. Competitions, awards, rehearsals, practicing when the other kids were sleeping in or playing or having sleepovers. She regretted none of it, but now it was as much a part of her as breathing, and she had no idea who she was if she wasn't a dancer.

All that stuff before about feeling scared? Nothing. *This* was scared.

She looked at the door, at the window, at the clock, and then she closed her eyes and took a deep breath. She'd come to New York without knowing a soul. She'd used all her own money. She'd gotten into shows on talent and persistence. She could get through this. She *could*.

After a lot more deep breaths and a lot of envisioning herself bathed in white light, she opened her eyes again, the panic in her stomach somewhat eased. Not all the way, but then she remembered the only thing she could control was right now. And right now, she had a kink in her neck.

She usually slept on her side, but she'd been afraid to move in case her leg fell off the pillow. She stretched, and that felt so good she stretched some more and that's when the throbbing in her ankle perked up.

It wasn't difficult to reach the bedside lamp. She wondered if Flynn was home yet. She had no idea how long she'd slept as she hadn't looked at the clock before she'd conked out.

She hoped he was home. Despite her mini medita-tion, it still felt odd as hell to be here. Even when she pretended it was a hotel room. The remote was right there so she turned on the TV and flipped through the channels. Oh, my, he had all the cable stations. Fancy.

There were movies she hadn't seen, *South Park,* ohh, *Buffy.* That settled that. She had watched the series so often she knew exactly what was going on with Spike and Dru. The show was the TV version of eating mac and cheese and she felt her shoulders relax into the pillows.

Still, she kept hitting the mute to listen for him, but there was only silence. No knock, no footsteps. She ought to get up. Do something about her cotton-filled mouth. On her way back to bed, she'd open her door. That way, he would know that she was up. If he was home. If he was awake.

It was once again a real pain to get on her feet. The crutches weren't all that comfy on her pits, and she hated feeling like such a klutz. Shutting the bathroom door had never been a battle before, but she finally won. The brushing of the teeth felt divine. So good, she washed her face with the delicate-smelling soap and brushed her hair to boot.

That's when she realized she hadn't put on her bathrobe. So, did she open the bedroom door first, then go to bed, or get the robe, then the door…

Forget it. If he saw her, he saw her. It was bound to happen if she ended up staying here for days and days. Maybe she even wanted it to happen.

He had such great hands. No rings, and his nails were neat and clean and he smelled good.

Her heart hammered a bit as she opened the bedroom door, prepared to see him standing there, hand up ready to knock. Nope. Just dark hallway. So she slowly turned, careful not to hit anything with her crutches, and started back to bed.

"You're up."

The voice behind her scared her into catching the crutch on the carpet. She panicked, dropping the right crutch so she could brace for the fall, but hands grabbed her waist just before she crashed.

"Shit," he said, pulling her back to upright. "I didn't mean to scare you."

"It's okay. I think." Her panic blossomed as he stepped closer, pressing his body against her back. She couldn't do anything but clutch his arm and try not to put her bad foot down.

"You're all right?"

"Yeah. Fine."

He didn't move. She felt his breath on the curve of her neck, his heat on her bottom and a bit more pressure where his hands held her steady. The nightgown was so slight it was as if he were touching her skin. She stood as still as possible, tummy all aquiver, waiting to see what he would do and hoping not to fall.

"You're, uh…"

"Yes?" Her voice came out whispery. She listened to him breathe.

"I should get you into bed."

Her eyes closed and so did her mouth as she tried not to take that the wrong way.

His hands braced her until he was at her side. Somehow she managed to get her free arm around his neck and he helped her hop to the side of the bed. And yes, her boob rubbed against his chest. From there it was an awkward dance until she was sitting down. His gaze went directly to her nipples, which could probably take an eye out if she weren't careful. Nothing she could do about it, so she used her audition smile. It took him a long time to notice.

Flustered again, he tried to smile back, but it was only somewhat successful. "You hungry?"

"Famished."

"Want food or éclair?"

"You got me some?"

"More than some," he said, taking little steps away from her, his hands shoved in his pockets. He'd changed clothes. Nicely worn jeans with a slate-gray silky shirt. He'd showered. He really was a good-looking man.

"How many more?" she asked, forcing her mind to focus on edibles.

"I got a dozen."

She laughed out loud and he gave her an honest grin.

"What? I panicked."

"In a good way," she said, still unsure of so much, but not really minding.

"I also got champagne."

"Wow."

"I'm not sure you should have any. Although you're only taking NSAIDs."

"I thought I was taking high-dose aspirin."

"You are. NSAID is the technical term."

"Ah. Doctorspeak."

"Anything to confuse the patient, that's my motto."

"Okay, how about I take another one of those NSAIDs and you fix me whatever you're having for dinner."

"Followed by éclairs and champagne?"

"Exactly."

He looked at her breasts again, froze for a moment,

then turned in a hurry. "Right. Couldn't get the mac and cheese because the restaurant had a line halfway down the block, but I only found out after I'd been to the store. Oh, the pills are in the drawer. I hope you like soup and grilled cheese sandwiches, and I'll be back later."

She watched him go all the way down the now-lit hallway before she got the bottle of pills, thinking all the while that for a doctor he was awfully cute. Her thoughts turned to the champagne and dessert portion of the evening, and she popped two pills just in case.

FLYNN SLAMMED THE LIGHT on with his elbow then threw the fridge door open. This was ridiculous. He'd woken up with a hard-on. Fixed that problem with a record-setting jerk-off in the shower. End of discussion. Until he walked into the guest room to find his patient as good as naked.

Which was his own damn fault. He'd seen something flannel in her bag, but he'd gone for the red slinky number. He hated thinking with his dick. At least at home. On vacation he could shut off all cognitive functions and be as decadent as he wanted, which was usually not terribly decadent, but not here. Not with Willow.

He pulled out the cheese and the butter, a Granny Smith apple, some deli ham and mustard and put it all on the counter. Man, she was pretty. Those breasts. He couldn't stop staring at them. The whole hard-on problem? Still a problem. No, he hadn't gotten absurdly rigid, but he'd been well on his way.

What the hell was wrong with him?

As Andy had pointed out to him and the public at large, he hadn't gotten any for a long time. But that didn't mean he wasn't in control. He wasn't seventeen. But man, she was pretty.

To make things worse, he liked her. She'd be fun to get naked with. Playful, for sure. She certainly was full of surprises. He knew without a doubt that if he were in her position, he'd be raising hell. He probably would have contacted a lawyer already. Not that she would. She wasn't the type. But if nothing else, hadn't his father taught him to be prudent? To keep his johnson far away from his patients?

He put the sauté pan on the stove to get hot as he buttered the bread. The recipe was one from his childhood. Not a typical grilled cheese, but he'd wager she'd like it. She struck him as someone who liked to try new things. Her career choice was proof of her daring.

It didn't take long to assemble the sandwiches and get the soup out of the cupboard. Clam chowder felt right, and he could pop that in the microwave while the cheese melted.

He even had a tray so she could eat in bed.

He wanted to eat with her, next to her. To spend the rest of the evening drinking cold champagne and stuffing himself with high-fat food. It was tiresome, always being so careful. About food, about women, about his residency, about everything.

For one night, couldn't he toss out the rules? Have some fun? Make her feel good?

He stopped, his knife halfway to the mustard crock. Making her feel good had a nice ring to it. After all, he was responsible for turning her life upside down. The least he could do was make her happy.

7

THE SOUND OF HIS FOOTSTEPS in the hallway sent her whole body into hyperdrive. Heart racing, nerves tingling, anticipation off the charts. Which was stupid. She was injured, and she was his guest and no one had said anything about anything really, so she should just cool her jets and calm down. And yet, she touched her hair, cleared her throat and licked her lips, then sighed at her pitiful self.

He appeared at the door carrying a huge tray full of delicious smells. He smiled. She smiled back. Flutters happened.

"Did you take your pill?"

"I did," she said. Five minutes ago she had pushed an extra pillow against the headboard, an invitation for him to join her. Now it seemed too much. "The ankle is behaving itself."

He stepped across the threshold and then stared at the bed for a moment. She could almost see him figure out her impulsive plan. Only she couldn't tell if he thought it was a good idea, a terrible idea or if he had just crossed her off his list forever.

The tray, being so large, was put in the middle of the bed where she saw there were two smaller trays right next to each other. Both had nice bowls of steamy clam chowder and beautifully golden sandwiches. Also two containers of cranberry juice. Two.

He leaned over her to lift one tray, then put it on her lap. He smelled even better than the food. There was a cloth napkin, gold in color, and a soup spoon. Willow felt like a princess. Or at least someone very rich.

"You comfortable?"

She nodded. "This looks fabulous."

"Old family recipe."

"The soup?"

"Uh, no. That was canned. But the sandwich is." He slipped the napkin from underneath the spoon and flapped it open. His pause was adorable. Would he actually put it on her chest?

Deciding it was better to have him relaxed, she took the napkin and did the honors herself.

Flynn seemed relieved as he headed around the bed, glancing at the chair in the corner. But then he simply sat next to her as if it were no big deal and her worries were nonsense. "I figured we could eat together, watch a little TV. If that's okay."

"Sure. That's fine," she said, in her most casual voice. So why was she still nervous and anxious and wondering if her attraction was as real as it felt or just a distraction from the collapse of her life as she knew it? Not that she'd let on. She smiled as if this sort of thing happened to her twice a week.

"You know, I don't think I've ever been on this bed before," he said as he settled his tray on his lap.

"Really? Has anyone?"

He nodded. "My sister and her husband. My nephew. My friend Andy stays here when he's too smashed to get home."

"Does that happen often?"

"From time to time. Only when he's not on call and has a few days off."

Okay, talking was good. Really good. In fact, maybe she'd spend the rest of the meal asking him questions. "Is that what you do when you're not on call?"

He smiled in lieu of an answer.

She took half her sandwich and resisted the urge to peek inside. She wasn't a fussy eater, but some things were a bit exotic for her Bakersfield tastes. The first bite told her not to be concerned. It was scrumptious.

"Really?" he asked.

She nodded, making the yummy sound again.

"I know it's not typical."

"It's much better. Spicy and creamy and crisp and soft all together. And there's something sweet. Apple?"

He gave her a new smile. One that showed more than his excellent dental hygiene. He might be a big important surgeon, but just like little ol' her, he needed the attaboys. "Then you won't mind the canned soup so much."

"You're right. I won't."

He took a big bite himself, then straightened the pillow before he relaxed back, for all the world looking like a man settling down for the duration.

"Is Andy also an orthopedic surgeon?"

"Neurologist."

"Doesn't alcohol kill brain cells?"

"Luckily for him he's got them to spare. The moron's brilliant. He aced every test all through school, completely destroying the bell curve. I have no idea why we're friends."

"Sounds like a healthy competition. I mean, you've had ample opportunity to strangle him in his sleep."

"Ah, the mess afterward. He's very tall. Not worth it."

She ate some more, liking his sense of humor very

much. And also liking the pauses between the Q & A. In fact, they were nice. Easy. Still, she wanted to know so much more about him. "Is Andy enjoying his vacation as we speak?"

"Yes, he is."

"Did he yell at you for staying here and playing nursemaid?"

"He did."

"I think we'd get along, then."

Flynn nodded. "He'd hit on you before you could say hello."

"You mean he doesn't use the knock-'em-senseless technique? It's very good, you know. Although you could have tried just introducing yourself."

Flynn closed his eyes and dropped his chin to his chest.

She patted his hand. "It's okay."

"But it's not. You're a career dancer. I've put you out of work."

"That might be a bit of a stretch."

"Oh?"

"The goal is to be a career dancer. Right now, I'm a sometimes dancer, more often cocktail waitress and student."

"A cocktail waitress?"

"Don't knock it." She sniffed. "The tips pay for that palace I live in."

"How can you be so flip? You realize you can't work for at least four weeks."

She swallowed. "I know."

"Will you still have a job?"

"I hope so."

He shook his head with self-disgust. "What will you do in the meantime?"

"Hang out at Grand Central Station, hop on one leg

and set out a hat. I heard people are particularly generous on Friday afternoons."

"I'm serious."

"Fine. I don't know. I haven't thought that far ahead. Something will work out." Meeting his gaze, she waited until he could look at her calmly. "It was an accident. They happen. And you've more than made up for everything. Please, let the guilt go." God, she was a good actress. Maybe if she convinced him it was no big deal, she'd convince herself. "I'm frustrated about missing the audition, but there are going to be more auditions. Maybe I needed to slow down a bit, and this is the universe's way of helping me."

"You're amazing, you know that?" he said, smiling.

"Shut up. It's the painkillers talking."

Amusement lit his eyes. "Are you really just twenty-four? Or was that another hypothetical you gave Dr. Jefferson?"

"Impertinent."

"I'm a doctor."

"So what?"

He opened his mouth, then shut it quickly. "That line always works."

"Do people give you their ATM pins, too?"

"Hmm. Haven't tried."

She took a spoonful of soup, now that it wasn't so hot. It was good, a perfect companion to the sandwich.

He followed her cue and went back to his dinner. They both stared at the television, which was still muted. *Buffy* had been replaced by reruns of *House*.

"Does this show make you crazy?" she asked.

"Yep."

"But you still watch it?"

"Yep."

"Why?"

He thought for a second. "Catching their mistakes makes me feel smart."

Her hand went back to his, just for a second. "You don't need a medical show to know that."

"No, no, I don't." His eyebrow rose in that way of his. "For that, I need *Jeopardy*."

She laughed, and he looked pleased. The ruggedness she'd noticed before was still there at cross-purposes with his hair, yet somehow it made sense. She hadn't known him long, but she already knew he was a complex man. Not easily categorized. "Why'd you become a surgeon?"

He swallowed his bite, staring at the foot of the bed as he did so. "I originally wanted to be an engineer. When I was a kid, I mean. Make things. Take them apart and build them better. But then at sixteen I broke my leg playing baseball. The doctor was a friend of my father's and he explained the procedure in detail. I realized that the human body is more interesting than any building or piece of machinery."

"Is it still interesting?"

He nodded. "Fascinating."

"So, orthopedics. That's because of the broken leg, too?"

He hesitated. "Sort of."

"Hey, if you don't want to talk, that's okay."

"It's not that…"

Okay, now he'd gotten her curious. "Well?"

"My father is a heart surgeon. A famous one."

"Ah, I see. Hard to follow in his footsteps."

"That's the last thing I want to do." He slid her an exasperated look. "Brilliant surgeon. Lousy husband, lousier father.

"Now, how about you? Did you always want to be a dancer?"

She wanted to keep asking him questions, but she could take a hint. "It's what I've done my whole life. I started dancing school when I was five. Never stopped."

"Because it was what you wanted? Or was there something else going on?"

Okay, interesting. His tone had changed with that last question. He meant did she have a stage mother, but there was more to it than that. There was a subtle urgency in his voice, almost an anger. Was this about his father again? "My mother," she said, "was always proud of me, but she wasn't insistent. She wanted me and my sister to have options. We played sports, swam, joined Girl Scouts, learned musical instruments. Dancing was the one that stuck for me. My sister liked science. She's going to be a biochemist."

"Older or younger?"

"She's older. By one year. She goes to UCLA."

"You miss her?"

"A lot. She helped me with all my math homework."

"Good thing you don't have to worry about that now."

Willow smiled, missing Skye. "She helped with other things, too. Hey, you said you had a sister?"

"I do. She's the mother of two great boys. Married to a doctor, which isn't a shock. She lives in Connecticut with her husband and my mother."

"So I take it your parents are divorced."

"Separated. Going on ten years."

"Well, no use making a hasty decision."

He chuckled. "It's more like why air dirty laundry when everyone can go on pretending we have the perfect family."

"I'm sorry."

He shrugged. "I've made peace with it. I just refuse to be like him. All he cared about was his practice and his mistresses. Not necessarily in that order. He had two separate penthouse apartments where he kept them. Nicely, I might add. Chauffeurs, maids, wardrobes, cosmetic surgery. God forbid one of his babes looked older than twenty."

Yeah, there was still some anger there. "So," she said, blatantly changing the subject, "you're, like, loaded."

He laughed. "Yeah, I suppose we are. Maybe not as loaded as we used to be, but my great-great-grandfather made some fortuitous choices."

"And all this furniture came from his house, I assume?"

He looked at her crossly. "Quit hating on my furniture. It's not that bad."

She gave him a look right back. "If you're ninety."

"Okay, okay. I know. And when I finish my fellowship, I promise I'll buy all new things. Cross my heart."

She loved that he actually did it. Crossed his heart. "Okay, I'll shut up. Personally, I'm very grateful that you're rich. I don't have to feel quite so guilty for accepting your money."

"I'm grateful, too. That I can help mitigate some of the damage."

She didn't want to tread over that territory again, so she finished off her now not-so-hot soup, and leaned back a bit to watch TV. She didn't turn up the sound, though.

As HE WATCHED House limp around the hospital, Flynn felt pretty damn good. The conversation had gone surprisingly well. He rarely talked about his family, his father in particular. But with Willow, he'd felt at ease. Probably because she seemed to be the least judgmental person he'd ever met. Even though he'd told her what an egotistical philandering prick his father was, how he'd indiscriminately slept with nurses and patients, she hadn't batted an eye.

He wanted to know more about her in return. His gaze strayed to the jut of her breasts, covered by the sheet. But he'd already seen enough to make him hard, make him want what he was ethically bound not to take.

This was stupid and dangerous. Him being here in this room. She wasn't just a guest, she was his patient. He had a moral responsibility to treat her as such. Lying here beside her made it too easy to forget. Had he learned nothing from his father?

He abruptly straightened. "Ready for dessert?"

"Not really. I'm kind of stuffed."

"You'll change your mind by the time I get back."

"But—"

Ignoring her startled look, he quickly gathered the trays and went back to the kitchen. It only took a minute to put the dishes in the dishwasher. Then he filled the champagne bucket with ice and put four chocolate éclairs on a plate. He stared at the pastries for a second and then removed two. Couldn't he keep his head straight for a lousy five minutes? Spending any more time with her tonight would be insane. He wouldn't be rude. He'd have a glass of champagne with her, then leave her the two éclairs and excuse himself.

He quickly added a bunch of strawberries to the middle of the plate when it occurred to him that last year when he'd spent this holiday with that woman he'd met at Zabars, they'd eaten takeout Chinese and toasted beer bottles. Now he was arranging fruit.

One glass of champagne, and get the hell out.

IT HADN'T BEEN EASY, but Willow had made it into the bathroom and back to bed before Flynn showed up at the door. Freshly brushed teeth and hair made it feel a little less weird that she was entertaining from her bed. Technically his bed, but still, she was in her red see-through nightie.

He set the tray down on the dresser, then walked out, only to return a moment later carrying a champagne bucket and something she couldn't identify.

The mystery was solved as he put up yet another tray, this one a floor-standing model, next to the bed, upon which he placed their after-dinner treats.

"Strawberries and champagne," she said, all fluttery inside, and not because she liked the berries. "Very *Pretty Woman.*"

"Huh?"

She laughed. "Chick-flick reference. It looks wonderful."

"I figure if we play it well, you should be both stuffed and smashed by the time the ball drops."

"A perfect ending to a relatively good year."

"It wasn't your best one, huh?" He pulled the bottle of bubbly from the bucket and faced the tray to pop the cork. Evidently, he'd done it once or twice before. As if by magic, his free hand swept up both flutes at once and he barely lost a drop before the glasses were filled.

"Wow. If you ever decide to leave medicine you'd make a hell of a sommelier."

He nodded. "Trained at my parents' dinner parties."

"They taught you to open champagne?"

He frowned, and she had this weird feeling that something was wrong. Since he'd come back with the tray, he'd barely looked at her.

"At the ripe old age of ten. Maybe nine, I'm not sure. I also learned how to make the best dry martini on the East Coast. Seriously. I think my father was as proud of that as he was my becoming a doctor."

She leaned over to take her glass from him. "Somehow I doubt that's the complete truth."

He went on to get her set up with her dessert while she thought about how much she really liked Flynn. He'd made the fruit and éclairs look nice for her, and the champagne tasted better than any champagne she'd ever had. But she couldn't get rid of the feeling that something bad was just around the corner.

8

FLYNN SETTLED BACK ON his pillow and sipped his drink. She was squared away for the evening, and he'd be out of here before midnight. He tried to figure out which episode of *House* was playing, but since his attention was mostly on the woman in the bed, it was tough going. Out of the corner of his eye, he had seen Willow pick up the chocolate éclair and lift it slowly to her mouth. He was helpless to do anything but blatantly stare as the pastry neared her lips.

From the look in her eyes, she couldn't have cared less. There was nothing in the world but Willow and her…

He jerked his gaze to the TV. He'd never really thought about the phallic shape of an éclair. But yep. It was phallic, all right. And she was really excited about it.

"Oh, God." The words were muffled, but the ecstasy was extremely clear. He'd been around women and chocolate before, so her vehemence wasn't completely unexpected. But either he was reading a lot into it, or she hadn't had an éclair in way too long.

He dared another look and found her chewing contentedly, her eyes half-closed and her lips curved in a smile. A bit of chocolate ganache rested on her plump lower lip, right at the corner of her mouth. Willow didn't realize, or didn't care.

He, being human, being male, thought about licking off that little piece of chocolate, but he wouldn't. Oh, no. He wouldn't do a thing except stop thinking about sex.

Before he could figure out a way to leave without making it seem as though he was running for his life, the tip of her tongue delicately licked up the chocolate in a neat swipe. Damn.

As a distraction, Flynn took a bite of his own pastry, and now her bliss made complete sense. As he chewed, she smiled at him before she took her next bite. He couldn't help grinning back, following her bite with his own. It was as if they were dancing a strange tango. Choreographed eating, now with extra sexual tension!

When they finished, she laughed. A great sound. "That was fun," she said. "If I didn't think it would do me in, I'd have another."

"Do you in? Are you joking? You're tougher than that."

"You go ahead. Seriously, I think one per night is my limit. Although that doesn't eliminate the possibility of having one for breakfast."

He sipped his drink, knowing she would taste of chocolate. "How about strawberries?"

"I'll try one later. Promise. Great bakery, by the way."

"I had no idea about the goodies. I've only bought bread from them. I hope it doesn't lead to trouble."

She nodded somberly. "Pastries inevitably lead to trouble. It's part of their allure."

Even though she'd lobbed the witty banter into his court, he didn't continue the play. *Allure?* He wouldn't be able to look at an éclair again without his dick getting hard. Man, he was in a bad way. A fresh wave of lust hit him low and hard and the idea of her tasting like chocolate wasn't so much cute as erotic as hell. With one gulp, he finished his drink, then stood up. "Hey, you know, I should get going. You need your rest and I'm pretty tired myself. So, uh, I'll just put the champagne on your side and then I'll be out of your hair."

"What?" Her eyes got wide and her forehead furrowed in a look of pure disappointment. Followed quickly by confusion. "Oh, okay," she said. "That's fine."

It wasn't. He'd blundered, but only in delivery, not intent. "I can take the ice pack off, but you still need to keep your ankle elevated." Flynn had picked up the tray, but he had to stop and think where he could put it so that she could reach the champagne, but still get her crutches if she needed to go to the bathroom.

"You know what? I'll just fill your glass now." He put down the tray and turned to get the bottle, mostly to hide his utter stupidity. Just because he couldn't control himself didn't mean he had to treat her as if she had the plague. It was New Year's. They'd been having a good time. God only knew what she thought he was doing.

He couldn't keep hovering over the ice bucket. He picked up the bottle and headed around the bed. "It's nice and chilled." Inane and ridiculous, but it filled the awkward silence. "The strawberries go really well. It's actually a famous combination—"

She turned her head away.

There was no possibility he could have handled this any more poorly. His inner seventeen-year-old had taken over and turned him into a bumbling idiot. He sighed, put the champagne down on the nightstand and sat at the edge of the bed right next to Willow. "Hey."

He watched her lips press together, her hair hiding

too much of her pretty face. When she turned to him, her eyes were full of questions and, much more troubling, doubts.

"I'm sorry. I haven't handled myself very well. It's partly the situation. I mean, I don't usually cause people injury, and I've never offered my guest room to a stranger. But that's not even the real issue."

"No?" Her voice was soft, a little scared. Her hand rested on the covers. Delicate, curved and pale.

He touched her there. Not grasping, just laying his hand on hers. "I'm really attracted to you." Now that he'd decided on honesty, he wasn't at all sure how far to go. He hoped like crazy she'd give him a clue.

"You are?" Her question didn't help, but the blush that stole over her cheeks did. It made things worse.

"Yes," he said. "Very. But this is all wrong. You're my patient. It's completely unethical for me to even think of—"

She held up her other hand, stopping him. "Your patient?"

"Yes."

"Flynn, I am no such thing. Is that what's been making you act so weird? Because that's just nuts."

"You're not only here because of me, but I'm the one who's treating you."

"If all you think I am is a patient, then I'm leaving right now. Seriously."

"What else am I supposed to think?"

She closed her eyes for a moment. When she looked at him again, she shook her head. "I'll tell you what I think. I think you're a pretty decent human being. More than decent. There was an accident. You not only took responsibility, but you went way beyond the extra mile. I appreciate that, incredibly."

She hesitated then continued. "I'd also like to think that maybe you like me a little. I know, I'm being presumptuous, but the truth is, I like you. And I figured, hey, if you were just feeling guilty, you'd have put me in the hospital while I recovered. Especially knowing you could afford that. At the very least you could have hired a nurse for me and gone off to Vermont. But you asked me here. You're taking care of me even though you didn't have to. That's not a doctor/patient thing, Flynn. Even you have to admit that."

WILLOW WATCHED FLYNN'S face, and she could tell he didn't quite believe her. That was confirmed with the slow shake of his head and the sadness of his smile. "I do like you. Believe that. But you're hurt. And mostly helpless. You're right, I don't want you leaving, not even with a nurse, because I am responsible for you getting better and not going broke during the process. It's going to take some time, and the potential for awkwardness is high. If we made love and you hated it…"

"You think I might hate it?"

He stuffed his hands in his pockets, looking as if he wanted to scuff his toe in the sand. "You could."

"Does that happen a lot with you?"

"No!"

"I thought maybe there was something, you know, wrong? With your—"

"It's fine. It's great. Never better."

She grinned. Sometimes men were so easy and the poor guy was trying to be so noble it just made her ache. "I'm teasing. I get your concerns. Honestly. They're valid. They make all the sense in the world."

"Okay, then." He picked up the champagne bottle again and topped off her drink. After handing her the glass, he went to the tray and got her some strawberries on a plate. "Do you want me to go grab an éclair just in case?"

She shook her head, trying to think of a reason to ask him to ignore his sensible position. He was right. She couldn't counter even one of his arguments. The whole situation could get creepy and weird in a heartbeat. But something told her it wouldn't.

Unfortunately, she doubted he'd be persuaded by her gut feeling. Not with him being so logical and smart, and besides, the whole guilt issue was probably behind his rationale, which was something she couldn't dismiss. Just because *she* wouldn't hate it after, didn't mean *he* wouldn't.

He came back to her and put the plate on the side table. "You're all set, then?"

"Sure. I'm fine."

"Good. Okay. Well, if you need me—uh, you have a cell phone, right? I can leave that here and you could call—"

"Flynn?"

"Yeah?"

She reached over and grasped his hand. "Don't go."

He inhaled again. His fingers squeezed hers, gently, tentatively. "I'd like to stay…"

"It's just, I was having a really good time. We don't have to…you know. I can turn up the sound. We can watch whatever you like. There's all that champagne and you were telling me about the strawberries, and I'm not even a little bit sleepy. It's still so early."

"Willow…" The tone of that one word carried his no.

"Please? I won't attack you or anything. I'm incapable for one thing, but I wouldn't. How about just until I get sleepy?"

His expression changed and she knew she'd hit his

guilt button, which wasn't what she'd intended. She wasn't sure why she wanted him to stay. Why she'd begged. God, he must think she was incredibly needy. "You know what?" She withdrew her hand. "It's okay. I'm being a baby, and it's fine."

"You're not. There's no reason not to watch some TV together. And you're right. You're never gonna finish off that champagne by yourself."

She exhaled, her relief instant, although puzzling. She wanted him here. She wanted to ring in the New Year with him on her bed, if not in it.

He took the ice bucket back and filled his glass to the rim. Then the bed dipped with his weight and Willow relaxed. While it thrilled her that he was attracted to her, it was much more important that he *liked* her. Now, if she could get them back to the talking part, everything would be perfect.

9

IT WASN'T WORKING. The level of wanting Willow was inversely proportionate to the forcefulness of the reasons why he shouldn't want her at all. The third glass of champagne had not helped. Neither did the sound from the television, his determination or his visualization of all the muscles, tendons and ligaments in the leg.

"Mmm."

Flynn rolled his eyes. It wasn't bad enough he was torturing himself, she had to sound like that? Over a strawberry?

"You're right. The combination is wonderful."

"It's something to do with the citric acid and the sweetness. Or so I've been told."

She took another sip of her drink, then another bite. Again, she moaned. He had to bite back a moan of his own. "Only an hour to go till midnight. I can take that ice pack off your ankle. Find a lower pillow. You really should get a good night's sleep, so let's make you comfortable."

Once off the bed, he felt a little better. Throwing back the covers to get to her ankle was infinitely worse. Touching her, just the barest brush with the back of his hand, threatened the last of his control.

He removed the ice pack. Slipped his hand under her ankle while he took away the pillow. Holding her gently, he lowered her foot, rubbing the pad of his thumb across her warm skin.

A surge of desire went right to his cock and he let her go, not even able to say a word as he took the ice pack straight to the kitchen. After shoving the damn thing into the freezer, he thought about climbing in after it. What the hell was going on here? This was worse than after Lisa Donald slipped him a hotel room key at the senior prom. He needed to get a grip and if that meant leaving Willow before midnight, so be it.

On his way back to the guest room, he snagged a small pillow from the couch which should make it easier for her to sleep. Then he steeled himself to do what he must. With determination and will, he put her ankle in position, tucked the covers back in place, then went to his side of the bed. He sat, drank half a glass of champagne and settled himself in to watch the New Year's Eve special from Times Square. All without looking directly at Willow.

He stretched his neck, then worked at relaxing his breathing in an effort to stop thinking about her.

Something brushed his wrist. Pure reflex made him look. Willow's hand rested on the comforter almost but not quite touching him. When he looked up, she met his gaze with dilated eyes, parted lips and want.

For a long moment, he didn't move at all. So beautiful. So near.

He reached out with one finger and stroked the side of her pinkie. It set him on fire.

WILLOW TREMBLED as he moved closer. His hand moved from the bed to brush the side of her face as he leaned in to kiss her. He tasted like champagne, and if she had her way, all kisses would be exactly like his. Warm pressure, seeking tongue, just enough push and pull and she could hardly believe it was real.

It was hard not to roll over, to touch more of his body as his fingers went to the back of her neck. But then he moved even closer until he held her tight and she was pressed against his chest. It was the safest she'd felt in a long, long time.

When he pulled back just enough to kiss the edge of her lips, her cheek, her nose, she sighed with a content-ment that stilled her mind and her doubts. Whatever the consequences, she'd deal.

The way her body reacted to his touch was some-thing new and electrifying. She moaned when his mouth went to her neck, as he licked her right there, and kissed her again. His elegant hand swept down her shoulder to her waist. He touched her breast with his fingertips.

"This is crazy," he whispered. "I've been so careful for so long."

"You're not like him," she said. "I wouldn't want you if you were."

"You don't know that."

She kissed his lips softly. "I have very good in-stincts."

He stared at her, his brow furrowed and his hand still. "Maybe you're right. Maybe I've been so busy trying to not be like my father that I forgot to be me."

"And maybe I'm the universe's way of helping you remember."

He kissed her, a long lovely kiss that would have made her toes curl if they could've.

"I want you," he whispered. "I want your nightgown off. I want to feel you."

She smiled, her lips so close to his. "Good. I want to

feel you, too, but you'll have to do all the work yourself."

He nodded, then pulled his shirt off. His jeans were
trickier and he had to stand up, but that turned out to
be nice. She liked that she could see him, see what she
did to him.

His amazing body did all kinds of wonderful things
to her insides, which made her hate more than ever
that she had to be so careful. Just seeing his bare
chest, all rugged and ripped, made her squeeze the
muscles she exercised in private. She'd been so used
to seeing waxed bodies in her dance classes that he
seemed exotic, even though his chest hair wasn't out
of control at all. Her gaze went lower, and it was her
turn to swallow.

After all the debates and reasons, he slipped under
the covers as if it was the most natural thing in the
world. She lifted her arms so he could take off her
nightie, watching his eyes darken as he looked at her.

"We can't go nuts here," he said, his voice lower and
rougher. "Try to stay relaxed."

She kissed him and he pressed his body against hers.
The feel of him had her pulling him closer, wanting
more, wanting everything.

His hands explored, lingering on her breasts, sliding
down her side and her thigh, coming back to her bottom,
where he slipped inside her panties and squeezed just
hard enough.

He pulled back, chasing his hands down her body,
kissing and licking where he'd touched. Soon he was
under the covers, teasing her gently as he went lower.

He kissed her hip, then got busy removing her
panties. He could have just taken them off. Instead he
made them part of the dance.

A lick here, a nibble there, a finger underneath. Each one closer to naughty, each one ratcheting up the tension in her belly as the TV continued to flicker.

Her body needed to move. She wasn't used to being so passive and it wasn't enough to touch what she could of him. He was so low on the bed she couldn't reach much. "Do you think my ankle would survive if we ditched the pillow and I scooted down?"

His head bobbed up. "No," he said in a firm yet muffled voice.

"Such a mean doctor."

He growled, at least she thought it was a growl. Whatever it was it made her smile. So did watching him move under the covers.

When he finally pulled her panties down her thighs, her eyes closed as she held her breath. He hurried at first, but new kisses slowed his path. One to the top of her thigh. One a little closer to center. Then it was just his hands and his gentleness moving her legs and carefully removing all that was left of her clothes.

He surprised her with a kiss to her foot, one that lingered a bit, and she knew it was another apology. She wished he would come up again so she could show him how deeply she didn't mind. How glad she was to be here, with him. How sometimes what looked like the worst thing could turn out amazingly well.

But she decided to relax and enjoy it as he meandered up her body. Touching, licking, nipping. Treating her knee and the outside of her thigh as if they were just as sexy as an openmouthed kiss. Which made her wonder what would happen when he moved higher.

"What are you doing to me?" she asked, not even knowing if he could hear her. She squirmed, her body lit from the inside as his hands skimmed her inner thighs. He spread her legs, careful not to jostle her ankle.

She wanted to touch him. To stroke something, anything. Since she couldn't reach him, she ended up settling for her own nipples, which were incredibly sensitive.

He took his own sweet time teasing her to death. Clearly he wanted to drive her right out of her mind with his mouth. She decided she could live with that the moment his lips landed right above her clit.

Hot breath on her wet flesh made her eyes roll and her mouth open. When his hardened tongue started exploring, she couldn't resist. She threw the covers back, needing to see him. She'd been turned on, now she quivered with desire. Every cell of her body had gotten into the act. The most difficult part was keeping her ankles relaxed. At this point, she didn't care. She'd heal.

When his fingers joined his mouth, she cried out and squeezed her nipples harder. While his tongue flicked her clit, he thrust into her. Inarticulate and needy, she squirmed and mewled, wanting some magic that would let him stay just like that and still somehow kiss her and touch her everywhere else. "More," she whispered and "Yes."

The sneak replaced his tongue with fingers from his other hand and he started traveling again. Up her belly, stopping for a swirl or a nip, then up to her ribs, all the while rubbing her clit, thrusting into her. He stopped for a second, dead still. Probably just noticing that she was tweaking her nips, squeezing them between her fingernails.

His hair tickled the underside of her breast and his tongue pushed her fingers away. As he sucked and flicked, his hand went back to driving her crazy as he rubbed her clit, fast.

Finally, she could not only see him, but touch him.

She grasped his shoulders, pulling him up, but he only moved faster, harder.

His eyes opened and held her gaze. With hair as wild as her heartbeat, he looked like sex itself. His tongue flicked rapidly at the very tip of her nipple, right in time with his finger as he brought her closer and closer to coming.

She touched him everywhere she could as she started gasping for breath, as her body went to the near edge of orgasm. Then it started. She fell past the point of no return and he didn't stop, he just kept on doing his magic. Then he kissed her. She moaned into his mouth, cried out when she felt his cock against her leg, and she came so hard there were fireworks.

MIDNIGHT WAS LONG GONE, and sleep very close. As tired as she was, Willow fought to stay awake, to keep feeling the peace of Flynn's arms around her. Her head rested on his chest and she could feel each even breath. He petted her hair, gentle rhythmic tenderness.

"You should sleep," he whispered. "Let go."

She turned a bit and kissed him. "You're as tired as I am."

He sighed. "I don't want to stop."

She kissed his chest again. Smiled into his skin. "I'm going to be here when you wake up."

"I know." His voice was deep, soft, slightly slurring with fatigue. "I'm sorry, but I'm glad. I'm glad that you're going to be here and that I get to take care of you. That makes me a bastard, but I can't help it."

"It doesn't. I'm glad, too."

His hand stilled. "This is pretty nuts. This kind of thing doesn't happen to me."

She nodded. "Me, neither."

He touched her chin, and she looked up. It was dark, but she could still see his eyes. "I like you," he said, his voice steady with intent.

"Oh."

"I wanted you to know that."

She pulled his hand to her lips and kissed his palm as a shiver ran all the way down her body. "I like you, too."

"So I was thinking," he said. "My sister's birthday is on the nineteenth. She's having a party, something with a theme that I'm going to ignore. Maybe you'd like to come with me? If you're not already booked."

She was booked in the Casa del Bradshaw, but then, he knew that. That he'd asked her was…wow. "Sure. I can do that."

"Then we're good."

"Very."

"Okay, then."

She relaxed more deeply into the warmth of his arms, and let her fingers play gently over his skin. "It's a brand-new year."

"How about that?" he whispered as he matched the rhythm of her petting.

She liked his sleepy voice. What an intimate thing to know about a person. "Started off with a bang. Pun completely intended."

His chest vibrated a bit to go with his laugh. "I have some ideas about your physical therapy."

"Oh?"

"You'll need to keep in shape while your ankle heals. Pay attention to your core muscles. I can help with that. I figure we can do some water work together. I have a big tub upstairs. Full of jets and room for two."

"You going to carry me up the stairs?"

"It's only one floor."

She squeezed his arm. "So strong. And handsome. My hero."

His fingers trailed from her hair to her cheek, where he stilled. "Why do I have the feeling you're the one who's saving me?"

Willow's breath caught for a moment. Then she kissed his chest once more before sleep came to steal her away. She didn't know what would happen, but she did know she wouldn't have to face the future alone. That he'd be there to help her. That he'd be there.

She really was the luckiest person ever.

* * * * *

Ms. Sing

1

"Taxi!"

Maggie Trent waved down the Yellow Cab as she avoided the slush at the curb. At least it wasn't snowing at the moment. She climbed in the backseat, put her big bag next to her and gave the address to the driver.

Just saying the street made her shiver with anticipation and excitement. She was on her way to the audition of her life. One that, if she got the part, would change everything. She squeezed her hands together before she took off her gloves. It was cold in the cab, but she'd need her fingers to get her fare from her purse.

She shouldn't be this excited, not if she didn't want to jinx things. The chances in general of getting a callback, let alone a part, were incredibly slim. Especially in a musical with this pedigree. Every singer, actor and dancer in New York would be dying for a role. But she had an ace in the hole. At least she hoped so. She knew the librettist. Well. And she'd worked with him on the play. Her practical experience might have been limited to off-off Broadway and college productions, but Randy liked her for the part. No guarantees, he'd said, and she knew he wasn't joking, but still. He liked her for the part.

With her job, it hadn't been easy to get to auditions but that would all change after today, for better or for worse. If she got the nod for a callback, she would pass up the promotion that would send her to Washington, D.C., and really, truly give her singing career a shot. If she didn't make the cut…

She wouldn't think like that. Miracles happened. It was New Year's Eve Day, and she had a week's vacation in front of her so that was auspicious, right? New beginnings? Fresh resolve?

She'd selected a Sondheim number for her first piece. Everyone knew he was the most difficult to sing, and she wanted to start with a bang. If they let her sing another, she was ready there, too, with a piece from *Chess*.

Her stomach tightened at the thought. Yep, she'd been right to skip breakfast.

As the cab slowed to a crawl in the late morning traffic, Maggie's cell rang. It was underneath her shoes and her makeup bag, of course, and it better not be work with an emergency. Hmm. Colin. He shouldn't be calling her now. With a sigh she flipped open the phone. "What's wrong?"

"The idiot's done it again. I swear, Maggie, I'm going to wring his bloody neck."

All the air went out of her lungs as she imagined the worst. Colin's twin brother, Blake, was in Afghanistan where he was covering the Middle East for the BBC. "What's happened?"

"He's gone missing. He checked in four days ago from north of Kabul. He'd made a connection with a contact in the insurgency. He was supposed to call in two days ago, and he hasn't."

"Oh, God. How's your mother?"

"Scared. As usual. He does this every—" Colin stopped and she could practically see him eye the wall, ready to throw his fist into it. "His boss has no idea where the hell he is. No one does."

The cab turned the corner, and there was the building where the audition was being held. People were standing in line outside, all of them bundled up from the cold, but she knew they were sweating with nerves and excitement. That was the thrilling part about these big calls. Anything was possible.

She held back a sigh. This was her do-or-die audition and she was only two blocks away. Perhaps she could go in for just a moment, maybe to sing one song—her chest tightened and she hated that she'd hesitated for even a second. There simply wasn't another choice. It was Colin. "I'm on my way."

"When I find him," he said, "I'm going to kill him myself." Then he hung up.

The cab moved forward and instead of telling the driver to take the next right, her breath caught in her throat. She was so close. It wasn't that she hated her life now, she didn't. Working for Homeland Security's New York office was important and meaningful, but it wasn't her dream. Not her biggest dream, at least. She'd been singing all her life, fantasizing about her Broadway debut. She'd practiced her Tony acceptance speech every year, even though she'd never been eligible. This could have changed it all. It could have kept her in New York. Kept her close to Colin. It could have been her miracle.

She tapped on the partition. "Change of plans," she said, then gave him Colin's address. She sat back and closed her eyes, not able to watch as the cab turned away.

Damn Blake. Did the man have no sense of self-preservation? No thought for anyone but himself? The insurgency had no qualms about killing a British jour-

nalist. They'd proved it several times. And of course,
Colin had to be the one to pick up the pieces.

She stared blankly out the window as they drove
straight past where she lived, heading to Colin's apartment in a very nice section of the Meatpacking District.

Her own place was tiny, dark and, frankly, a nightmare. Colin had been horrified when he'd first seen it.
He'd gone so far as to offer her the guest room at his
place, which was possibly the worst suggestion ever.
Which he knew, but the man hated the idea of worrying
about her. He had enough on his plate.

As she passed Ninth Avenue, her thoughts drifted to
simpler times. Back to Cambridge University, where
she'd met Colin and his twin. They'd lived a block away
from her student lodging, roughing it. Their father was
a diplomat, a real mover and shaker on the international
scene and Colin was meant to follow in his footsteps.
The brothers had shared a place at university while
Blake studied English and Colin international relations
and languages. It had been friendship at first sight. As
the three amigos, they'd fallen in and out of love with
various and sundry, studied, laughed and annoyed each
other endlessly. Through it all and three years later,
they were still the best of friends.

Maggie shifted as the cab made another turn. She
tried to remember what it was like to be that carefree,
to be that hopeful about everything. Back then, when she
pictured her future, it was all about Broadway success
and true love with Colin. That boy had stolen her heart
from the beginning. Sadly, she'd never gotten it back.

He'd changed so much from those days. He'd been
incredibly adventurous, taking her to clubs and on im-
promptu trips to France or Spain. He'd been devoted to
modern art and jazz guitar, and they'd spent so many

nights talking about philosophy and politics. She'd changed, too. Her world had narrowed to singing and work. Singing, work and Colin. Work was the only one that had shown real signs of success.

Blake, on the other hand, hadn't changed at all. There was a lot to be said for his exuberance, but his behavior had long ago gone from forgivably daring to outright recklessness.

Even so, she missed him. He'd nursed her through the long days and nights of abject misery when Colin had gotten engaged to Elizabeth, and for that Maggie would always be grateful.

Even from war zones, Blake called her regularly, if infrequently, checking to make sure she wasn't still pining over his brother. Of course, she hadn't told him the truth, but then he didn't need to be told.

The cab pulled up in front of Colin's building. She gave the driver his money and hurried past the doorman into the lobby. She passed by the sign-in; they knew her here. Perhaps well enough to read the anxiety in her expression because Will didn't say hello and neither did Sonny.

The ride up to the fourth floor felt longer than the drive, but finally, she was at Colin's door. He flung it open, a phone at his ear, his face composed, his body tense as a bow string.

After plopping her bag and coat down, she traded her huge boots for more practical but less comfortable heels, then went straight to the kitchen and put on the kettle as she listened in on his conversation.

"...Colin Griffith," he said, using his most formidable voice. "The man I'm looking for is Fahran Azimi. He's a student, but he often works with members of the Associated Press." He stopped speaking. "I know precisely what the hour is there." The pacing stopped. "Yes, it is inconvenient to hunt this man down. War is inconvenient. Your people are the best equipped to do the hunting." His lips were pressed together tightly, which for Colin was the calm before the storm. "All you need to understand, Mr. Foster, it that Mr. Azimi needs to be located immediately and quietly." He paused and his body relaxed a bit. "Yes, that's correct. You have my number."

Maggie leaned against the kitchen door, watching him. He closed his phone, but didn't turn to her. Knowing him, he was mentally going through his list of who he'd call next, what strings could be pulled. And even though she was heartsick at missing the audition, she was glad she'd come. He would move mountains if she needed him for anything, but lately he hadn't seemed to need her quite as often.

It was the expectations. From his parents, from all those important people who'd been part of his meteoric rise in public service. Since his brother delighted in thumbing his nose at everyone who cared about him and destroying his family's reputation, Colin had become the default standard-bearer.

"I can't think of anything more I can do." He still hadn't turned to her.

"I'm making tea." Around him, she tended to speak with a soupçon of a British accent, even though she'd been born in Virginia. But as she'd learned from traveling around the world with her family, she tended to mimic all accents.

Finally, he came over to her and gave her a one-armed hug. She rubbed his back a bit until the kettle whistled. Ever since Cambridge, fixing tea had become almost a sacred thing. Whenever there were discussions or problems, the kettle went on.

She doubted Colin had eaten, so while the leaves steeped in his old pot, she put together a tray of snacks. Some cookies, cheese and crackers, toast and jam. Unlike herself, Colin didn't eat under stress. She'd force him to, though. He looked like hell.

The cups and food went on the tray and she brought it all out to the coffee table in the living room, where she found him staring at her. "What?"

"Nothing. Just, you look great."

She inhaled; said nothing. Just smiled as she sat down. But his compliment had jolted her with the reminder of the audition. It was happening right now. Without her. Tears burned at her eyes, which she quickly swiped away. It wasn't as if she had a real chance at getting the part. Even if Randy had thought she was the best thing since sliced bread, there were still the director, the producers. But dammit. She'd tried harder at singing than any other thing in her life, with the possible exception of learning Mandarin Chinese. Of course she knew she was good at languages. She only hoped she was good enough for Broadway. Now, she'd never know.

Maybe it was for the best. Maybe not knowing if she was good enough was a blessing. Besides, there were worse things than the demise of a ridiculous dream. Such as your twin brother being held by enemy insurgents in Afghanistan.

When she glanced up, Colin's stare was no longer focused on her red dress. It was a stare she'd come to know well over the past couple of years. There was no disrespect or dismissal in that look. Just that his thoughts were elsewhere. She understood. Even though she never looked at him without seeing too much. Wanting— Dammit. She wouldn't think about that now.

Talk about foolish dreams. "Come on," she said. "Drink some tea. Talk to me."

He cleared his throat as if that would also clear his thoughts, then joined her on the couch.

She poured, his with two lumps and milk, then put some cheese and crackers on his saucer along with his cup. "Eat, please. You need to be at your best."

He nodded although he didn't obey. He just closed his eyes. "This is all so typical. I should just let it go. Let the chips fall where they may. Everyone always cleans up after Blake and it's high time we all stopped. That I stopped. If he's gotten himself into trouble, he'll have to suffer the consequences."

"You know, it might not be all that dire. He could be out of touch because of his location or because of an equipment malfunction."

"That would be convenient, but really, it doesn't even matter anymore. Blake didn't tell his boss where he was going. He knew what danger he was heading for, and he did it anyway."

"You're right. He's an idiot. But he has a way of always landing on his feet. He'll get out of this. And who knows, maybe this will be his wake-up call."

Colin frowned as he sipped his tea. "Stupid stubborn bastard."

"Yes, he is."

For the first time that morning, Colin smiled. "Thank you. I don't know what I'd do if you weren't here."

"I wouldn't be anywhere else."

"I know."

She picked up a piece of toast, hoping he'd do the same. But her stomach rebelled at the thought of food, and in spite of herself, she discretely glanced at her watch as she returned the toast to her plate. Her gaze went back to Colin, unshaven, his hair an utter mess, and she thought again how much he'd changed since they'd first met.

He'd run into her. Literally. He was playing American football of all things, a game of touch, when he'd gone long and smashed into her as he'd caught the ball. She'd been flattened but unhurt, and he'd fussed over her so much she'd almost decked him. They'd ended up laughing and while his friends called for the ball, he'd asked her all kinds of questions, mostly about where she was from and what she was studying and why she'd come to England to attend university. They'd spoken French at each other, then Mandarin, followed by Italian. He'd thought he'd got her with Egyptian, but she'd lived there for two years, so it was four-four. Then he'd spouted two more languages and she only had one. It was close enough to warrant an exchange of numbers.

She'd been excited because he was the best-looking guy she'd met in England, and all that talking made her think he'd been flirting. He towered over her and was altogether too wiry for her taste, but there was something incredibly sexy about him. The way he ran his hand through his dark hair, his amazing cheekbones. He'd made her giggle. She'd been mortified, but helpless to stop.

She wasn't the only grad student in love with Colin. It seemed as if every girl at Cambridge had made a fool of herself over him or his twin, and if it hadn't been for Blake, Maggie would have done the same. Because Colin had Elizabeth. She was a proper British beauty—complete with title—and appropriate for Colin in every way.

So Maggie had become friends with the twin brothers, and when Colin had told her he'd gotten a job in New York, she'd been ecstatic.

Colin put his cup back on the table and blinked at her. "Didn't you have something on today?"

She kept her expression neutral. "No. Nothing," she said. "It's New Year's Eve Day. That's probably what you're thinking."

"No, it was something—oh, shit. Your audition." He looked at his watch. "You can still make it, can't you?"

"I'm not leaving." She glanced at her own watch again in some stupid hope that she'd misread the time. She hadn't. "Doesn't matter. I never stood a chance."

"You don't know that. I'm sure they'll make an exception. I'll call—"

"Your diplomatic friends have no sway over Broadway musicals, but thank you," she said wryly. "Can we drop it?" He looked stricken, and she was afraid she might start crying again. "When did you find out about Blake?"

He frowned at the abrupt change of subject, looked as if he wanted to argue further, but then fought against a yawn. "Uh, four this morning."

"I know you haven't eaten, but did you at least shower?"

"Why? Do I smell?"

"No. I just think it would do you some good."

He shook his head.

"I'll be here. I'll bring the phone to you if something happens. You know I will."

He glanced down at his wool pants and white shirt. No tie, but he'd dressed as if he might need to run to the consulate at a moment's notice. "I didn't get to sleep until two. Bad luck."

"You? On a school night?"

That made him laugh, but he still didn't move.

"Go. Shower. Wash that horrible hair."

He grunted as he got up and when he passed her, he squeezed her shoulder.

She smiled until he was out of the room.

2

IT FELT WONDERFUL to stand under the hot water. The morning had been a nightmare, but he needed to relax. Thank goodness for Maggie. He hated that she'd missed such a great chance, but he was glad she was here. Always practical, more calming than any shower, she was his rock. She knew more about his situation than anyone outside of London, outside of family. But then, Maggie was family. He certainly preferred her over his irresponsible brother.

Colin's head dropped to his chest as a wave of exhaustion hit. Maybe Blake had the right idea after all. Live hard, party hard and leave a handsome corpse. When was the last time *he'd* done anything crazy? Or spontaneous? Blake always managed to get what he was after, didn't he? The bastard was so charming everyone always forgave him and, in the end, that's what mattered. Except that wasn't quite true, was it?

The shampoo bottle was in Colin's hand so he put some in his hair and washed as he tried not to think about Blake. Instead, he thought again about how she'd looked in that red dress. She should wear it more often. Show herself off. She needed to get out there, have herself a life. Find someone.

Not just anyone. My God, who could possibly be good enough for Maggie? No one he knew. Blake had tried to tell him that he should have a go, but Colin had laughed. Maggie and he were friends, and he wasn't about to go blundering about with that at stake.

No, he was damned lucky to have her in his corner. How many nights had she comforted him after that messy breakup with Elizabeth? Her faith in his abilities had been pivotal in his career thus far. No, he wasn't about to put any of that at risk. And that, right there, was the difference between himself and his brother.

Anxious to get back out to the phone, even though he knew Maggie was as good as her word, he washed quickly. He ended up putting on a different suit, something he could comfortably wear on a transatlantic flight. Just in case.

The sight of her in the kitchen was like a balm. She'd taken charge, replenishing the tea, and setting his cell phone by his seat. "Did anyone call?"

"No. It's been quiet. I turned on BBCA, but nothing. I assume you spoke to his boss?"

"Yes, twice." Colin sat at the table and picked up half an egg salad sandwich. "He's got every journalist in the country looking for him. Blake's so cagey, no one knows where to look. The fool didn't have an armed escort, which is suicidal."

"Everything will be okay." Maggie sat beside him and put her hand on his. "You wait. He'll have some crazy story about how he'd gotten the story of a lifetime, and snuck out with no one the wiser. Knowing him, he'll probably win a Pulitzer Prize for it."

Colin stared at her hand. It was lovely and comforting and the feel of her made sense when nothing else did. "He's not eligible."

"I imagine they'd make an exception for him. Everyone does."

"They do, don't they?"

"He tried to fool me the first time I met him, did you know?"

Her hand hadn't moved, but somehow she'd gotten closer so he could see her eyes clearly. They were blue-green and almond-shaped, one of her best features. She wasn't a flashy beauty like Elizabeth, but she was very pretty. In fact, she could be downright striking when she put her mind to it. Most often, she didn't get all made up, but today she had. For the audition. He registered what she'd just told him. "Fooled you how?"

She slipped her hand from his and poured them both some Earl Grey. "I'd called you a couple of days after we met. I figured we could go to the language center together. I didn't know it then, but Blake answered, pretended to be you and had me come over."

"The shit."

She grinned. "I knew right away he wasn't you."

"How? He could even fool our parents when he wanted to."

"He spoke rotten Italian."

"You never told me about that."

"I thought I had."

A sudden sickening thought occurred to him. "He didn't… You two didn't…"

"No. What a question."

"We're talking about Blake," Colin said drily as he picked up his cup, a sudden and fierce possessiveness taking him by surprise. Maggie was as much Blake's friend as she was his, so what the hell was that about?

"Yeah, but I'm part of that equation, and frankly, I'm insulted." She lifted her chin. "When did you last speak to your parents?"

"A couple of hours ago."

"That's an hour too long."

Colin sighed. She was right, of course. Maggie normally was.

SHE WASHED THE FEW DISHES from their meal as she wondered which one of them was the bigger idiot. Her for wishing Colin would see her as more than a friend, or him for being so blind. As if she'd have slept with Blake. He was a great as a friend, but he couldn't keep it in his pants. Although, to his credit, he was up-front about his intentions, so none of his conquests seemed to mind.

As for Colin, he'd never been one to sleep around, just as she hadn't been. He'd been dating Elizabeth for only a few months before Maggie had met him. Which was fine because being his friend was great. What would she do without him? She'd wondered for a long time what would have happened if they'd met earlier, but she'd gotten her answer after he and Elizabeth had broken up. Colin saw her as a friend, and only that.

She probably should have distanced herself when he came to New York. It would have been easier then. Work kept her busy, that was a good excuse. She could have made up a boyfriend, or even better, had an actual boyfriend, but no. She had clung to the fantasy that he'd look up one day and it would strike him like lightning that they were meant for each other. God.

Could she be a bigger dolt? She still blushed when she thought of how excited she'd been after the big breakup. How she'd felt so sure. But all he'd done was get hideously drunk and tell her she was a fine bloke. He'd used the word *bloke*. It had nearly killed her.

Oh, who was she kidding? Given the choice, she'd go through it again. All the pain, all the embarrassment. Because the thought of living a life with no Colin was too painful to contemplate. So what would it be like when she moved to Washington, D.C.? They'd talk, of course, at least twice a week. Maybe see each other every other month. Until he found another girlfriend.

The thought nearly squeezed the life out of Maggie. Which was completely silly. What did she expect? He would meet someone. Especially after she was gone and he had more time on his own.

She closed her eyes. Angry with herself. Angry with Colin. Furious with Blake. He'd pop up as if nothing had happened. Her chance at the audition would be over. Her excuse for turning down the promotion in D.C. vanished.

Colin's voice filtered into the kitchen as he walked nearer. Not that she could make out the words, but she didn't have to. She knew what his talks were like with his parents. Very civil, very calm, no matter what. Because it was Colin's job to be the grown-up. His mother liked her sherry a bit too much and was constantly in a panic. His father was so busy with his politics and his horses and his expectations that poor Colin was always trying to appease one or both of them. Trying to be twice as good to make up for Blake's rebellions.

For all that, the brothers loved each other. Needed each other. Maggie hoped that in time, Colin would let himself relax and be a little more like Blake, and Blake would grow up and become more like Colin. If Blake lived long enough, it could work out perfectly.

She dried her hands and her thoughts went yet again to her own lost opportunity. The last thing she needed was to have it haunt her in her new job. Moving to D.C. would solve a lot of her problems. Money was only one thing. Leaving Colin was a much bigger deal.

It's not that she wouldn't see him. He came to Wash-

ington a lot. He even had a pied-à-terre off Dupont
Circle. But she wouldn't see him as often, and that was
both good and bad. The move could be—should be—
the perfect time to get over him once and for all. She
just wondered if she'd be strong enough to do that if he
kept popping up. Anyway, that was something to think
about later, after they'd found Blake.

Colin came into the kitchen but he didn't sit down.
"She was glad I called. You were right. She was worried
that I wasn't telling her something bad. She says thanks
for taking care of me."

"I suppose you didn't mention we were taking care
of each other."

"No. I wouldn't lie to my mother."

She went to him and bumped her shoulder to his.
"Stupid git."

"Hey!" He bumped her back.

"Have you told Elizabeth?"

He stopped. "No. Should I?"

"That's up to you, but despite everything she's been
a good friend to Blake."

He stared at the table for several seconds. "I'm not
going to worry her yet. Let's wait till tonight."

"She probably won't be home. It's New Year's Eve."

"Oh. Well. I don't want to ruin her plans. It can wait,
I think."

Maggie shook her head. It wouldn't occur to him that
she might have had plans for the night, but that wasn't
his fault. She was always there when Colin called. And
here she had such a high IQ. Where had she gone
wrong?

Colin stretched his neck with a wince. "I should call
Foster back and see if he's gotten anywhere. Although
I don't want to piss him off."

"Come on." She grabbed his hand and pulled him into the living room and onto the big ottoman by the couch. "Sit."

"Why?"

"You're too tense. I'm going to work on your neck."

He opened his mouth as if to argue, then closed it again, his shoulders sagging. "You're too good to me."

"I know. Take off your shirt."

"Cheeky."

"That's me. I never take no for an answer."

His shirt came off, and of course he folded it before tossing it on the couch. He wasn't as thin as he'd been in college. There were actual muscles now. Long and lean, but wiry and tough, with a great chest. And then there was that gorgeous face of his with his sharp cheekbones and strong chin.

Why did she do this to herself?

"I'll be back," she said as she hurried away.

"Where are you going?"

"To get lotion." She probably didn't have time for a cold shower. Which was a joke. That never had worked.

She knew there was nothing useable in his guest bathroom, so she went into his en suite. There was a full bottle of a very fruity-smelling lotion under the sink, but she didn't imagine he'd enjoy that, and the whole point was for him to relax. There was, however, an unopened plastic bottle of baby oil in the back. Why he would have this was a mystery, probably something she didn't want to know, but it would do the job nicely.

He had slumped forward, elbows on knees, when she got back to him. "Maybe we should do this in a prone position?"

"I think I'd be more relaxed here. I don't want to fall asleep."

"I would wake you, if anything—"

"I know." He looked up at her, his face troubled. "Thank you for this."

She shrugged. It wasn't their first massage. She'd gone to school for it and had used her skills in three countries when she'd needed extra cash, which was pretty much always. The secret was to keep the information quiet. Once someone knew she'd been a professional, especially a friend, it was hard to tell them to screw off. If she'd wanted to be a masseuse, she'd have become one.

Colin never asked. Not once. Blake, all the time.

Before she started, she handed him a towel and then rolled up her sleeves. She liked that he liked her dress. She'd found it in Milan and had spent too much on it, but the red made her feel powerful and the slinky skirt made her feel sexy, both of which she needed to audition. After kicking off her shoes, she poured some oil in her hand before warming her palms.

The moment she touched his skin, he sighed and his shoulders lowered. But she didn't get into real trouble until she went deeper.

She'd given him massages at least a dozen times over the years. Each time, he'd been completely silent and thanked her profusely after.

This time, he moaned long and low. It was the exact sound she heard when she dreamed of them making love.

3

THE FEEL OF HER WARM hands pressing into his shoulders fell right on the border between pleasure and pain, and his moan escaped before he could stop it. Maggie had told him that's where he held his tension, and she'd proved it often enough. Yet it never occurred to him to consciously loosen up. How could he? This massage would help, but to truly relax, he'd have to do something drastic—say, run off to Tahiti.

She hit a particularly sore bit, and he found himself angry again that Blake had tried to seduce Maggie when they'd met. She'd denied it, but Colin knew better. Maggie had all the qualities Blake sought. Brilliant, funny, irreverent, sly. Together, the two of them would have been unstoppable.

"Relax," she said, stopping for a moment. "Don't think. Just let go."

He took a deep breath and let it out slowly. His eyes had closed the moment she'd touched him, and he felt every bit of his weariness. There'd been so much tension at the consulate of late. On the international front, of course, but there was also a great deal of internal politics snaking its way through the ranks. He tried not to get involved, but there was no way to stay completely out of it.

Blake would have told him to quit and go where the

real action was. Damn him. He wasn't truly happy
unless his life was in imminent danger. He breathed
deeply once more before Maggie could say anything.

"Good boy," she whispered. "Put down your head,
I'm going to work on your neck."

He did, and her fingers went up to the base of his
skull. This time, he was able to bite off his moan, but
only just. She had magic hands. It was a treat whenever
she'd offer to give him a massage. He never asked. He'd
seen her reaction when others presumed. Insensitive
jerks. That list was headed by his boneheaded brother.

Thank God the two of them hadn't gotten together.
The last thing Maggie needed was someone who would
dash off to a war zone or jump off bridges or race mo-
torcycles. She deserved someone who would be there
for her. Maybe it wasn't as exciting, but there was a lot
to be said about a steady head and long-term goals.

"Relax. You're doing it again."

He let out the breath he hadn't realized he'd been
holding. Just the idea of Maggie and Blake...

"Colin. The phone's right here. There's no more you
can do, at least for now. So focus, would you?"

He shook out his arms and recommitted to relaxation. He needed to get rid of this damn headache, and
her fingers in his hair was better than any pill.

Once his head was back down and she was using the
pads of her thumbs to mesmerize and calm, his thoughts
drifted from his newest art acquisition, a Basquiat that
he'd hung in the bedroom, to Maggie's red dress. Then
he imagined fingers at her zipper and the way her long
auburn hair would look on her bare back as the dress
fell.

He stiffened immediately, furious that Blake might
have touched her that way, but he caught himself short.

"What was that about? Are you all right?"

"I'm fine. Sorry."

"No problem. Concentrate on your breathing, okay? In for five, out for seven."

"I'll do my best."

Counting commenced, and for a while it worked. He didn't think about anything but his lungs, his diaphragm, the warmth of her hands, of her body so close behind him. Was that her breast brushing against his back?

Moaning again, this time out of pure desperation, he lifted his head. "This isn't working. I can't relax."

Maggie stopped, then stepped around to face him. "I had you, then I lost you. What happened?"

"I can't still my brain. It's no use."

"Okay, then let's do this. You put up with me for ten more minutes. I want to finish your shoulders. I promise not to go a second over, but I know you. If you try, you can relax for ten minutes." She went behind him again, although she didn't touch him.

He wanted to take advantage of her skills. To let her help him. Instead, he stood up, scaring a surprised yelp out of Maggie. Spinning round, he saw why. She'd been pouring oil, which was now all down the front of her dress.

"Oh, shit, Maggie, I'm sorry. I didn't mean to—"

She held out the bottle of oil. "Please take this. It's dripping on the carpet. And so am I." She lifted the hem of her dress to contain the damage as she hustled off to his bedroom.

He cursed his way into the kitchen. Could nothing go right today? Where the hell was his brother? "Shit," he said again as his head throbbed in time to his heartbeat.

MAGGIE GROANED AS SHE looked at the wreckage. The oil had spilled down the bodice and the skirt. Why did it have to be her favorite dress? Why hadn't he warned her he was going to stand up?

She unzipped and stepped out of the dress and put it on the bathroom counter. Now in her panties and bra, she felt exposed and that made her angrier.

She looked under his cupboards for talcum powder, but she hadn't seen any in her search for the oil, and nothing had changed. She rose, did her own breathing exercise until she calmed down, then opened the bathroom door. "Colin?"

"Yes?"

She jumped at the nearness of his voice. He was in his bedroom. "Could you please bring me some cornstarch? I'm sure you have some in the kitchen. If not in the right cupboard, there should be some under the sink."

"Right. Cornstarch."

She shut the door again as he dashed off. She really didn't understand him sometimes. How could a man so utterly confident at work, in crises that involved nations, get so lost in his own kitchen?

His mother, of course. And the nannies. Neither of the boys had lifted a finger taking care of themselves. Not that they didn't have to work. Every summer from the time they were teens they had to have jobs, all volunteer work, helping others. It was part of their family's code. They had great privilege and therefore they had to do everything they could to earn it by giving back to the community.

But Maggie wouldn't be surprised if it took Colin an hour to find the cornstarch. He had a maid in twice a week, his groceries were delivered and he never cooked.

His clothes were professionally cleaned. He still had nannies.

His parents had done a lot right, though. He was a selfless man. Oblivious at times, but honestly good. He still donated time and money to all kinds of causes and he mentored two U.K. college students who attended university.

Oh, who was she kidding? She couldn't be mad at him on a good day.

"I've found it."

She opened the door just enough to grab the box. "Thanks. And could you get me something to put on?"

"Oh, yes. I'm sure I have something."

The last of his sentence trailed off as he wandered toward the closet.

As for her, she spread the dress carefully on the counter, then evenly sprinkled the powder all over the stain. It took quite a lot of the box, and she might have to do it again if it didn't blot up everything. It would be hours, if not overnight, before she would know if the remedy had worked.

He knocked again. "This should do it."

She held her hand out from behind the door and pulled back his big burgundy robe. It was thick and would certainly keep her warm. It also dragged on the floor, not to mention fell way past her hands. She looked like Dopey from *Snow White*. "Colin?"

"Is it all right?"

"It's really long. Maybe you have something shorter?"

"Ah. I'll look."

She took off the robe. It would serve him right if she marched out of here in her underwear. He'd have a stroke, even if they were her best set. Black and lacy, they were another crucial part of her confidence-for-auditions armory.

The reminder made her ache, but she stopped herself. That ship had sailed. Which meant that after this was over, she'd have to tell Colin that she was moving. Her legs wobbled at the thought.

"Try this," he said.

They traded clothing, and this time she brought back one of his white Oxford shirts. She hesitated, but the fabric felt wonderful. Donning the thing, she realized it actually did work, coming down to about mid-thigh. The sleeves had to be rolled up, but that wasn't a big deal. It actually covered a lot more than her bathing suit or some of her summer dresses, and he'd seen her in those.

The only real problem was that it made her think of all those movie images where the girl seduces the boy wearing his big white shirt.

Terrific. The day couldn't get any better.

After a heartfelt sigh, she left the bathroom and almost ran right into Colin.

He stepped back quickly. "Is it salvageable?"

"I think so. It's going to take a while to know for sure," she said, concentrating on getting the sleeves rolled up to a comfortable length.

"I'm sorry."

"Don't worry about it. It's just a dress." Just an audition. Just her life.

"You looked beautiful in it."

That stopped her. That was twice now. He complimented her all the time, but not about her looks. After all, she was still that good bloke he could turn to in bad times. "Thanks."

She slowly looked up to see he was staring at her

legs. His gaze moved all the way down to her bare feet, then slowly back up her body. It took him a long time to reach her face. When their eyes met, his face flushed.

"Don't blame me," she said, as self-conscious as she'd ever been and also unnervingly pleased. "You got me into this mess."

His mouth opened, but no words followed.

"I'm getting myself a drink." She turned, let herself grin like a fool as she walked—no, sashayed—out of the bedroom.

4

THINGS WEREN'T MAKING SENSE. Or rather, he wasn't making sense. Colin went back to the living room where his half-dressed friend was fixing cocktails.

He had no business thinking about her legs. It simply wasn't smart. He'd made every effort to keep his and Maggie's relationship free of the mess of sex. He'd seen vivid proof that friends with benefits didn't last. All one had to do was look at his brother's life. The man went through women as if they were library books, and while Blake said he preferred it that way, he wasn't the picture of happiness and stability, was he?

Colin was nothing if not practical. He wanted Maggie around for the long run. There was no way to predict if they'd be sexually compatible or good at being a couple. He knew she was an amazingly fine friend. End of discussion. Wanting her was counterproductive. And yet...

"Here you go."

He turned to find she'd snuck up behind him, her bare feet quiet on the carpet. He tended to forget how much shorter she was than him. The top of her head barely reached his eyes.

He took the scotch from her hand and had a good sip. She'd known what to pour for him just as he knew she'd fixed herself a bourbon and Seven. He kept a stock of

7-Up in the wet bar cooler for her. He also made sure he always had those awful sandwich cookies she liked so much, because she'd never buy them for herself, but she always ate them here. On the holidays he stocked good chocolates, only the nuts and chews, never creams, for the same reason. He wanted Maggie happy.

He wished he could do something about her musical ambitions, but there he was at a loss. Elizabeth had told him not to worry, that getting a singing job in the theater was very rare, but he would have liked to give her a hand up.

"What's going on?" Maggie turned her head to look at him, her gaze worried.

"It's hard to think clearly, that's all. I'd try to sleep if I knew it wouldn't be useless."

"I know. All I can tell you is to have faith. He's a smart cookie. He'll come home."

"I did some research on twins, you know." He sat down on the couch, putting his cell on the cushion beside him. "We aren't typical."

She sat across from him in the wing chair and crossed her legs. The shirt went even higher on her thigh. She pulled it down a bit, but it didn't help. "I could have told you that, but what makes you odd twins?"

He made sure to look at her face. "Even though we're identical, our temperaments are more opposite than alike. Even as infants, according to rumor, we were night and day."

"I imagine he was a handful."

Colin nodded. "And I was a perfect angel. Again, rumor. I have no recollection."

She laughed. "All that matters is that you're not a perfect angel now. That would be insufferable."

"I'm glad my flaws please you."

"They do. But go on. What else?"

"The moment we were dressing ourselves we wanted to be as unique as possible, unlike most twins. We never had anything like a secret language, or even shorthand. Blake was always running around snooping or getting into trouble, and I wanted to be a footballer and applied myself to the task."

"So you're the yin to his yang, or vice versa. I used to know what those really meant, but my mind has been slipping for years."

"It has not. You do that a lot, you know. Excuse yourself for things that aren't the least bit true."

"I do not."

"Who would know better than me?"

She paused to sip on her drink. "No one."

"There, you see?"

"I think I'm going to take back that not insufferable thing."

"Too late."

She smiled. "I don't know any other twins. You two seem just right to me."

"According to the experts we're rubbish. Even twins raised continents apart are better at it than we are."

She shrugged, making the shirt dip down over her left shoulder, revealing her black bra strap. "What do experts know?"

He swallowed too much and coughed for a while, his nose and throat burning. That would teach him.

"You all right?"

He wanted to tell her that no, he wasn't in the least bit all right. She had no business taking off her dress when he was so distracted and why couldn't she just put up with the length of the much more appropriate robe? He nodded.

"I'm not," she said. "I'm antsy and I don't know what to do with myself."

"I understand."

"Between us, we should be able to think of something."

He had thought of something: forgetting all the reasons he and Maggie should only be friends. She looked even better in his shirt than she had in the red dress. Her hair seemed a darker red, her skin fairly glowed. He'd always thought she was attractive, but lately it had been on his mind a lot. It would have been so much easier if she had a man in her life. Or maybe it would have been unbearable.

He stood, needing some distance. A distraction. There weren't enough rooms in his flat. He would call Blake's boss. Find out if he'd heard anything at all.

Maggie picked up the remote control for the TV over the fireplace. It was already on BBCA but it wasn't the news, it was a repeat of a *Doctor Who* episode with David Tennant. Nice chap. Scot. They'd met at a charity dinner.

"Isn't there an all-day BBC news channel?" she asked.

"Yes," he said. "But not on my feed."

"Figures." She left the remote and headed for the bar.

He dialed Blake's boss, but it went to voice mail and he hung up in disgust. Maggie returned, brushing her sleeve against his and the urge to touch her flared inside him. "Do you think your dress is better now?"

Her mouth opened briefly and she turned away. "I doubt it, but I'll go see."

"Wait," he said, catching her arm. "What is it?"

"Nothing."

He turned her to face him square on, and he could see he'd been correct.

She let out a breath. "If you want me to leave, just say the word."

"Of course I don't want you to leave."

Her blush made her lovely. Lovelier. "The dress? It's only been about fifteen minutes."

"Oh. Well. Then don't bother with it. I just thought you might be more comfortable."

"You're lying."

"I'm not."

"Who would know better than me?"

No one. Ever. "It's the scotch, that's all."

Maggie looked down at his hand, still holding her arm. It was a tight hold, one that would hurt in a minute if he wasn't careful. The scotch story was complete bull, that she knew. He could handle his liquor, just as he could handle almost any situation. His family drove him crazy, but then that was true for everyone. "Colin?"

He dropped his hand. "Shit."

"It's all right. You have a free pass today. Okay? At least until Blake checks in."

His brow lifted, transforming his expression into one she hadn't seen before. "You mean I can get away with anything?"

She eyed him for a minute, not sure what to make of the lower pitch of his voice, the way his gaze had darkened. Her skin tingled with awareness. The sudden tension had to be her imagination…

He leaned forward and oh, God, he was going to— No. He thrust out his nearly empty glass. "Yes, I'll have another. Thank you."

There was no denying she felt disappointed, but she didn't let it show. Chiding herself for being foolish, she simply took his glass.

He went back to pacing as she got to the wet bar. It

was a beautiful thing, that bar, and it was sorely under-used. He rarely drank, she never did when she had to work the next day. She loved that there was always 7-Up and how he kept the much despised Baileys on hand because she enjoyed one from time to time.

It was so like him.

And so unlike Blake. That bastard never had anything on hand. Never had any cash, either. How many meals had she paid for with him? She'd lost count, and all hope she'd ever be reimbursed. It should have annoyed her a lot more, given that he was dripping in money. He simply forgot to bring any, and he usually ended up leaving his credit cards at home. Curse of traveling to dicey places, he'd explained, although she'd long thought he was just cheap.

The problem with Blake was that he always got away with it. She'd seen it over and over. People actually felt good about him leaching off them. Grown men who should know better. Women, well, she just figured they'd lost their good sense five minutes after meeting him. That never failed, either.

"What has you so angry?"

She looked up at him as she put the top back on the scotch. "I'm trying to figure out how much your no-good brother owes me. It's got to be in the thousands."

"Join the queue. I end up paying all kinds of people back, afraid he'll put a black mark on the family name."

"What am I, chopped liver?"

"What?"

She ignored both drinks as she rounded the bar. "You never pay me back."

"I always pay for the meals when the three of us go out."

"Oh. Right."

He gave her the eyebrow lift. Both brows. This expression she knew. "And how often do you and Blake eat together without me?"

"All the time. When we're in the same place, of course. He doesn't buy me dinner over the Internet or anything."

"Glad to hear it."

"What?"

"All the time?"

"Don't be ridiculous. I told you. Nothing ever happened between us. Just like nothing ever happened between *us*," she said.

His mouth opened in what she could only assume was righteous indignation. "That's how it should be. We're friends."

His phone rang. He stared at it for a several rapid heartbeats before he flipped it open. His eyes, right then, told her everything.

"Blake?"

Tears burned as Colin's face relaxed. Which meant Blake was safe. Not hurt. Not dead.

"You bloody moron," Colin shouted. "Where are you?" He cursed violently. "I can barely hear you. No, wait. Okay. Call me when you get a better line."

He held the phone tightly to his ear, but she could see he wasn't hearing anything. Finally, he flipped the thing closed, tossed it on the couch. "Thank God," he said, exhaling sharply.

"Do you know where he is?"

He shook his head. "Just that he's safe. The idiot."

Maggie smiled. "Yes, he is. Did he call your parents or are you in charge of that?"

"I think his boss is ringing them now, but I'll make sure they know." He still looked dazed, still a bit angry. Then he shoved a hand through his hair and the stoic mask fell into place. "Good. Now things can get back to normal."

Normal. The status quo. Only not for her. There would be no more dreams of a Broadway career. No more dreams of Colin falling in love with her. No more dreams at all.

He pulled her close for a hug, nothing more. But when she looked into his eyes, something snapped. And she kissed him.

5

THIS WAS CRAZY. She knew it was a mistake and she didn't care. He didn't love her, didn't want her. This was simply about raw emotion, relief that Blake was alive. But still, she kissed him. Even with her eyes closed, tears slipped down her cheeks, and she didn't care about that, either.

Then his lips parted, and, oh, God, he was kissing her back. His hands pulled her closer as he explored her mouth. Her heart pounded as she abandoned all restraint and showed him the truth. That she loved him, had loved him and that she always would.

His hands moved down her back, down the white Oxford shirt as he pressed his whole body against her. She gasped as she felt him harden, blushed even though she'd dreamed of him like this.

Still holding her tight, he pulled her with him as he moved back to the couch, lifting her legs so she straddled his lap. In a burst of surprise and delight, she used both fists to grab hold of his white shirt, and she kissed him again. Deeply. Passionately. Aggressively.

He met her just as eagerly. Could it be that she wasn't completely insane and that he wanted her, too?

It had been so long, and she'd been so sure it was hopeless. She'd tried to like someone else, anyone else, but it was only him. All these years, and…oh. His hand moved underneath her shirt and touched her bare back. He had the most beautiful hands, and they were touching her, finally, with need. She felt him tremble. All right, maybe that was her, but it could be both of them. His other hand came to join the first, but she couldn't bear to stop kissing him, not even to touch more than his chest.

Her body shivered as his fingers skimmed up her back. Pulling away, needing to breathe, she looked at him. His eyes opened. Dark, needy. And ashamed.

Oh, God.

Letting go of his shirt, she pushed him back against the couch, her heart thudding for a completely different reason.

He stretched, trying to kiss her again, but she climbed off him, took a couple of steps back.

His lips, still damp, parted. "Maggie?"

"Colin," she said, and it was her real voice. Not giddy with kisses and touching. "I'm sorry. That was a mistake. With Blake and all, I got carried away."

Instead of snapping out of his trance, he reached for her. "Please, Maggie, don't."

She didn't want to stop. She wanted all her fantasies to come true, but they were *fantasies*. He was just happy, that's all. Relieved that his twin was safe and she happened to be here. Responding because he was human and she'd practically attacked him.

But the truth had been in his eyes. "Colin, what do you want?"

"What?"

"What do you want from me?"

"I thought I was making myself pretty clear."

"Aside from sex. After. What then?"

"I know it was impetuous, and probably not the

smartest thing we've ever done, but Maggie, I care about you. You're my touchstone, my closest friend. But I really do find you attractive. I always have."

She pushed her hair back as she turned away. "I'm sorry. I don't know what got into me."

He came up behind her, put his hand on her shoulder. "Don't be sorry. Not for that. I'm not."

She plastered a smile on her face before she turned, dislodging his hand. "All right, then, I won't. Hey, didn't I pour us some drinks?" She spun around and went to the wet bar, but it was no use. She needed a moment alone, because her smile was going to crack into a thousand pieces. "I'll be back."

She used his bathroom, although she wished so hard she was at home. Her dress, covered in its thick, disgusting paste, looked almost as bad as she felt. Maggie sat down on the edge of his tub and curled her arms around her waist. She leaned over, trying like hell not to sob. He'd know. She wasn't one of those dainty things who let loose one solitary tear. She looked hideous when she really cried. Her face scrunched, her eyes got puffy and red. They probably already were from before.

The last thing she wanted was for things to go to hell before she moved. She still treasured his friendship, and with some distance, there was a real chance it could be just that. A friendship, on both sides. She didn't have anyone else, at least not a friendship that would stand the test of time. Being a military brat had made her wary of commitments, of making friends only to lose them. If she lost Colin, she'd be all alone.

He was right. He'd always been right. If they had sex, there was no telling what would happen between them. It was better not to know. Not to risk losing everything.

Tears threatened to fall again, and she pushed her palms against her eyes until she saw stars. When she could breathe without bursting, she looked at her hands, at the smudges of mascara.

Today was supposed to have been triumphant. The best day of her life.

A knock on the door made her grab on to the tub. "Yes?"

"You all right? Can I get you anything?"

"I'm fine, thanks. Just trying to get the dress clean. I'll be out in a minute."

There was no response and she relaxed. And then he spoke, stopping her heart again. "We should talk."

"I won't be long. Why don't you put on the kettle?"

"Good idea. Yes. I'll...I'll see you in the kitchen."

"Right."

She waited until she thought he must be gone, then she stood to take the few steps to the counter. It was clear the cornstarch hadn't had enough time to soak up the oil, but she didn't care. There was no way she was staying here. Not for the world. She'd done her duty as a friend, but now it was time for her to go home, where she could cry as hard as she wanted.

It took a long time to get the powder off the dress, and it was a horrible job. The oil remained, but now it was a white paste. It didn't matter. She had her coat, and if she couldn't wear this dress again, so be it.

Taking off his shirt was terribly bittersweet. She folded it neatly, even though she knew he was going to have it cleaned. Then she put her dress back on, not willing to look at the mess in the mirror.

Finally, after washing her hands and wiping off the smudges under her eyes, she opened the door. Following a couple of deep breaths, she went quietly into the

living room, to the couch where she'd put her coat and
boots. Slipping them on as silently as possible, she put
her heels into her bag, and went to face him.

He stood at the counter, leaning on his hands as he
stared out the window.

"Colin."

He spun around. For a second, he looked hurt. But
no, not him. Worried, maybe, but not hurt. "You're
leaving?"

"I need to go. You haven't slept in ages. And you
need to call your parents. Besides, it's getting late. I
have to get ready."

"Ready?"

"Just one of the things I forgot to tell you," she said,
not sure why she was saying it even as the words left
her lips. "I've got a date for New Year's."

"You don't. We talked about it. Before."

"You assumed I didn't, Colin, and no wonder. I
haven't been getting out nearly enough. And then
Jeffrey, you know, from the IT department, he asked and
I said yes."

"Jeffrey?"

She had no idea why she'd picked him. He was pleasant and not awkward for an IT guy, but she wasn't
remotely interested in him. "He's smart and funny, too.
And I have to figure out what I'm going to wear." She
waved her free hand as if it were no big deal. "You'll
be all right, won't you?"

"Me?" He didn't answer for a long time. "Yes. Yes,
I'll be fine. Wait. You said this was one of the things you
forgot to tell me. What was the other?"

She stopped cold. It took her a moment to regroup.
Right. Weeks ago, when she'd first gotten the offer,
she'd told him there was a possible promotion in her

future. She hadn't mentioned anything about the new job requiring her to move to D.C. Because there'd been the hope. The dream. But there had been no audition. And now the only thing she had left was the opportunity to advance her career.

It was the time to tell him. Now that she knew for certain there was no hope left with him, either.

The kettle whistled and he jerked the knob on the stove so hard she thought it might break.

"About that." She cleared her throat. "You know the promotion I spoke to you about? I've decided to accept the position. It'll take a while for the paperwork to go through so it's not as if I'll be leaving that soon, but—"

"Leaving?" He stared at her, confusion clouding his features. "What do you mean?"

"The job is in the D.C. office."

"No."

She shrugged. "It's not that far."

"Christ, Maggie." His lips thinned. He looked angry. "When were you going to tell me?"

"I didn't know for sure until today."

He narrowed his gaze. "Today?"

"No, no, it's got nothing to do with—" She knew what he was thinking and she didn't want him to presume she was moving because of that kiss. She looked away for a moment. "I promised myself that if the audition didn't pan out, it was time for me to get serious about my career."

As her words registered, he looked as if someone had punched him in the stomach, and then he muttered a word she'd never heard him use.

She had to get out of here. "Anyway, Happy New Year, Colin. I'm glad everything worked out so well."

"Right." He walked her to the front door, but didn't open it.

"When you speak to Blake again, tell him not to be such an idiot."

He said nothing. Didn't even smile.

She stared down at her feet. "Happy New Year, Colin. Oh, I already said that."

"Maggie—"

"It's going to be hell getting a cab." She flung open the door and hurried down the hall, more anxious to get out of there than she'd thought possible. Thankfully, the elevator was on his floor. She stepped inside, and the moment the doors were shut, she fell back against the wall. But she wouldn't cry yet. Not yet.

6

COLIN SHUT THE DOOR and leaned his head against the wood. What the hell was going on? He felt as if he'd been hit over the head and wasn't quite out of his coma. Maggie was moving away. And she'd kissed him. Not just any kiss, but a kiss that had knocked him for a considerable loop. And she'd been crying.

He started toward the kitchen, but segued to the bar instead where he picked up his scotch. After a healthy swig, he put his glass down, absolutely perplexed. Why wouldn't she tell him the job wasn't in New York? It made no sense. They spoke about most things, almost everything, and moving to D.C. was hardly insignificant.

He went back to the couch, drink in hand. *Doctor Who* was still on, but a different episode. He looked away, stared instead at the carpet by the ottoman where she'd spilled the oil. Lord, the way she'd looked in his shirt. It wasn't any wonder he'd reacted to her kiss. He wasn't stupid, and it wasn't as if he hadn't given the question serious thought. Blake had told him to go for it. In fact, he'd said Colin was a bloody imbecile if he didn't.

But if she wanted them to be more than friends, she would have said something before now, wouldn't she? He'd have picked up on it. There had been moments. Looks. The occasional sigh, but nothing concrete. Besides, she was dating this Jeffrey person.

Dammit. She'd raced out of here as if she never wanted to see him again. Bizarre that two of his worst fears would come to haunt him on the same day. One had turned out as well as anything concerning his brother could, but something told him Maggie's story would not.

Had she ever mentioned Jeffrey before? He didn't think so. Perhaps he'd forgotten, although that seemed unlikely. He'd always had a vested interest in the men in Maggie's life. She had no family here in New York, and he'd taken it upon himself to be her sort of big brother. She'd teased him about it, but he thought he'd done a rather good job.

So why hadn't she spoken of Jeffrey before? Was she trying to hide him? Did she already know that he'd find fault?

Colin sipped his drink, his mind whirling with unsavory possibilities. Nowadays, even someone vetted for Homeland Security could be hiding things. A drug habit, a gambling problem. Maybe he liked to tie women up or…

His eyes closed as vivid pictures swam to his mind, not of some faceless man but of himself, touching the skin of her back. Kissing her. Feeling her body pressed to his.

Dammit. No. He was supposed to look after her, and now all he could think of was the taste of her. No matter what, he was still Maggie's friend. That entailed responsibilities he wasn't going to forgo even if she hated him for making her miss her audition. And he had made her. He should never have called. He'd known about it for weeks. He'd even encouraged her to break a leg.

Maggie being Maggie, she'd come to his rescue. No wonder she wanted to leave.

He stood, polished off his drink and made up his

mind. She hadn't been gone that long, and if he hurried, he might still be able to talk to her before she left for the night. He'd be able to check out her date, as well.

This had to be played smartly, though. He'd apologize and make sure they were square, and if he thought for one second that Jeffrey wasn't the right sort… Well, he wouldn't want to cheat her out of a New Year's extravaganza. He would take her to the embassy party. She'd like that. He should have asked her a month ago.

He got out his black suit. He'd have his cell with him in case Blake called, but he must hurry and get to Maggie's before it was too late.

MAGGIE LOOKED AT HER dress, puddled on the floor of her bathroom, right next to the huge pile of tear-drenched tissues in the bin. She should put some more cornstarch on the stain and hope for the best, but she didn't have the energy or the desire. Screw the dress. Screw everything.

She shuffled to her bedroom, which seemed tinier than ever. Uglier, too. Why had she ever moved here? She should never have gone to Cambridge or accepted the job in New York. She should have gone to a community college. Gotten married, like her friend Liz, and had a bunch of kids. Whatever happened to Liz? They'd been so close that one year in high school. Liz had been a lot of fun, until she'd hooked up with what's his name. Until Maggie had moved, yet again.

She let her bra and panties drop where she stood and pulled on her flannel cowboy pajama bottoms and the yellow sleep shirt that had the pomegranate stain. It didn't matter anyway. No one was going to see her. It wasn't as if she really had a date.

Now she had a big decision to make. Alcohol or Ben

& Jerry's? She'd already started on her way to mind-lessness, so alcohol made sense. But the ice cream was that one with chocolate chunks. No contest.

She slipped into her big fuzzy slippers and shuffled through what she called her all-purpose room, but was actually three-quarters of the apartment she'd sectioned off into living room, dining room and kitchen. It used to make her laugh that the whole place would have fit into Colin's bedroom. Tonight, she didn't give a damn. All she wanted was a spoon.

In the kitchen, she got just that, then stopped as her gaze hit the bottle of Baileys she'd been given for Christmas. Inspiration struck. She got out her largest tumbler and made herself a Ben & Jerry's and Baileys float. Brilliant.

With her spoon and a straw in the glass, she curled up on her couch, which was actually a love seat, and turned on the television.

There was *Doctor Who*. Excellent. The marathon continued. Double excellent. Legs crossed, tears dry, looking almost as bad as she felt, she turned up the sound, hoping against hope that sometime during the night, she'd pass out and not wake up for six months.

THE CAB SITUATION WAS intolerable. All of them were full and there were dozens of doormen whistling them down, his included. Colin debated walking, but the streets were equally insane.

Everyone, it seemed, had decided that midnight was only a suggestion and that celebrations should begin hours earlier. Knowing Jeffrey, he was that sort of buffoon. IT tech indeed. There had to be something wrong with him or Maggie would have mentioned him earlier. The man was probably going to take her to a *Star*

Trek convention or something just as appalling. She'd be mortified and end up calling him anyway, so it was best to put an end to this farce right now.

The doorman blew his whistle again, agitatedly waving at every cab, including the gypsies, clearly having caught on to Colin's desperation.

It was no use. He handed Sonny a twenty for his trouble, and he was off. His wool coat masterfully kept out the biting air, but could do nothing for his face. The icy wind regaled him with staggering gusts, but he pressed on, dodging revelers and those who had already reached their destination of complete oblivion.

Most days, this route was pleasant and colorful. He liked his neighborhood and often walked through it. Tonight, he cursed each crosswalk and stoplight, each brightly festooned shop and every high-heeled woman who mocked him by clinging to her date, laughing at unfunny jokes.

She couldn't have left yet. She had to choose something to wear, she'd said, and that took time. Damn, but he was glad he'd ruined that red dress. The thought of her wearing it for someone else…

God, what the bloody hell was wrong with him?

He nearly ran down a teenage couple too busy kissing to see where they were going, but sidestepped them just in time. They glared at him as if he were the culprit. He tugged up his collar in deference to the cold and thought of calling her, but he was afraid she wouldn't answer when she saw his name. Even worse, that she'd tell him to leave her alone and mind his own business.

That was the point—Maggie *was* his business. They were a team. They looked out for each other. She was always there when he needed her, and he did his damndest to be there for her.

That had been one of the problems between him and Elizabeth, hadn't it? Neither of them had put the other first, and didn't that prove Maggie's friendship was worth fighting for? And didn't a friend stop a friend from going out with the shady computer jockey who was probably installing spyware on her laptop right this second?

His phone vibrated in his pocket and he stopped to pull it out. Blake, not Maggie. He flipped it on. "Blake."

"I finally got a connection that's decent. Talked to Mother and Dad, now you, but it's got to be short because I still haven't slept."

"What happened to you?"

"Lost the equipment. Had to bribe an unreasonable guard. It was bollocks, but I got the story and I wasn't shot."

"Good, that's— Excuse me, I'm trying to cross the street here."

"Where are you?" Blake asked.

"On my way to see Maggie."

"I thought she was at your flat."

"It seems you're not the only one I have to worry about. She's off on a date with someone I don't trust as far as I can throw him."

"Oh? Who's that?"

"Jeffrey. He works at Homeland."

"What's wrong with him?"

"Just a minute." Colin shoved out his arm as he saw a cab with the light on. "Stop, there. Taxi!" The cab sped by, and he brought the phone back up to his ear. "What?"

"Who is this guy? A serial killer?"

"I don't know. That's the problem. She didn't even tell me about him until she left."

"So you've never met him?"

"I'm about to. There's no way I'm letting her go out, tonight of all nights, with someone like him."

Blake laughed. Really laughed. As hard as he did at his own jokes.

"What's so damn funny?"

"Jesus, Colin. I'm sorry I worried you. Go to your Maggie. Put your foot down. And Colin. Don't be an idiot."

"That's what Maggie told me to tell you."

"Well, that makes its own kind of sense. Now run, you fool. Run!"

Colin snapped his phone shut and took his brother's advice. He wasn't that far now. He just had to make it before Jeffrey.

MAGGIE TOOK ANOTHER PULL at her Baileys float. It was almost finished, and that wouldn't do. She'd make another. And if that didn't make her drunk enough, another after that. It helped that it hardly tasted of booze.

Dammit. There was another episode of *Doctor Who* coming on, and she hadn't caught the end of the last one. Oh, well. It was a repeat, and she owned all the DVDs.

Colin had introduced her to *Doctor Who*. He'd been a fan for years, and he'd been so enthusiastic she'd had to watch the new series. They'd made a point of watching it together.

The jerk didn't even know she loved him. Had loved him forever. He treated her as if he were her brother, a strict brother at that. For a guy who was just supposed to be her friend, he sure cared a lot about who she dated.

Why couldn't that kiss have been the real thing? Was

that too much to ask? It had felt as real as anything, but his eyes had told her the truth. Great. So he wouldn't throw her out of bed. That's not what she wanted. She loved him.

Oh, crap. The truth was, she'd spent the past six years of her life living in the world of magical thinking. If she could only get a part on Broadway, then she'd be happy. If only Colin loved her the way she loved him, then she would feel alive, be complete. All hopes and dreams and pie in the sky and all of it a waste. It was time to stop. Just stop. Cold turkey. She'd leave more than this horrible apartment behind. No more pining away. No more singing lessons or acting classes. And no more Colin.

Really, who did he think he was, questioning her about her love life? She could go out with whomever she wanted. Take Jeffrey. He was probably a wonderful guy. Her unconscious had pulled him up for some reason, right? He was more than likely her destiny. The man who would sweep her off her feet. Although he was a little chubby to literally sweep her, but metaphorically, he was probably a regular Romeo. Only older, and not into poison and better with computers.

She spooned out the last bits of ice cream. She didn't even get dizzy as she went the five steps into her kitchen to fix another.

Just as she was about to pour the Baileys in the glass, someone banged on her door. It was loud and urgent. Crap, the building was probably on fire. It would be just her luck tonight. This old rattrap was bound to go down in flames.

"Just a minute!" She grabbed the blanket off the couch, slung it around her shoulders, then threw open the door.

7

OF ALL THE POSSIBLE scenarios that had run through Colin's head on coming over here, Maggie looking like a crazed beggar woman hadn't occurred once. He had no response to this. In fact, he thought his head might just explode.

"What the hell?" she said, her voice somewhere between affronted and furious.

"What the hell indeed."

"What are you doing here?"

He shook his head, trying to clear it. "What are you doing here?"

"Quit repeating what I'm saying."

"I have no words."

"Clearly."

"Where's Jeffrey?"

"What?"

He took a step inside. "Where's Jeffrey?" he asked again, only louder.

"He's late. Why are you here?"

"Late?" Colin took another step to look inside. There was hardly reason to. The whole apartment could fit on the head of a pin. "You going to a costume ball?"

"What's it to you?" she asked, pulling her god-awful throw tighter over her stained T-shirt.

"You never mentioned him before. I want to know what you're playing at."

"Tough. I don't recall asking for your opinion."

"Too bad. I'm going to give it anyway."

With a loud huff, Maggie slammed the door shut. "I don't want you here."

"Then why'd you close the door?"

She put both hands out as if she were choking him. "Go home, Colin. This is not your business."

"You are my business."

"Why? Why do you care who I date? You don't even care who Blake dates and he really is your brother."

"You're different."

"But why? And if you say it's because I'm a girl, I'll castrate you myself."

That made him stop. And think. He stared at her for a long while, her face a blotchy mess, her clothes a horror, and it didn't matter. Nothing she could do would matter. "You're my friend. I care about you."

"Oh, go to hell," she said, the cold in her voice as shocking as the words.

"What?"

"You heard me. Go to hell, you and your friendship. Did it ever occur to you that I don't want to be your friend? That being your friend is too goddamn hard? It's done. It's over. I want you to leave right now. And don't call me. Ever."

She choked on that last word and her face utterly fell apart. She covered herself with her hands, but there was no way to mask her sobs.

Colin's heart twisted with her pain and his own. He had no idea what the devil was going on, but this was unbearable. He pulled her into his arms and held her tight, wanting to make it better.

She didn't mean what she'd said. She couldn't. It was all madness, and his fault for always expecting her to be there for him. Selfish bastard. If only he'd thought. She wouldn't be so angry with him and she wouldn't be crying.

"Shh," he whispered, rocking her. "It'll be all right."

She pushed his chest, forcing him to let her go. When she looked up at him there was such pain in her eyes. "I know," she said so softly he barely heard her. "Please, just go."

His thoughts were everywhere and nowhere, and he couldn't make a cogent argument for staying. Then again, he couldn't leave. "No."

"Please don't make this harder." She opened the door for him and stood with her head down.

Neither of them moved. A door shut somewhere down the hall. Horns honked outside. He couldn't hear her breathe or see if she was still crying, and everything in him told him if he left now his whole world would come crashing down.

She was right. He didn't care about Blake's love life. Well, he did, but in a totally different way. The thought of Maggie being with someone got to him as few other things did. Someone unworthy, that is.

Someone…else.

"Oh, shit," he said.

Maggie looked up.

"I'm a complete idiot," he said.

"I know."

He closed the door with his elbow as he took her by the shoulders. "A bloody fool."

"I know."

"That's why… Elizabeth was… Even Blake said—"

"Colin?"

He looked at her crossly. "Why on earth didn't you tell me?"

"Tell you what?"

"That I'm in love with you."

Her mouth opened and her puffy eyes widened as much as they could. "Oh."

"I've loved you all this time."

She swallowed and blinked. "All this…" Her head drooped for a long moment, and then she met his gaze again. "Colin?"

"Yes?"

"Either you kiss me right now or I swear to God…"

When he let go of her arms, Maggie wrapped them around his neck and they met with a kiss that changed everything. He loved her. He'd loved her as long as she'd loved him. He was an idiot, but he was her idiot. He loved her.

HIS LIPS SMOTHERED ANY other thought and she didn't care what she looked like, or that her ice cream was melting, because this was crazy wonderful.

She found herself lifted straight up off the floor and her legs wrapped around his hips as he carried her, still ravishing her mouth, straight back to the bedroom, to her ridiculous little bed.

He put her down. Looking at him, she could see her own amazement echoed on his face, in his smile. She threw off the blanket and pulled off her sleep shirt. By the time it was over her head, his jacket was on the floor and his shirt was half-unbuttoned. He'd left her no room to stand so she got hold of his waistband and undid the button. He stopped her at the zipper. "I'd better do that."

She understood when she saw it wasn't a straight line down. Considerably.

Instead, she shimmied out of her pajama bottoms, which she tossed away with her foot. Her aim wasn't all that great as they landed mostly on his head.

Hearing him laugh was like icing on a cupcake. Watching him strip was more of an adult entertainment, but just as sweet.

As if they'd done this a hundred times, he climbed on the bed and scooped her into his arms. She'd wanted to be naked with Colin for so long that she closed her eyes and wiggled her whole body against his.

He cried out, and she froze. "What?"

"Nothing. Wonderful. Surprising."

"Ah, well, then that's all right."

"Very much so."

She couldn't help it. She loved that he would say "very much so" when his dick was pointing to his chin. "Don't ever stop being just like you are," she said.

He kissed her bare shoulder. "I have no idea what you're talking about."

"I know. I want to totally jump your bones, but the condoms are in the bathroom."

He deflated—not his dick, his chest. "All the way over there?"

"You could probably reach by stretching."

"If only." He kissed her and then stood up, still waving his flag. "I'll be back in a moment."

"That would be charming," she said, very politely in her best British accent.

"You mock me, but you Americans have butchered a perfectly fine language."

"Really? You want to talk linguistics? Now?"

"Point taken." He hurried to the bathroom, giving her a nice look at his naked rear. If all those women from the embassy knew what was hiding under those wool suits, there would be a line outside his door.

He was back in a flash with the whole box. "I can't find the expiration date."

She laughed. Only Colin would be so bloody sensible. "It's sometime this year. We're fine."

A brilliant smile made her insides twitch. "I was joking. Now, where was I?"

"About to be jumped."

He climbed on the bed again. She, leaning up on her elbows, laughed at how his feet hung off the bed. "We should have thought this through. Gone back to your place."

"The hell. I want you. Now."

She melted back down to her pillow. "Oh, you just keep getting better."

He was above her, looking down into her eyes. "So badly."

She kissed him, long and slow, her hands on either side of his head. This would be their first time, but only the first. They had all the time in the world to make love in every way they could imagine.

He flopped down beside her, on his back. "I'd better—"

She brought out a condom from the box on the bed. "Let me."

He smiled and his cock jumped.

"Oh, look, it's excited."

"Don't you dare name it."

"What?"

He sighed. "Nothing."

She ripped the package open, then straddled his legs. She knew how to do this, even though it had been a while, but first, before there was all that latex, she wanted something more personal.

Sliding down a bit, she leaned over and took the base in her hand, holding him steady. Then, with a wicked grin, she licked him straight up all the way to the crown. She swirled her tongue to the sound of him gasping, to the feel of him thrusting, then holding steady.

"What's wrong?"

"Maggie, love, if you do that again, it'll be a while until we truly get the show on the road."

"It might be worth it."

"I want to be inside you."

She didn't argue. Carefully, not even daring to breathe, she sheathed him in the condom, already anxious for when they wouldn't have to go through this nonsense.

He tugged at her arms, and she expected him to throw her down on the bed. Instead, he pulled her up to her knees and then, with his hands cupping her ass, he lifted her until she was centered above him. Like they'd been on the couch.

"Why, Mr. Griffith. You surprise me."

"There's more to me than meets the eye."

She looked down and took hold of him once more. "Obviously."

No more teasing. She couldn't wait. Closing her eyes, she slid down, but not too much. Just enough to feel the crown slip inside.

He groaned, but he didn't buck. His left hand squeezed her thigh and his right palm brushed against her already hard nipple.

Clever man, that almost ruined her plan. But still, she moved her hips up and back, teasing them both.

"You're going to kill me," he said, his voice as tight as his muscles.

"Not yet." She moved lower by inches, stopping just until she could relax fully, then she'd go deeper. When there were still a few more inches to go, she couldn't stand it anymore. She sank down all the way, letting him fill her, loving being filled.

"Oh, God, Maggie."

He bucked, and she held on.

It wasn't nearly as quick as she'd feared. He surprised her again when he flipped her to the bottom, when he positioned her so perfectly that his cock not only went deep, but brushed against her clit with every push.

And yet it was his kiss that tipped her over the edge. Which was no surprise at all.

8

THEY WERE UNDER THE covers now, and after some deft maneuvering of bent knees and make-do cuddling, his whole body was on the bed and he felt better than he had in years. That he could touch her, that she wanted him to touch her, was incredible.

It didn't hurt that she was touching him back.

Outside noises bled into the room, but weren't enough to bother. In some foolish part of his brain, he wanted to think all the rejoicing was in their honor. Why had he thought keeping Maggie at arm's length was a good idea? The irony stung. So afraid of losing her that he'd nearly lost her. Not to mention wasted so much time on his rationalizations.

"One hell of a day," she said.

"What?"

"I said, this has been one hell of a day. Did you speak to Blake?"

"Briefly."

"So he really is all right."

"Yes. He is. I would think he's in hot water with the honchos at BBC, but he's alive and fit."

"He's always in hot water."

"Usually with a few beautiful women."

She ran her fingernails gently down the length of

his penis. He inhaled sharply and tweaked her nipple as a thank-you.

"I didn't know you had a thing for cowgirl style," she said, her smile evident in her voice.

"I didn't, either. What's cowgirl style?"

She laughed. "Me on top. You know, waving the metaphorical cowboy hat, shouting yippee-ki-yay."

He lifted his head to stare at her. "You have no idea how many things I want to do with you."

"Can't wait to find out."

His head landed on the pillow again as his hand brushed down to her stomach. Her skin was soft as silk, and he very much liked the sweet, small V of her pubic hair. Altogether perfect. "It's because I'm British, isn't it? Our reputations aren't quite on par with the French or Italians."

"Mmm. I've always known you were polite on the outside and a wild man in private."

"I'm not that polite."

"Ooo, yummy."

He smiled, but cogent thought was returning and there were things to say. "Now, about Jeffrey—"

She coughed and blushed. "He's a very nice man I know from work. But he wasn't my date. I just wanted you to think I wasn't dateless on New Year's."

Colin snorted. All that worry and he wasn't even real. "What about moving to D.C.?"

Her voice sobered. "That's very real. I'd put off telling them my answer until after the audition. Can't put it off any longer, though."

"I'm sorry about all of that," he said.

"All of what?"

"Calling you. I knew how important today was, and I should never have asked you to come. I stole your big dream."

"It's all right. I suppose I could have gone to the audition, then come to you if it was that important to me. There was honestly no place I'd have rather been. I love you. Which begs the question."

"What question is that?"

"It's midnight."

"That's not a question."

"We're starting an entirely new year. And, well, this." She waved her hand vaguely over the two of them.

As he petted her and let his fingers slide where they would, he thought about what she meant. Everything had changed. He not only had his closest friend, he had his lover. In his arms. But she wouldn't be living in New York and that was a problem. One he could solve. "I'll change home base to D.C. Take the commuter flight along with everyone else. It'll be better."

She snuggled closer. "What do you mean, better?"

"This will be the year you're mine."

She sighed. "I like the sound of that."

"Now I have a question."

"What's that?"

"Why didn't you say anything? If you felt this way, we could have—"

She sighed. "You were so afraid that we'd fall apart. I guess I was afraid, too. I didn't want anything to happen to us. So I sublimated. Stupid, huh?"

"No. This was all on me. I was rather insistent, wasn't I? But you're the most important person in my life. You know that, right?"

"Yes. I've known that for a long time. Maybe that's why I couldn't let it go. It wasn't easy, though. I was ready to throw in the towel."

"I'm glad you kissed me. I think I knew then. That moment. It was a revelation."

"It could have gone more smoothly."

Unable to help himself, he pulled her closer and let himself luxuriate. "You're right. It could have. Suppose we make up for it now."

He held her steady as he took her mouth. Kissing Maggie was unlike anything he'd experienced before. She stole his breath and his sense and all he wanted was more.

Simply feeling her naked body had him wanting her again and even when he tried to slow things down, to let himself linger at her lips, he couldn't stop moving against her. Soft, pliant, her body moved with him as he slid one hand down between her legs.

She pulled back. "Wait...don't...stop," she said, gasps coming between each word.

He stilled his finger. "Do you want me to wait or not?"

Maggie laughed. "I want to get the condom, and I was afraid I'd get carried away."

He closed his eyes and couldn't help but laugh, as well. "This bed is too small. We'll need to get a large flat in D.C."

She had just kissed his chin and that's where she stayed for several long breaths. He didn't move, either, not quite sure what was happening.

"You want us to move in together?"

"Yes. I'd like to come home to you at night, and wake up to you in the morning."

She pushed him backward, luckily not off the bed. "You don't think it's a bit sudden? I mean, don't you need time to get used to all this? To me?"

"We've already wasted too much time."

"Living together is a big deal," she said finally. "You like being on your own, you've told me that."

He touched her beautiful cheek. "I'm already used to

putting your bourbon and 7-Up in the cupboard. I stock your awful cookies. You're already converted to the cult of *Doctor Who*. Besides, we won't be moving into my place. It'll be ours. And you'll have to get used to me."

"Wow."

"If you want to, that is."

She nodded, looking a bit dazed. "I want to."

"Perhaps it wouldn't be presumptuous, then, to tell you I want these things for a long time to come?"

After a few deep breaths she smiled. "Let me see if I can translate that to American." She furrowed her brow and bit her lower lip enticingly. "You want this to last for the rest of our lives?"

"I do. Now that I've seen it, I can't see anything else. I love you. I want you."

She kissed him squarely and deeply. When she pulled back, she whispered, "My miracle."

"What's that?"

Maggie shook her head. "Nothing. Just… I'm happy. Tomorrow we'll sit down and talk about what's next, okay? I want us both rational and thoughtful. But for the rest of January 1, I don't want to think about anything but making love. Agreed?"

He kissed the tip of her nose. "Absolutely." Then he closed his eyes as he kissed her lips, swept in to taste her again. It wasn't simply the first day of the year, but the first day of his real life. The life they were meant to share.

* * * * *

Fan favorite Leslie Kelly is bringing her readers a fantasy so scandalous, we're calling it FORBIDDEN!

Look for
PLAY WITH ME
Available February 2010 from Harlequin® Blaze™.

"AREN'T YOU GOING TO SAY 'Fly me' or at least 'Welcome Aboard'?"

Amanda Bauer didn't. The softly muttered word that actually came out of her mouth was a lot less welcoming. And had fewer letters. Four, to be exact.

The man shook his head and tsked. "Not exactly the friendly skies. Haven't caught the spirit yet this morning?"

"Make one more airline-slogan crack and you'll be walking to Chicago," she said.

He nodded once, then pushed his sunglasses onto the top of his tousled hair. The move revealed blue eyes that matched the sky above. And yeah. They were twinkling. Damn it.

"Understood. Just, uh, promise me you'll say 'Coffee, tea or me' at least once, okay? Please?"

Amanda tried to glare, but that twinkle sucked the annoyance right out of her. She could only draw in a slow breath as he climbed into the plane. As she watched her passenger disappear into the small jet, she had to wonder about the trip she was about to take.

Coffee and tea they had, and he was welcome to them. But her? Well, she'd never even considered making a move on a customer before. Talk about unprofessional.

And yet...

Something inside her suddenly wanted to take a chance, to be a little outrageous.

How long since she had done indecent things—or decent ones, for that matter—with a sexy man? Not since before they'd thrown all their energies into expanding Clear-Blue Air, at the very least. She hadn't had time for a lunch date, much less the kind of lust-fest she'd enjoyed in her younger years. The kind that lasted for entire weekends and involved not leaving a bed except to grab the kind of sensuous food that could be smeared onto—and eaten off—someone else's hot, naked, sweat-tinged body.

She closed her eyes, her hand clenching tight on the railing. Her heart fluttered in her chest and she tried to make herself move. But she couldn't—not climbing up, but not backing away, either. Not physically, and not in her head.

Was she really considering this? God, she hadn't even looked at the stranger's left hand to make sure he was available. She had no idea if he was actually attracted to her or just an irrepressible flirt. Yet something inside was telling her to take a shot with this man.

It was crazy. Something she'd never considered. Yet right now, at this moment, she was definitely considering it. If he was available…could she do it? Seduce a stranger. Have an anonymous fling, like something out of a blue movie on late-night cable?

She didn't know. All she knew was that the flight to Chicago was a short one so she had to decide quickly. And as she put her foot on the bottom step and began to climb up, Amanda suddenly had to wonder if she was about to embark on the ride of her life.

Do you have a forbidden fantasy?

Amanda Bauer does. She's always craved a life
of adventure…sexual adventure, that is. And
when she meets Reese Campbell, she knows he's
just the man to play with. And play they do. Every
few months they get together for days of wild sex,
no strings attached—or so they think….

Sneak away with:

Play with Me

by LESLIE KELLY

*Available February 2010
wherever Harlequin books are sold.*

---

red-hot reads

Sold, bought, bargained for or bartered

He'll take his...

Bride on Approval

Whether there's a debt to be paid,
a will to be obeyed or a business
to be saved...she has no choice
but to say, "I do"!

PURE PRINCESS, BARTERED BRIDE
by *Caitlin Crews*
#2894

Available February 2010!

HARLEQUIN® *Blaze*™

*It all started
with a few naughty books....*

As a member of the Red Tote Book Club,
Carol Snow has been studying works of
classic erotic literature...but Carol doesn't
believe in love...or marriage. It's going to take
another kind of classic—Charles Dickens's
A Christmas Carol—and a little otherworldly
persuasion to convince her to go after her
own sexily ever after.

Cuddle up with

Her Sexy Valentine

by STEPHANIE BOND

Available February 2010

---

red-hot reads